U0027369

追憶逝水年華 I

第一卷 斯萬家那邊

Tome I: Du côté de chez Swann

À la recherche du temps perdu

Marcel Proust

馬塞爾・普魯斯特——著

陳太乙——譯

目次

DEUXIÈME PARTIE

第二部 — 斯萬之愛

要進入維爾迪蘭家的「小核心」，「小團體」，「小幫派」，條件只有一個，但不可或缺，那就是必須默認一組教條，而其中一條是：那一年受維爾迪蘭夫人力挺、在她口中常被形容成「這麼懂得彈奏華格納，恐怕天理不容！」的年輕鋼琴師，一人即「扳倒」普蘭特[1]和魯賓斯坦[2]兩人；另一條則是寇達爾醫師的醫術遠比波坦醫生[3]高明。凡是沒被維爾迪蘭夫婦說服，不相信沒來他們家的那些人所舉辦的晚會無聊至極的「新成員」，將會落得立刻被驅逐的下場。由於女性在這方面總比男性叛逆，不肯輕易放下絲毫社交人士的好奇心，和親身得知其他沙龍有何吸引力的欲望，再加上維爾迪蘭夫婦覺得，這種檢驗精神和該死的輕率可能透過傳染，對他們這個小教派的正教性產生致命危害，於是，一個又一個地，將所有女「信徒」全都逐出門外。

光是那一年，人數已大幅削減（雖然維爾迪蘭夫人本身德行高尚，出身自一個備受尊敬，極度富有卻完全隱祕不為人知的布爾喬亞家庭，而且早已刻意逐步與娘家斷絕所有關係），除了醫師的年輕妻子之外，差不多就僅剩一個幾乎算是交際花的德．克雷西夫人，對她，維爾迪蘭夫人

1 普蘭特（Francis Planté, 1839-1934），法國鋼琴家，四歲起學琴，曾師從李斯特，獲獎無數，在當時被譽為「鋼琴之神」，是最早錄製唱片的藝術家之一。

2 魯賓斯坦（Anton Rubinstein, 1829-1894），俄國鋼琴演奏家，作曲家，指揮家，一八四〇年起在巴黎多次巡迴演出，皆獲得極大成功。

3 波坦醫生（Pierre Carle Édouard Potain, 1825-1901），法國心臟病學家，十九世紀末的巴黎名醫。

直呼其閨名奧黛特，並宣稱她是一個「心愛的人兒」；此外還有鋼琴師的姑媽，以前大概曾當過看門婦。她們皆對社交圈一無所知，天真無比，那麼容易就聽信別人的話，真以為莎岡親王夫人和蓋爾芒特公爵夫人不得不付錢請窮苦人家去替她們的晚宴撐場面，以至於後來經人介紹獲邀前往這兩位貴婦家時，這曾經的看門婦和交際花皆不屑地斷然拒絕。

維爾迪蘭夫婦不特別發送晚餐邀約：他們家裡隨時可「多擺一副餐具」。晚間的聚會不特別制定節目。年輕鋼琴師會上場演奏，不過只在「興致來了」時才彈，因為這兒沒有人會強迫任何人，就像維爾迪蘭先生說的：「朋友至上，同志萬歲！」但鋼琴師若是想彈奏《女武神的騎行》或《崔斯坦》的序曲[4]，維爾迪蘭夫人就會提出抗議，並非因為不喜歡那段音樂，相反地，是因為那曲子給了她太多感受。「所以您一定要我受偏頭痛之苦？您明明知道，每次彈這首，我的頭痛就會發作，我知道發作起來會有什麼後果！明天，待我起床時，晚安，人都走光了！」而如果他不彈琴，大家便閒聊；友人之一，通常是他們當時最為寵愛的畫家，借用維爾迪蘭先生的說法形容，他「脫口就是一句令人噴飯的輕浮玩笑」；維爾迪蘭夫人尤其愛笑——她那麼習慣把當下形容情緒的引申比喻當成原意來看，以至於，有一天，因為笑得太厲害，下巴因而脫臼，寇達爾醫師（當時還只是一個初出茅廬的年輕人）不得不替她兜回去。

正式禮服在此被禁止，因為這是「伙伴」之間的聚會，也免得看起來就像那些他們避之如瘟神、只在大型晚宴時才會邀請的「討厭鬼」；他們也盡可能少舉辦大型晚宴，除非那能令畫家開心，或是讓更多人認識他們的音樂家。其餘時間，大伙兒便猜猜字謎，變裝吃宵夜，但只有自己人，不摻雜任何小「核心」以外的陌生人。

但隨著「同志們」在維爾迪蘭夫人的生活中所占的地位越發重要，所謂的討厭鬼，麻煩鬼，倒是可套用於所有把朋友從她身邊拉遠，偶爾妨礙他們空閒休息的一切上，有時是某個同志的母親，或另一個人的職業，又或再另一個人的鄉間別墅，或他欠佳的身體健康。如果寇達爾醫師認為必須中斷晚餐先行離開，趕回一名危急的病人身邊，「誰知道呢？」維爾迪蘭夫人便對他說，「或許您今晚不去打擾，他感覺還比較好受，因為能度過一個沒有您的美好夜晚。明天一大早您再過去，就會發現他的病全都好了。」從十二月初開始，她一想到信徒們在聖誕節或元旦那天可能「脫隊」，就渾身不對勁。鋼琴師的姑媽硬是要侄子那天去她自己的母親家中吃團圓飯：

「您的母親，您以為她這樣就會死嗎？」維爾迪蘭夫人冷酷刻薄地嚷起來，「只因為元旦當天你們不去陪她吃晚飯，沒遵守外省的鄉下習俗?!」

到了耶穌受難週，她的焦慮再次發作：

「醫師，您可是一位博學之人，意志堅強，受難週那個星期五，您當然也會照常過來吧？」

4　兩曲同出自華格納歌劇，前者為《尼布龍根的指環》第二部《女武神》中的名曲，後者則是華格納以亞瑟王傳說為靈感所做的歌劇《崔斯坦與伊索德》序曲。

第一年，她這麼對寇達爾說，語氣自信，彷彿不可能需要懷疑答案。但等著他說出來時，她渾身顫抖，因為他若是不來，恐怕就要剩她孤單一人。

「受難聖週的星期五我會過來……來跟您道別，因為我們要去奧維涅省過復活節。」

「奧維涅省？是要去餵跳蚤和蝨子嗎？祝您玩得稱心如意！」

沉默了一陣子之後：

「您若是早點說多好，我們本來可以安排安排，舒舒服服地一起共度這趟旅行的。」

同樣地，如果某「信徒」有一個朋友，或哪個「女常客」的調情對象，竟能讓這名小圈子成員偶爾「脫隊」，維爾迪蘭這對夫妻倒也不怕哪個女子有戀人，只要她跟他在他們家相會，在他們面前戀愛，而且愛他不比愛他們多即可。他們總說：「好呀！把您的朋友帶過來。」然後便開始測試他，看他是否能對維爾迪蘭夫人赤誠相待，是否有被納入「小幫派」的資格。如果沒有，他們便會將把人引進來的信徒帶到一旁，幫他個小忙，故意找他的朋友或情婦的麻煩。若情況相反，則輪到「新人」成為一名信徒。因此，那一年，當那名交際花告訴維爾迪蘭先生，說她認識了一個迷人的男子，斯萬先生，並迂迴暗示那位先生一定會很高興得到他們接待時，維爾迪蘭先生當下便將這番請求傳達給了他的妻子。（他向來只管順從妻子的意見，專門扮演將欲望付諸實現的角色，包括信徒們的欲望，不惜動用各種聰明巧思，給予豐富資源。）

「德．克雷西夫人來了，她有件事想問妳。她希望把斯萬先生介紹給妳，那是她的朋友。妳說呢？」

「哎呀，對這麼個完美的小可人兒，怎能拒絕呢？別開尊口，我可沒問您是怎麼想的？我說了算，說您完美就是完美。」

「那我就恭敬不如從命了。」奧黛特用馬里沃體[5]那種浮誇的語氣補上一句，「您也知道，我這可不是在 fishing for compliments。[6]」

「那好！帶您的朋友過來，要是他好相處的話。」

當然，「小核心」與斯萬往來的社交圈毫無關連，而且純正的上流社會分子應該會覺得，要被引介到維爾迪蘭家，大可不必如他那樣在上流圈子占有特殊地位。但斯萬那麼喜歡女人，打從大致認識完所有貴族女性、而且她們再也沒有東西可教他的那天起，聖哲曼區授予他的那些幾近貴族頭銜的各類歸化證書，他都只用來充作具有某種交易價值、例如信用狀之類的東西，其本身無價，但能讓他在外省的一個小角落或巴黎的某個隱祕場所隨興採用一種身分地位，只因他覺得該地的鄉紳千金或市府書記官的女兒長得漂亮。畢竟，在當時，欲望或愛情給了他一份如今已被生活習慣剔除的虛榮感（雖然以前想必正是欲望或愛引導他走向經營上流社會生涯之路，而在那

5　馬里沃（Pierre de Marivaux, 1688-1763），法國小說家與劇作家，法蘭西學院院士，為法蘭西喜劇院與義大利喜劇院創作多部劇作，深受歡迎。「馬里沃體」在他還在世時便已流行，是指用極度殷勤浮誇又迂迴的方式談情說愛，而且專論細微小事。

6　原文為英文，直譯為「放長線釣讚美」，故意引導別人讚賞自己。說話時夾雜英文是奧黛特這個角色的特色。

裡，他把才情天賦全浪費在了輕浮的享樂上，並把藝術方面的博學多聞都拿來替貴婦們服務，在她們買畫和裝潢宅邸時提供建議），使他渴望自己光彩奪目，在他所迷戀的陌生女子眼中閃耀一份單憑他斯萬這個姓氏無法置入的優雅，尤其那陌生女子若是出身卑微，這份渴望就更加強烈。正如一個聰明的男人不怕在另一個聰明的男人面前顯得愚笨，一個優雅的男子也不擔心崇高的王公貴族不識他氣度優雅，只怕鄉下人有眼無珠，看不出來。自有上流社會以來，才華用心與虛榮謊言有四分之三都讓被這才情與謊言貶得更低的人們給浪費了，其實那都是為了階層較低的人而編造。與一位女爵相處時表現得單純直率又輕忽大意的斯萬，在面對一名清潔女傭時，卻不禁發抖，深怕被她輕視，反而刻意端起架子。

許多人出於懶惰，或迫於社會地位尊貴產生出的那種被綁在某一岸的無奈感，不去享受現實生活賦予他們在上流地位以外的各種樂趣，蟄居社交圈中終老一生，最後，因為沒有更好的選擇，一旦習慣，便把封閉在小圈子中那些平庸或無聊難耐的娛樂稱為享樂。但是斯萬，他可不一樣。他不求與他共度時光的女人長得漂亮，而是要與他乍看即覺得漂亮的女子共度時光。那些美女通常頗為俗氣，因為他並未察覺，自己追尋的外貌條件，原來與他喜歡的藝術大師所雕塑或畫出的那些令他讚賞的女性恰好完全相反：表情深刻哀傷會讓他感官凍結麻痺，一副健康、豐滿、粉色紅潤的肉體反而便足以令他五感甦醒。

若在旅途中，他遇見一戶人家，原本不去強行攀識才是較優雅的處世之道，但那戶人家當中有一名女子，在他眼中看來招搖著一種他未曾經驗過的魅力；那麼，故作「矜持」，迴避她令他心生的慾望，改以一種不同於他本可從她那兒得到的樂趣取代，轉而寫信請一位昔日的情婦前來相會，他恐怕要覺得那就是對生命的懦弱怯步，是對嶄新幸福的愚蠢放棄，就好比他不去參觀各地景點，而是關在房中足不出戶，眺望著巴黎的風景。他不把自己封閉在固有的人脈關係中，反倒自行搭建了不少，以便只要有哪名女子令他喜愛，他便能處處隨時重起爐灶，就像探險家隨身攜帶的一個可拆解的帳篷。對於帶不走或不能以新鮮樂趣替換的，儘管在別人看來是那麼秀色可餐，他亦多半會輕賤如土。多少次，他待在某女爵身邊，她對他累積多年情慾，苦無機會溫存，連這一份影響力，他也能一下子破壞殆盡，派了一份快遞給她，明目張膽地要求她用電報發出一封介紹信，好讓他能立即與她的某個內侍總管搭上關係，只因他前一陣子看上了那總管在鄉間的女兒；這簡直像一個就快餓死的人，竟拿鑽石去換取麵包。事後，他甚至還覺得好玩，畢竟他這個人的性格中夾有一絲粗魯，只是被難能可貴的細膩給彌補過去。而且，他屬於那類聰明人，終日遊手好閒，認為這無所事事的閒情為自己的聰明才智提供了有趣事物，堪可與藝術或研究匹敵；他認為「生活」中含有比任何小說更有意思、更像小說的情境，並在如此想法中尋求安慰，或是藉口。至少他深信不疑，而且能輕易說服他在上流社會中最講究的那些朋友，尤其是夏呂斯男爵。他總喜歡講述自己的各種刺激艷遇，逗男爵開心，像是他在火車上邂逅了一名女子，後來把她帶回家，這才發現原來她是某位君主的姊妹，而那位君主此刻正掌握著歐洲政治的所有脈絡，於是他也就以一種十分愉悅的方式得知了其中的來龍去脈；又或者，由於一連串錯綜複雜的情況，他得等教宗選舉密會的結果出爐，才知道自己能否成為一名廚娘的情夫。

此外，與他關係特別緊密的那一群傑出部隊，成員包括品德高尚的富有老寡婦、將軍、法蘭西學院院士，斯萬皆會厚顏無恥地強迫他們替他牽線；不僅他們，他所有朋友都已習慣偶爾會收到他的來信，請他們寫幾句話為他引薦或介紹，而信中所用的外交辭令圓滑，歷經多段戀情及各式藉口不斷，依然執著不改，比笨拙更甚，凸顯了某種頑固的性格與一成不變的目的。多年後，由於我和他在所有其他方面有那麼多相似之處，我開始對他的性格產生興趣；同時又常聽人講起，當他寫信給我外公（那時還不是我的外公，因為大約要到我出生前後，斯萬才開始那場轟轟烈烈的戀情，拈花惹草的行徑因而中斷許久），外公一認出這位朋友的字跡，便大聲嚷嚷：「是斯萬來求幫忙了：提高警覺！」而且，若不是戒備心重，就是那促使我們總把東西送給不想要的人的那種無心邪惡感在作祟，對於斯萬的懇求，我的外公外婆一概拒絕受理，即使是最容易辦到的那些，例如將他引介給一位每週日都會到我們家晚餐的少女；每次斯萬舊話重提，他們便不得不假裝沒再和那少女見面了，雖然大人們其實一整個星期都在討論可以邀誰來和她共進晚餐，而且經常最後連一個也找不到，只因為不想詢問倘若受邀將會喜不自勝的那一位。

偶有幾次，外公外婆的某對友人夫婦，原本一直嘀咕著說從沒見過斯萬，忽然卻心滿意足，甚至或許還抱著點想引發嫉妒的渴望，宣稱斯萬儼然已成他們眼中最迷人、可愛的人，成天跟著他們不走。外公不想破壞他們的興致，但邊望向我外婆，邊哼唱起來：

「這是何等神祕之謎
叫我百思不得其解。」

或者：

「一閃即逝的幻象……」

又或者：

「這一淌渾水，
視而不見方為上策。」

幾個月後，外公問斯萬的那位新朋友：「斯萬呢？您還常跟他見面嗎？」對方卻拉長了臉：

「永遠別在我面前提起這個名字！」

「我以為你們關係很親密呢……」

就像這樣，有那麼幾個月，他成了外婆表親的熟朋友，幾乎每天都到他們家吃晚餐。莫名其妙卻又突然就不去了，事前也未通知一聲。他們以為他生病了，我外婆的表妹正想派人去打聽他的近況，卻在配膳室裡發現一封他寫的信，不小心遺落在廚娘的帳本裡。信中，他對這個女人聲稱自己即將離開巴黎，以後無法再來。廚娘是他的情婦，斷絕關係時，是他認為唯一有必要告知的人。

相反地，倘若他當時的情婦是上流社會人士，或是一個就算出身過度卑微或處境不合常規也不妨礙他讓社交圈接納的女人，那麼，為了她，他會回那上流圈子去，但僅在她運轉行進或由他來帶動她的特殊軌道上活動。「今晚別指望斯萬了，」人們說，「你們都知道，今天是他那個美國情婦上歌劇院的日子。」他常讓她受邀參加幾個不對外開放的特殊沙龍，那些地方有他的老朋友，每週例行的晚餐，撲克牌局；每天晚上，他先用梳子稍微刷鬆他棕紅色的頭髮，好替他那雙銳利的碧眼增添幾許溫柔，然後選一朵花別在鈕釦孔上，接著便出發去找情婦，到他小圈子裡的某位女性友人家中晚餐；這時，想到在那兒會遇見那些走在潮流尖端的人，而他們會認為他神通廣大，還會在他所愛的女人面前竭力表現出對他的欽羨與友好，他便重新尋回了社交生活的迷人之處。他曾已厭倦那樣的人生，然而，有一株火苗巧妙鑽了進去，在裡面搖曳舞動，增添了熱情的色彩；自從他將一段新戀情融入生活當中，那生活的質地在他看來便顯得既珍貴又美麗。

但是，每一段這樣的戀情，或這樣的調情，皆是某一場夢大致完整的實現，而那場夢正源於映入斯萬眼簾的一張臉或一副軀體，對此，他發自內心，不牽強附會地，直覺迷人；另當別論的是，有一天，在劇院，一位昔日友人將他介紹給奧黛特．德．克雷西。以往曾聽那朋友談起她，說她是個令人神魂顛倒的女子，說他本來也許能跟她激出點什麼火花，卻又把她說得其實比看上去更難到手，好顯得自己將斯萬介紹給奧黛特是一件極講義氣的事。對斯萬而言，當然，她看上去絕非不美，但那是一種他無感的美貌，激不起他絲毫慾望，甚至還造成他某種不舒服的嫌惡感。這樣的女子大家都認識幾個，每個人遇到的類型各不相同，總之與我們的感官要求恰恰相反。她的側面太突出，肌膚太嬌弱，顴骨太高，輪廓線條太細長，實在難以取悅斯萬。她有一雙美麗的明眸，但那麼大，被其本身的重量壓彎，對臉上其他部位形成負擔，以至於在他看來，她總像是板著一張臭臉或心情惡劣。在劇院那次引見之後過了一段時間，她寫信給他，希望能看看他的私人收藏，她是那麼地感興趣，「這樣的她，無知，但偏好美麗事物」；信上說，她覺得，等她去到她想像中「有茶香、書香，那麼舒適的」他的「home」拜訪，應該會對他有更深入的了解，儘管她毫不掩飾地表示驚訝，沒想到他竟是住在那一區，那兒應該十分寒酸乏味，而且「對那麼 smart 的他來說，實在太不 smart 了」。等到他真的讓她過來，離開時，她表達了遺憾之意，稱說在這住宅停留的時間太短了，並說很高興能進入他家，說得彷彿他比她其他舊識更有分量，而兩人之間似乎建立起一條浪漫的連接號；這個說法令他莞爾。但斯萬已接近不太做夢的年紀，到了這種歲數，要懂得止於為享受戀愛的樂趣而戀愛，別太苛求兩情相悅；那心心相印之感，雖已不再如情竇初開的年少時那般被視為是愛情必然鎖定的目標，倒也因為一股強大的聯想力，仍與他相連，若在愛情來臨之前那便已出現，也可能成為愛的理由。以前，男人夢想擁有心愛女人的心，年歲漸長後，光是感受到自己擁有一個女人的心，即可能足以令您陷入愛河。由於人在愛情中特別追尋一種主觀的享受，因此，到了似乎應該最偏重貪享女性美貌的年齡，確實有可能萌生愛情——純粹講求肉體的愛——但在其根本原由中，並無先決預設的慾望。人生到了這個階段，早已被愛情擊中幾次，面對我們受驚動、但又被動的內心，愛情已不再單打獨鬥地依循其未知又宿命的法則在演進。我們前來支援，用記憶及猜測加以歪曲。認出愛情的某個病兆後，我們便會回想起來，進而認出其他徵兆。由於我們已譜過戀曲，整首歌曲點滴刻印心中，無需一個女人對我們細說從頭——那源頭始於美貌激起的愛慕——才能找到後續脈絡。如果歌曲是從中段唱起——那正是兩心相印，我眼中只有你、你眼中只有我的階段——那配樂我們早已耳熟能詳，於是得以在對方等待我們的樂段中，立即加入合唱。

奧黛特·德·克雷西又回去探望斯萬，登門次數益發頻繁；每一次的造訪大致都一再令他失望：再次相見之前，他已有點忘記那張臉的特徵，不記得她表情如此豐富，而且儘管她還年輕，面色卻已如此黯淡。聽她閒聊之際，他遺憾她擁有的絕世美貌不是他直覺偏愛的那些類型。此外，不得不說，奧黛特的臉看起來削瘦突出了些；這是因為額頭及臉頰上方這塊完整、而且較扁平的面積，被當時流行的豐厚髮型遮蔽了，也就是朝「門面」延長，頂上「刷鬆」拉高，一綹綹凌亂的髮絲沿著雙耳披散著；至於她那令人讚嘆的軀體，曲線流暢卻不易察覺（這得歸咎當時的風尚，雖然她已是最懂穿衣的巴黎女人之一），馬甲過分朝前突出，宛如穿在一副假想的肚腩上，卻又猛然收縮成尖形，下方則膨脹展開圓鼓鼓的雙層長裙，讓女人看起來就像是由不同的零件組合而成，拼裝拙劣；而那些皺褶、荷葉邊、背心，一樣接著一樣，卻各自為政，根據設計上的突發奇想或布料材質的關係，那線條，連到蝴蝶結、蕾絲抓褶、瀑瀉而下的抽絲流蘇亮片，或牽引這些裝飾，沿著緊身胸衣一路點綴，但與活生生穿著它的人完全搭不上關係，而端視這些浮誇的飾品結構是契合她的身材，還是偏差得太遠，那女人若不是顯得聳肩縮腦，就是整個人被埋沒不見。

但是，奧黛特離開後，想到她曾對他說，在他讓她再來之前的那段時間，對她而言有多麼難熬，斯萬不禁微笑；他想起有一次，她不顧流露滿臉擔憂，神情羞怯地求他別讓她等太久；還有她當時的眼神，直直凝視著他，惶恐哀求，在以黑天鵝絨飄帶繫在大圓白草帽前方的那束人造三色堇之下的她，顯得楚楚動人。「那您呢？」她說，「您難道不想到我家來喝杯茶嗎？」他搬出手上的工作推託，那是關於台夫特畫家維梅爾[7]的研究，事實上已荒廢多年。「我明白，像我這

7 維梅爾（Johannes Vermeer, 1632-1675），十七世紀荷蘭黃金時代畫家，畢生在台夫特（Delft）生活與工作，與林布蘭齊名，作品有《戴珍珠耳環的少女》、《倒牛奶的女僕》等。《台夫特風景》的藝術性是《追憶逝水年華》中作家貝戈特追尋的目標。

麼一個弱女子，在您那樣博學多聞的大學者旁邊，什麼忙也幫不上。」她這麼回應他，「我簡直就像達官顯要會議上的一隻青蛙。只是，我多想充實自己啊，求知，得到啟蒙。翻讀舊書，埋頭在古老文獻中，那該是多麼有趣的事！」她又說道，一副自滿模樣，好比一位優雅的女子堅定地稱說，她最大的喜悅就是不怕為了一項不潔的基本需求而弄髒自己，例如親自下廚，「不惜用雙手去揉麵團」。「您一定會嘲笑我，那位阻止您來看看我的畫家（她想說的是維梅爾），我以前從來沒聽說過；他還活著嗎？在巴黎看得到他的作品嗎？也好讓我能去見識您喜歡的東西，稍稍猜想，在這運作得這麼辛勤的寬闊額頭下，這讓人覺得總是在思考的腦袋裡，究竟裝了些什麼，然後告訴我自己：這就對了，他正在想的就是這個。參與您的工作該是多麼夢幻的事！」他為自己畏懼結交新朋友表示歉意，以前，出於討女性歡心的體貼，他稱此為淪為失意者的恐懼。「您害怕受人喜愛？這還真奇怪，我呢，我只追求這個，願意用一生去覓得一次真愛。」她說出這番話時的語調那麼理所當然，那麼深信不疑，竟令他為之動容。「您一定曾經為了某個女人傷心痛苦過，以為其他女人都跟她一樣。是她不懂得怎麼瞭解您，您這個人那麼另類，這正是我最初喜歡上您的地方，我清楚地感覺到您和一般人不同。」

「順道一提，您也是，」他對她說，「我最懂女人，您應該有一大堆事情要忙，幾乎不得空閒。」

「我啊，我一向無事可做！我一直都有空，永遠會為您騰出時間。無論白天還是夜裡幾點鐘，只要您方便見我，都請派人來找我，我會連忙趕到，高興都來不及。您也會這麼做嗎？您知道嗎？要是能把您介紹給維爾迪蘭夫人就太好了，我每晚都會去她家。想像一下！我們要是能在她那兒碰面，讓我覺得，您會去，有點兒也是因為我的緣故！」

約莫，當他獨處，像這樣回憶他們的晤面，想起她的時候，在他的浪漫遐想中，他不過是將她的倩影置於眾多其他女人的形象當中一起搬演；但是，倘若虧得某種情況（甚或並非多虧那情況，那在某種始終潛存的事態浮上檯面之際才出現的情況，本可能對他並無任何影響），奧黛特．德．克雷西的形貌跑來占據他所有遐思，倘若這些美妙的胡思亂想再也無法與回憶切割，那麼，她外型上的不完美，或是否較別的軀體更合乎斯萬的品味，這些都完全不再重要；因為，這副軀體既已成為他所愛之人的身體，從此以後，就唯有它能帶給他喜悅與折磨。

我的外公的確認識維爾迪蘭那家人，從那對夫婦現今的交友狀況來看，這真令人意想不到。不過，他已和他口中那個「小維爾迪蘭」斷絕所有聯繫，認為那小伙子——儘管依然家財萬貫——大致說來，有點墮入波希米亞人和廢渣之歧途。有一天，他收到斯萬的一封來信，問他能否將他引介給維爾迪蘭夫婦。「當心哪！當心！」外公嚷了起來：「我一點兒也不訝異，斯萬最後應該就是會走上這條路。好厲害的圈子！首先，他的要求我做不到，因為我跟那位先生已經不熟。再者，這背後一定藏著一段跟女人有關的事，我可不想被牽扯進去。這下可好了！這斯萬要是成天跟小維爾迪蘭夫婦廝混，我們可就有好戲看了！」

由於斯萬在我外祖父那兒碰了釘子，最後是由奧黛特親自帶他進了維爾迪蘭家。斯萬初登場那天，受邀到維爾迪蘭家晚餐的有寇達爾醫師和醫師夫人，年輕鋼琴師和他的姑媽，以及當時最受他們寵愛的一位畫家。晚餐後，其他信徒也來加入。

寇達爾醫師一向無法精確掌握該用什麼語氣回應他人，不確定對方是開玩笑還是認真。於是，無論做什麼表情動作，他乾脆一律堆上一副暫時的敷衍笑容，以便見機行事，其中隱含著觀望、不妄動的詭思，倘若人家對他說的其實只是句玩笑話，那就可用來開脫，不怪他天真無知。但由於還得考量到相反的可能性，他不敢讓那笑容明確地綻放，於是大家總看到他臉上永遠游移著一絲不確定，而他不敢說出口的問題卻躍然其上：「此話當真？」大街上、甚至在整個生活當中，他也不知道該如何拿捏自己的行為舉止，沒比在沙龍裡好到哪兒去。常可看見他對路人、馬車、事件以一副狡黠的微笑回敬，預先摒除了舉止失當的所有可能，因為，假使那態度有問題，他便藉著這張笑臉證明自己其實早就知道，而之所以會採取那種不當態度，只是為了開個玩笑。

然而，在所有他覺得可容他直接發問的事項上，寇達爾醫師無不努力縮限自己猶疑的範圍，補充自己所知的不足。

因此，當初離開鄉下老家後，他便遵照他那深具遠見的母親的建議，一遇上沒聽過的慣用說法或專有名詞時，絕不會就此放過，不去查詢相關資料。

關於慣用說法，他孜孜不倦地汲取資訊，因為，他有時猜想那些說法的意義實則更加精細，極渴望知道最常聽到人家使用的那些語句，究竟是要表達什麼：魔鬼之美[8]，藍色血統[9]、抬轎人生[10]、哈伯雷的一刻鐘[11]、當優雅之君王[12]，惠賜白卡[13]、啞口無言[14]等等……而他自己在哪些特定狀況下，也能在說話時用上。用不上時，他便拿出先前學到的文字遊戲。當人家在他面前講到新的人名姓氏，他只提高尾音用疑問句法重複一次，認為這樣即可不動聲色地引出進一步的解釋。

由於他自認對凡事皆具批判精神，但實則完全沒有，就像明明是想對某人略施小惠，卻堅稱是自己欠對方一份情，骨子裡其實又不願對方真是如此作想，這類細膩的禮節用在他身上全是枉然，不論聽到什麼，他都照字面意思來理解。無論維爾迪蘭夫人對他多麼盲目地偏寵，就算心裡仍覺得他是個細膩體貼之人，終究仍是被激怒了：當她邀他在劇院前台包廂聽莎拉·伯恩哈特演

8 魔鬼之美（la beauté du diable），意謂稍縱即逝的青春貌美。

9 藍色血統（du sang bleu），指貴族血統。

10 抬轎人生（mener une vie de bâtons de chaise），原意指動盪不安的人生。

11 哈伯雷的一刻鐘（le quart d'heure de Rabelais），指面對債款卻無力清償的尷尬時刻，後來泛指窘迫煎熬的時刻。典故源自十六世紀，身無分文的作家哈伯雷（François Rabelais, 1483-1553）從羅馬被召回巴黎，途經里昂時在旅店住了一晚，但沒錢付餐宿旅費，只得出下策謊稱自己要毒害國王，得以囚犯的身分被一路押送回巴黎，既順利解決食宿交通的問題，最後也見到了國王。

12 當優雅之君王（être le prince des élégances），意指出類拔萃。

13 惠賜白卡（donner carte blanche），給一張空白的卡片，意謂賦予全權處理的自由。

14 啞口無言（etre réduit à quia），意為令人無話可說。

出，而且為了顯得自己慷慨大方，對他說：「醫生，您肯來真是太賞光了，尤其我確信您早就常聆聽莎拉．伯恩哈特演戲。再說，我們離舞台似乎也太近了點呢。」已坐進包廂的醫師臉上浮著一抹微笑，等著哪位有發言權的人對他透露這場表演的價值，再決定是要進一步笑得更明朗些，還是該卸下笑容，此時回應她：「的確離得太近了，而且我已開始厭倦莎拉．伯恩哈特。不過，既然您向我表達了渴望我來的意思，對我而言，您的渴望就是命令。能為您做這一點小事，我高興都來不及。為了讓您開心，有什麼不能做的呢？您是這麼好的一個人！」接著他又說，「莎拉．伯恩哈特，就是那位金嗓子，不是嗎？常有文章寫她點燃了舞台。好奇怪的說法，可不是嗎？」他滿心期待這番話引來好評，卻沒得到絲毫回應。

「你知道，」維爾迪蘭夫人曾對丈夫說，「我們出於謙虛，每次總是貶低自己施予醫師的好處，我想我們走錯路線了。他是個活在現實世故之外的學究，不懂評斷東西的價值也就算了，竟然還把我們告訴他的對別人轉述。」「先前我還不敢講，但這件事我早就注意到了。」維爾迪蘭先生說。於是，隔年的新年當天，維爾迪蘭不再派人給寇達爾醫生送上一顆要價三千法郎的紅寶石，對他說那點東西不成敬意，而是用三百法郎買了一顆人造珠寶，但讓他明白，要見到這麼美的東西有多困難。

當維爾迪蘭夫人宣布今晚會有一位斯萬先生加入聚會時，「斯萬？」醫師脫口喊出，吃驚的語調聽來格外唐突，因為，這個自以為永遠萬事皆有準備的男人，一向比任何人都更容易被微乎其微的小事嚇個正著。眼見大家沒有回應，他又大聲嚷嚷：「斯萬？誰啊？這個斯萬?!」等維爾迪蘭夫人開口，他漲到最高點的焦躁不安瞬間放鬆，「就是奧黛特向我們提過的那位朋友。」「啊！好，好，這樣很好。」醫師平靜下來。至於畫家，他很欣喜斯萬被引入維爾迪蘭夫人家，因為他猜測此人應是愛上了奧黛特，而且樂見其成。「沒有什麼事比媒合婚姻更讓我覺得好玩，」他在寇達爾醫師耳畔悄聲坦承，「我促成過許多姻緣，甚至連女女配都能成功！」

奧黛特告訴維爾迪蘭夫婦斯萬非常「smart」，這讓他們擔心會遇上一個「討厭鬼」。結果正好相反，他給他們留下極佳的印象，但其中一項間接因素正是他時常出入優雅的社交圈，然而這一點他們並不知情。的確，相較於即使聰明、卻未曾進入上流社會的人，斯萬有一處勝出：他屬於那類已有些許體驗的人，不再因為對上流社會的渴望或是恐懼而胡思亂想，進而扭曲了那個圈子，毫不尊重。這類人的友善無關任何虛榮傲慢，也無關對過度表現友善的擔憂，因而中立，於是擁有四肢柔軟之人的那份從容，那份舉止優雅，能精準執行心中所想，無需身體其他部位來笨手笨腳，畫蛇添足。對人家介紹給他的陌生年輕人伸出善意的手，在人家當面向大使介紹他時拘謹行禮，上流人士這套簡單的基本體操在斯萬的整個社交舉止中不知不覺地一氣呵成，而在面對像是維爾迪蘭夫婦以及他們的朋友這種階級比自己低的人時，他總是本能地體現殷勤，設法事先打點，刻意避免自己成為他們口中的「討厭鬼」。他唯獨對寇達爾醫生表現片刻冷淡：兩人尚未交談，斯萬就看見他在向自己擠眉弄眼，笑得曖昧（寇達爾自稱為『放馬過來吧！』的表情），他一時以為醫生大概認識他，或許也曾經涉足某個聲色場所，儘管他其實極少前往，因為他從來不曾融入那種花天酒地的圈子。他覺得醫生的這個暗示意味低俗，更何況還當著奧黛特的面，這恐怕會令她產生惡劣印象，於是，他便以冰冷的表情武裝自己。但當他得知在他身邊的某位婦人即是寇達爾夫人時，他心想：一個這麼年輕的丈夫應該不會在自己的妻子面前影射那類消遣娛樂才是，於是便不再將醫生那副意有所指的神情，想成是他猜疑的那個意思。畫家則是立刻就邀斯萬帶奧黛特前去他的畫室拜訪；斯萬覺得他很親切。「說不定您還比我更受寵呢！」維爾迪蘭夫人說著，語氣假裝受到刺激，「而且人家還會向您展示寇達爾醫生的肖像（那是她先前下訂單請畫家畫的）。母鹿『先生』，」她提醒畫家，而喊他「先生」是大家公認的玩笑話，「您要記得，眼睛，要把那漂亮的眼神、那巧妙有趣的部分給畫出來。您知道我特別想要的就是他的微笑，我請您畫肖像，正是要他那副笑容。」由於她覺得自己這個說法很引人注目，於是又非常大聲地再說一次，好確定這些賓客全都聽見了，甚至，算是充作藉口，讓其中幾位因而靠攏過來。斯萬請求認識所有成員，就連維爾迪蘭夫婦的一位老朋友，薩尼耶特，也不例外。薩尼耶特生性害羞、單純，還有一副善良的好心腸，這導致他以檔案學者的博學，優渥的財富，以及名門望族出身所應得的尊敬反而處處碰壁，蕩然無存。他說起話來彷彿嘴裡含著一口粥似地模糊不清，甚是可愛，因為那令人感到那含糊洩露的並非口齒上的缺陷，而是心靈方面的優點，像是他打從人生之初就未曾失去的天真痕跡，所有他發不出的子音都代表著他此生未能克服的難關。斯萬請求將他引介給薩尼耶特先生，這反而使維爾迪蘭夫人將角色對調過來（甚至到了她在回應時還特地強調差異的地步：『斯萬先生，您是否願意容我將您介紹給我們的朋友薩尼耶特？』），不過，這倒是在薩尼耶特心中激發出了熱烈的好感，但維爾迪蘭夫婦卻從來不向斯萬透露這件事，因為他們覺得薩尼耶特有點煩人，也不執意幫他結交朋友；相反地，斯萬深深擄獲了這夫婦倆的心，因為他以為應該立即求見鋼琴師的姑媽。這個女人一如既往地一身黑長裙，因為她相信黑衣適合所有場合，而且還是最高雅的裝束；她的面色跟每次來吃喝時一樣，格外通紅。她帶著敬意向斯萬欠身，站直時卻一派莊嚴。由於她沒得到任何指示，又怕文法出錯，因而刻意用一種混淆的方式發音，心想，在如此模糊不清的狀態下，若是連音規則出了差錯，別人也無法清楚分辨，這導致她的交談只剩一串難以辨別的啞嗓，偶爾冒出一兩個她難得有把握的字句。斯萬一時興起，以為可以在和維爾迪蘭先生說話時對此稍稍嘲笑，結果反而惹得主人不悅。

「她是一位那麼優秀的女性。」維爾迪蘭先生回應，「我同意您說她沒有什麼驚人之處，但我向您保證，單獨和她交談時，她總是能讓人心情愉悅。」「毫無疑問，絕對是，」斯萬連忙讓步，「我想說的是，在我看來，她不是那麼『出色耀眼』。」他補上一句，特意凸顯這番形容，「總而言之，這毋寧是我的一番讚美！」「聽好了，」維爾迪蘭先生說，「可別怪我嚇到您，她寫起東西，風格可是十分迷人的。您從來沒聽過她外甥演奏？那真是令人讚賞，可不是嗎，寇達爾醫生？要不要我去請他彈一段，斯萬先生？」

「如此福分……」斯萬才剛開始回應，醫師便做出嘲諷的表情打斷他。事實上，他留意到這段交談中那些強調性的修辭，莊重的形態，都已十分過時，只要聽見某個沉重的字眼被一本正經地說出，例如先前那句中的「福分」二字，他便認為這說者顯得裝腔作勢。如果，更甚地，那個字詞還正巧是他歸類為所謂的陳腔濫調，不論平時多麼常用，醫師都會預設這麼開頭的句子必然可笑，並以看似指責對方本想安插的陳腔濫調，為他做個諷刺的結尾，然而對方從未如此作想。

「如此福分實乃法蘭西之幸！」他故作聰明地高舉雙臂，誇張高喊。

維爾迪蘭先生忍不住哈哈大笑。

「這一群好人兒都在這兒笑什麼呀！大家在這個遠遠的小角落裡，看起來都無憂無慮的。」維爾迪蘭夫人嚷了起來，「但你們覺得我呢？我自己一個人待在那兒罰坐，還能高興得起來嗎？」她裝做孩子氣，一副掃興的口吻。

維爾迪蘭夫人坐在一張瑞典杉木高腳椅上，是那個國家某位小提琴手送她的，儘管椅子形狀令人想到梯凳，和她那些漂亮的古傢俱格格不入，但她還是留了下來，堅持將眾信徒平常時不時就送來的禮物擺在顯眼處，好讓餽贈者來訪時會有認出來的欣喜。同時，她也試著說服人家帶鮮花和糖果來即可，這些至少是可被消耗的東西；可是沒能成功，於是她家裡積藏了各式暖腳爐、靠墊、掛鐘、屏風、氣壓計、東方瓷花瓶，款式相同，多有重複，賀歲新禮堆放得雜亂無章。

以這高高在上的姿態，她與高采烈地參與信徒們的交談，他們的「胡說八道」逗得她樂不可支，但自從那次下巴脫臼的意外後，她就不再使勁放聲大笑，改以一種客套的神情取代，既不費力也不冒險表示她笑出了眼淚。但凡任何常客脫口說出一個字，攻擊某個討厭鬼或是已被打入討厭鬼陣營的另一位常客，她便輕輕尖叫一聲，緊緊閉上她那雙逐漸被白內障遮蔽、猶如禽鳥般的利眼，彷彿只來得及遮住一幕不正經的場面，或擋下一條死路似地，將臉埋進雙手中護住，隔絕任何可見事物，看似在努力抑制，打消一次大笑，而且若是沒能守住，恐怕就要害得她暈過去。這令維爾迪蘭先生大失所望。長久以來，他自認和妻子同樣可親，但他的大笑絕對誠心，而且很快就笑到沒氣；對於她那停不下來又虛假的狡猾笑法，他只能退避三舍，自嘆不如。就像這樣，維爾迪蘭夫人被信徒們的愉悅歡快迷得樂陶陶，沉浸在志同道合之感裡，在道人長短和得到附和當中飄飄欲仙，她高棲在座椅上，宛如一隻飼料被熱紅酒浸泡過的鳥兒，被友情感動得抽噎不已。

然而，在問過斯萬，得到允許後，維爾迪蘭先生點燃菸斗（「在這兒不必客氣，大家都是志同道合的朋友」），懇請年輕音樂家坐上琴椅。

「哎呀，拜託，別給他找麻煩，他又不是來這兒做苦工的，」維爾迪蘭夫人嚷了起來，「我可不想讓人家折磨他！」

「妳怎麼說這是給他找麻煩呢？」維爾迪蘭先生說，「說不定斯萬先生沒聽過令我們耳目一新的那首升F大調奏鳴曲。他可以為我們彈奏鋼琴改編版。」

「啊！不，不，別選我的奏鳴曲！」維爾迪蘭夫人大喊，「我不想像上回那樣，因為哭得太厲害而患上鼻傷風，還外加顏面神經痛。真謝謝你這份大禮，我可不想再來一次。你們其他人可輕鬆了，會在床上呆躺一個禮拜的顯然不是你們！」

每回鋼琴師正準備演奏，這齣短劇就要上演一次，朋友們都看得如癡如醉，彷彿這戲碼有所更新，視之為「女當家」擁有迷人的創意及音樂敏感度的明證。她身旁那些人對離她較遠、正在吸菸或打牌的另一些人打暗號，示意他們快靠過來，這裡有狀況，就像德國國會會議進行到有意思的段落時那樣，跟他們說：「快聽聽，快聽聽。」[15]隔天，大伙兒會說那一幕比平時還有趣，好讓那些沒能到場的人遺憾扼腕。

「那麼，這樣吧，說定了！」維爾迪蘭先生說，「就請他只彈行板那一段。」

「只彈行板，你想得倒好！」維爾迪蘭夫人又出聲嚷嚷，「讓我束手無策就是行板那段。我們這位當家的可真妙！這不就好比演奏《第九號》[16]時，他說只要聽結尾，或是演奏《名歌手》[17]時，說只聽序曲就好嘛。」

然而，寇達爾醫師卻鼓勵維爾迪蘭夫人讓鋼琴師彈奏，這不是因為他認為音樂對她造成的不適感是裝出來的——他確實看出了些許神經衰弱的症狀——而是基於許多醫師都有的習慣：他們建議某人暫且先忘掉消化不良或傷風感冒，然而一旦事關他們自己也參與其中的某場社交聚會，而那人又是這個圈子的要角，那麼，在他們看來，這就重要得多，因此總會立刻將該人病情的嚴重性打點折扣。

「放心吧，這次不會生病的，」他試著使眼神提議，「而且您若是病了，我們也會把您醫好的。」

「真的嗎？」維爾迪蘭夫人回應，彷彿如此有利的情勢在望，順從才是上策；或許也因為，她每每宣稱自己會因此而生病，有時竟忘記那是謊言，在心態上還真成了個病人。然而，這樣的人寧願恣意地相信自己仍可安然無恙地去做一切喜歡、而且通常會招來不適的事，只要將自己託付給一個強大的人，那麼毋需大費周章，單憑那人的一個字或一顆藥，自己就能恢復元氣。

奧黛特已走到鋼琴旁的絨毯長沙發坐下：

「您知道，我有專屬的小座位。」她對維爾迪蘭夫人說。

夫人看見斯萬坐在另一張椅子上，便喊他起身：

「您坐那兒不合適，還是去奧黛特身邊才好，不是嗎？奧黛特，您願意挪出個位置給斯萬先生吧？」

15　普魯斯特似乎有所混淆，這並非德國國會的習慣，而是英國國會中聽眾對講者觀點表達贊同的方式，出現在十七世紀初，原以「Hear him, hear him」來吸引眾人注意，到了十八世紀縮短為「Hear, hear」。

16　貝多芬的《第九號交響曲》終曲是以席勒詩句譜成的《歡樂頌》。

17　指全劇近五個小時的華格納歌劇《紐倫堡的名歌手》。

「好漂亮的波威沙發[18]！」斯萬入座前這麼說，一心想表現得友善可親。

「啊！真高興您欣賞我的沙發。」維爾迪蘭夫人回應，「我可是先說呀，如果您想找到能與之媲美的，那我奉勸您立刻死了這條心。他們後來就沒再造出這麼美的東西了。連小單人椅也都是精妙之作，等會兒再請您去觀賞觀賞。這各處銅雕都和椅子本身的小主題搭配得天衣無縫，您也是知道的，只要您想看，可有得您賞玩的了，我保證您會覺得不虛此行。光說這滾邊上的小碎褶就好，您瞧，《熊與葡萄》紅底上那株小小的葡萄。那是畫上去的嗎？您怎麼看？我認為他們的確手藝精湛，還懂得作畫！那株葡萄真有那麼引人垂涎？我丈夫聲稱我不喜歡水果，因為我吃得一向比他少，其實才不是這樣，我比你們各位都貪吃，但我不需要把東西放進嘴裡，因為我是用眼睛去享受。你們笑什麼？去問問醫師，他會告訴你們，就是這些葡萄在替我淨化排毒。別人用楓丹白露的葡萄來養生[19]，我則是用波威的葡萄來個小小的療癒。話說，斯萬先生，您可不能沒摸摸這椅背上的小銅雕就離開。這銅青是不是銹得頗為柔和？噢，不，請貼上雙手，好好摸摸看。」

「啊呀！維爾迪蘭夫人要是談起銅雕，我們今晚可就聽不到音樂了。」畫家說。

「閉嘴，您這個居心不良的壞傢伙。」她接著轉而對斯萬說，「其實，人家禁止我們女人享受的快感都不及它美妙，根本沒有一副肉體能與之相提並論！當維爾迪蘭先生賜我這份榮幸，嫉妒起我來——拜託，至少有點風度，別說你從來沒……」

「可是我根本什麼都沒說。您看看，醫師，您替我作證：我可有說過什麼嗎？」

斯萬禮貌性地觸摸銅雕，不敢立刻停手。

「這樣吧，您稍後再回來摸，現在我們要撫慰的是您，要撫進您的耳朵裡；這一味您很喜歡吧？我是這麼想的。現在，就由這位可愛的年輕人負責這任務吧！」

然而，鋼琴師一曲奏畢，斯萬對他比對在場其他人都更和善可親。原因如下：

前一年，一場晚宴上，他聽到一首鋼琴與小提琴合奏的樂曲。起初，他僅品味著樂器流瀉出的聲響音質。當他在小提琴細微、持久、綿密且主導行進的線性短句之下，猛然發現渾厚遼闊的鋼琴聲部試圖以行雲流水之姿浮出時，那千變萬化，一氣呵成，平滑蕩漾，如蒙月光照耀而更顯迷人溫潤的淡紫浪潮，已然是一份絕妙樂趣，但進行到了某個時刻，那令他喜悅之事究竟為何，難以名狀，他突然深受迷惑，試著摘記那段樂句或和弦——他自己也不清楚——樂音流瀉而過，拓展了他的心靈，一如傍晚潮濕空氣中瀰漫的某些玫瑰味具有擴張鼻孔之效。或許正是因為他不懂音樂，才能感受到如此混亂的印象，又或許唯有這類印象，純屬音樂，未經引申，完全原創，

18　波威（Beauvais）位在法國北部上法蘭西大區瓦茲省（Oise），歷史悠久，古羅馬時代即建城，自古以盛產織物聞名。一七三四年至五五年間，波威的掛毯織造廠（Manufacture de Beauvais）是由為《拉封丹寓言》繪製插圖的版畫家烏德里（Jean-Baptiste Oudry）掌管。拉封丹未曾寫過《熊與葡萄》，倒是《狐狸與葡萄》廣為流傳。

19　在此是指楓丹白露所產的莎斯拉白葡萄（Chasselas），用以釀酒，據稱具有療效。

才不至於簡化為任何其他類型的印象。因此，這樣的印象，在某一剎那，可謂「*sine materia*—無物質」。想必當時聽見的音符，已根據音高與音長，試圖填滿我們眼前大小不一的表面，畫出各種花式曲線，賜我們寬廣、持久、穩定、隨想等等感受；但樂音旋即消逝，這一切在我們心中還不夠具體，難以不被隨後、甚至同時奏出的音符啟迪的感受淹沒。而這份印象將以它的流動性和「暈染技」，繼續包覆時不時冒出、初可辨識卻又立即沉沒消失的動機，這些動機僅能憑藉它們賦予的特殊愉悅得知，無法描述、追憶，指出其名，以言語形容——倘若記憶，如一名工人在大浪中豎立堅固耐久的基樁，既為我們複製這些稍縱即逝的樂句，卻又不許我們拿來與後續的樂句相比，找出差異。因此，斯萬那份美妙感受才剛失效，他的記憶當下即將這份感受轉寫成一段簡短而臨時的描述填入，即使樂曲仍然繼續演奏著，他已能瞥見幾眼，多虧如此，當相同的印象突然再現，便不再無從捕捉。他揣想其篇幅之長短，對稱的組合分布，譜記樣貌，表現力道；他眼前的這個東西不再是純粹的音樂，而是圖畫，建築，思想，有助他回想樂曲。這一次，他清楚辨識出一段樂句揚起，凌駕於音波之上，持續片刻，立即帶給他陣陣特殊的快感，那是他在聽聞之前無從想像的，而他覺得，除了這段樂句，再無任何事物能讓他得到此類體驗，聽來彷彿歷經一段未知的愛情。

起初，以一種緩慢的節奏，這個樂句引領他先來到這裡，然後到那裡，之後再到另一個地方，走向一份高貴、理智難解卻又精確的幸福。突然間，暫停片刻之後，樂音猛然轉向，轉換成一股新的運行模式，速度較快，細微，哀怨，連接不斷，溫和輕柔，領著他一同前往各種未知的陌生景觀，而後消失不見。他滿心祈願能三度相逢。那句樂音確實再現，卻未訴說得更加清楚，造成的快感甚至沒那麼深刻。不過，回家後，他忽然需要那段樂句，就像一個男人，生命中有名女子路過，他驚鴻一瞥，剛納入一種新的美貌意象，為自己的敏銳增添了一份更高的價值，卻不知能否再一睹芳顏；他已陷入愛河，卻連她的名字都不知道。

同樣地，對一段樂句的這份愛似乎已在斯萬心中灌注了一種重返青春的可能。打從那麼長一段時間以來，他早已放棄為一個理想目標投入一生，僅侷限於追求滿足日常，以至於他相信、但從未正式如此作想，認為如此模式至死都不會有變；更甚的是，在自己的神智中，他再也感受不到高尚的念頭，不再相信它真實存在，卻也無法全面否認。為此，他養成了走避的習慣，遁入無甚緊要的想法當中，好藉此將事情的實質真相擱置一旁。一如他不需思忖不去上流社交圈是否較好，倒是明白，若接受了一項邀請，就該前往，倘若未能前去拜訪，事後就該留下名片；與人交談時，他也盡量絕口不提內心對事物的私己之見，而是提供具體的細節，這些訊息自有某種程度上的價值，他便無需揭露自已的尺度。對於食譜內容，某位畫家的生辰死期，作品分類，他皆掌握得極度精準。儘管如此，偶爾，他也會對一部作品、理解人生的方式縱情發表評論，但此時會在言辭中加入一點嘲諷語氣，好似並不全然同意自己的說法。然而，如同有些人身體虛弱，卻因為到了另一個國家、一種不同的飲食習慣、有時則是一種生理變化，自發且神祕，突然間，使得病痛似乎大幅退散，致使他們於是起心動念，設想起在晚年展開一段截然不同的人生這種未曾妄想過的可能；在斯萬回憶先前聽到的樂句之際，在他為了看看能否發現那段樂句而請人演奏的幾首奏鳴曲中，就顯現了這類無形的現實，那是他早已不再相信的存在，而且，彷彿音樂在他為之所苦的道德荒漠上產生了一種以偏好來左右的影響，他重新感受到欲望，以及幾乎可為那存在奉獻一生的力量。但是，由於他無法得知自己聽到的樂曲出自何人之手，便不能取得，結果終至遺忘。在那個星期，他的確遇見一些曾和他同在那場晚宴上的人，也問了他們；但有好幾位是在樂曲結束後才抵達，要不就是已提前離開；然而還是有些人演奏當時正在場，但去了另一間沙龍聊天，而那些留在現場聆聽的人也沒比前面那些人多聽到什麼。至於那家主人，他們知道那是一首新作，是請來的那些音樂家要求演奏的，而那些人這時已出發去外地巡演了，斯萬無法打聽到進一步的訊息。他確實有些音樂界的朋友，但他雖能追憶那樂句帶給他的那份難以言喻的特殊愉悅感，眼睜睜看著它描繪出的形貌躍現眼前，卻沒有能力將之哼唱出來。後來，他對這件事便沒再多想。

然而，就在維爾迪蘭夫人家，年輕鋼琴師才彈奏幾分鐘，在一個持續兩小節的長音之後，突然，斯萬看見掙脫這宛如為了掩藏潛伏的神祕而拉起的延長音幕迎面撲來，隱祕，微微作響，與眾不同，他認出來了，正是那段他內心所愛、既輕盈又芬芳的樂句。它如此特別，魅力如此獨特，無可取代，對斯萬而言，就好比在某個朋友的沙龍裡遇見曾在路上驚鴻一瞥、而且惆悵後來未能再見一面的佳人。曲終人散後，她便遠去，去向明確，腳步急促，殘香裊裊，在斯萬臉上留下了她微笑的倩影。但現在，他能夠去打聽那位未知作曲者的姓名（人家告訴他，那是凡特伊所譜的鋼琴與小提琴奏鳴曲中行板）。他記下曲子，此後將能在自家擁有，想聽幾次都沒問題，他可以試著鑽研這樂曲的語言及奧祕。

因此，當鋼琴師一曲奏畢，斯萬便上前向他表達感激之意，激動程度令維爾迪蘭夫人芳心大悅。

「多麼迷人啊！」她對斯萬說，「可不是嗎？天可憐見的小傢伙，這首奏鳴曲他掌握得非常徹底。您以前都不知道鋼琴能達到這種境界。說真的，這當中什麼都有，就是不聞琴聲！每次再聽，我總以為聽見了一個交響樂團，甚至比交響樂團更美、更完整。」

年輕鋼琴師欠身鞠了個躬，面帶微笑，宛如口吐珠璣似地逐字強調：

「夫人您對我真是太慷慨了。」他說。

維爾迪蘭夫人對丈夫說：「來吧，給他一點橘子水，這是他值得的獎賞。」斯萬則向奧黛特描述他對這一小段樂句是何等眷戀。當維爾迪蘭夫人在稍遠處發話：「好極了！在我看來，有人似乎正在對您訴說甜言蜜語呢！奧黛特！」，後者回應：「是的，十分甜蜜。」斯萬這時覺得她的單純可愛迷人。他向人問起凡特伊這位作曲者，打聽他的作品，是在哪個人生階段譜寫出這首奏鳴曲，那一小段樂句對他而言又是可能代表何種意義：尤其是這一點，他真希望能知道。

不過，裝模作樣對作曲者大加讚嘆的這群人（當斯萬說那首奏鳴曲真是美極了之際，維爾迪蘭夫人高聲嚷說：「當然很美，還用得著您說！話說，不識凡特伊的奏鳴曲可是不能說出來的，沒有人有權利不知道這首曲子。」畫家也來補上一句：「啊！那真是一首神妙至極的傑作，可不是嗎？容我這麼說：那並非一樣『昂貴』卻『大眾化』的東西，不是嗎？但對藝術家而言，那實在是十分強烈的感受啊！」）似乎從未想過這些問題，因為他們根本無法給出答案。

甚至，當斯萬針對他鍾愛的樂句提出一、兩個獨到見解時，卻只聽得：

「話說，這可真有趣，我以前從來沒注意到。跟您這麼說吧：我不太喜歡鑽牛角尖和捕風捉影；在這兒的時間不該浪費在吹毛求疵上頭，那可不是我們家的風格。」維爾迪蘭夫人這麼回應。寇達爾醫師懷著滿心讚嘆及好學的熱誠，看著她自得其樂地將這一串慣用成語說得行雲流水。此外，他和寇達爾夫人抱持著一種部分平民也有的為人處世之道，夫婦倆回家後雖然互相坦承對這首曲子的了解並不比對「母鹿先生」的畫作多到哪兒去，當下在現場仍留心對這樂曲不妄加評論，或假裝懂得欣賞。由於大眾僅能透過某種慢慢領略到的藝術的刻板模式識得大自然的迷人優雅，以及種種形態，一名有創意的藝術家則是必從摒棄那些刻板模式開始創作，寇達爾醫師和其夫人也就代表著閱聽大眾，無論在凡特伊的奏鳴曲或畫家的肖像畫作中，都不識當中的樂音和諧與繪畫之美。鋼琴師彈奏那首奏鳴曲時，他們覺得他就像是隨便在鋼琴上掛上幾串音符，的確無法銜接他們習慣的音樂形式；畫家也像是隨便在畫布上潑灑色彩而已。當他們總算在那五顏六色之中認出某種形狀，卻又覺得它笨重、粗鄙（也就是缺乏學院派畫作的優雅，而他們正是透過那樣的目光去觀看大街上活生生的行人），而且不真實，彷彿母鹿先生不懂肩膀的架構，也不知道女人的頭髮不會是淡紫色。

然而信徒們既已解散，醫師覺得時機正好，趁著維爾迪蘭夫人還在對凡特伊的奏鳴曲發表最後一點感想，他宛如游泳初學者跳進水裡想練習，特地選了一個沒有太多人看到的時機說：

「所以，這就是所謂的頭牌音樂家啊！」他突然下定決心大聲嚷嚷。

斯萬僅得知這首凡特伊奏鳴曲是近期才問世的新作，雖然令一個走向非常前衛的樂派印象極為深刻，但完全不為廣大聽眾所知。

「我還真認識一個姓凡特伊的人。」斯萬想起我外婆姊妹的鋼琴教師。

「說不定就是他呢！」維爾迪蘭夫人嚷說。

「噢！不可能，」斯萬笑著回應，「您若是見過他兩分鐘，就不會提出這樣的疑問。」

「那麼提出問題，就等於解決問題？」醫師說。

「不過，也許是他的親戚。」斯萬又說，「那樣的話可就相當悲哀了。不過，一個天才也可以是個笨老頭的堂親。要是這樣，坦白說，只要那笨老頭為我引薦這首奏鳴曲的作者，我什麼苦也不怕：首要之苦即是得跟笨老頭打交道，那應該是件麻煩事。」

畫家知道凡特伊當時已經病重，波坦醫師擔心救不了他。

「什麼?!」維爾迪蘭夫人驚呼，「現在竟然還有人會找波坦看病！」

「啊！維爾迪蘭夫人，」寇達爾用浮誇的馬里沃風格說，「您可別忘了您評論的是我的同儕，或者，應該說，是我的老師啊。」

畫家曾耳聞凡特伊恐怕有精神異常的危險，還煞有其事地說，可從那首奏鳴曲當中的某些樂段察覺。斯萬不認為這是荒謬的看法，但感到困擾，畢竟，一首純音樂作品完全不含言語上的顛三倒四會令瘋狂現形的那種邏輯關係，那麼，從一首奏鳴曲中辨識出的瘋狂，在他看來就和一隻母狗或一匹馬的瘋狂一樣神祕，然而那確實是可以觀察到的現象。

「所以別再拿您的老師來煩我了！您知道的可比他多上十倍！」維爾迪蘭夫人這麼回應寇達爾醫師，語氣宛如一個勇於表達意見的人，跟看法互異者昂然對峙，「您至少不會把您的病人給醫死！」

「但是，夫人，他可是國家醫學科學院院士。」寇達爾醫師語帶諷刺，「要是有哪個病人寧願死在一位科學王公手裡……就可以告訴別人：『我的主治醫師是波坦大夫。』這聽起來總是比較神氣。」

「啊！比較神氣？」維爾迪蘭夫人說，「所以，現在生病算是件神氣的事了？我還真不知道呢……您真會尋我開心！」她嚷了起來，突然把臉埋進雙手裡，「而我這個傻瓜，竟然還一本正經地跟您討論，都沒發現自己已經上了您的賊船！」

至於維爾迪蘭先生，他覺得為了這點小事就得咧嘴大笑有點累人，只吸了一大口菸斗，幽怨地想著，在受人愛戴這件事上，他再也追不上妻子了。

「您知道，您的朋友很討我們喜歡。」在奧黛特要道晚安離開時，維爾迪蘭夫人對她說，「他單純又迷人；您要介紹給我們的朋友如果都是這樣，那盡可把人都給帶來。」

不過，維爾迪蘭先生提醒：斯萬並不欣賞鋼琴師的姑媽。

「那男人，當時他覺得有點不自在。」維爾迪蘭夫人回應，「不過，這才第一次，你總不能期望他跟在我們這小核心參與多年的寇達爾一樣，已經能和我們這一門派同聲出氣吧。第一次不算數，只是用來彼此探個風向罷了。奧黛特，明天要是讓他來夏特萊劇院[20]找我們會挺好的，您能帶他過來嗎？」

「那可不行，他不想去。」

「啊！好吧，那就隨便你們了。但願他別在最後一刻脫隊！」

讓維爾迪蘭夫人大為驚訝的是，斯萬從不脫隊。無論他們在那兒，他無不前去會合。有幾次，那些餐廳地點位在人煙還很稀少的郊區，畢竟季節不對；大多時候是在劇院，因為維爾迪蘭夫人非常愛看戲。由於她某天在她家當著他的面說，遇上首演之夜，盛典之夜，對他們而言，若

---

20 指 Théâtre du Châtelet，位於巴黎第一區，於一八六二年落成。一八七二年起，每週日下午有音樂會演出。

是能握有一張特別通行證可就太有用了，而他們已經困擾許久，生怕甘必大[21]的葬禮那天，自己手上少了那紙證明。斯萬從沒提起他卓越的人脈，僅說過幾個階級不高的朋友，他認為隱瞞這個反而失禮；而在聖哲曼區，他習慣把官方社交圈納入這些關係之列。斯萬回應：

「這件事就包在我身上吧！您可以在《丹尼雪夫一家》[22]重新開演時拿到。明天我剛好要和警察廳長去艾麗榭宮午餐。」

「怎麼回事？艾麗榭宮？」寇達爾醫師驚愕高呼。

「對，去格雷維先生的寓所[23]。」斯萬回應，對於剛才那句話造成的效應有些不好意思。

畫家用開玩笑的口吻對醫師說：

「您經常這麼大驚小怪？」

通常，一旦對方給出解釋，寇達爾就會說：「啊！好，好，這樣很好。」接著就不再流露驚慌的痕跡。

不過，這一次，斯萬最後那句話非但沒為他帶來慣有的撫慰，反而讓他驚訝到了極點：一個跟他同桌共進晚餐的男人，既無官職，也無任何輝煌成就，竟與國家元首熟識交好。

「這是怎麼回事？格雷維先生？您認識格雷維先生？」他問斯萬，表情一臉呆蠢、不可置信，好比一位市警遇上一個陌生人向他求見共和國總統，從那人說出的話中得知——借用報章慣用的說法——眼前他「要處理的」是什麼人，遂向那可憐的呆子保證能立刻獲得接見，卻將人帶往拘留所的特別醫務室。

「我跟他有點交情，我們有共同的朋友（他不敢說出那位朋友正是威爾斯親王），而且他就愛隨便發請帖，我向您保證，那些午間餐會一點也不好玩，而且都很簡樸，我們一桌從來不超過八個人。」斯萬回應，盡力消抹他和國家元首的關係中會令他人看在眼裡太顯招搖之處。

對於斯萬所言，寇達爾完全不疑有他，立即採信了他的說法，認為受邀到格雷維先生家是一件極為廉價的事情，大街上唾手可得。從此以後，無論是對斯萬還是其他人，他不再訝異有人能經常出入艾麗榭宮，甚至還稍微為那人抱屈，既然他都已親口承認那些午餐無趣，卻還得赴會。

「啊！好，好，這樣很好。」他的口氣像個海關檢查員，前一會兒還抱持戒心，但在您解釋說明之後，便點頭同意放行，連您的行李箱也沒打開看一眼。

「啊！我相信您所說，他們那些午餐聚會應該不好玩，您還肯去參加，真是講義氣。」維爾

21　甘比大（Léon Gambetta, 1838-1882），法國共和派政治家。普法戰爭中曾乘熱氣球飛越普軍封鎖線離開巴黎，組織新軍抗擊普軍；後來領導共和派反對保皇黨，捍衛共和體制。在第三共和時期出任內政，外交等內閣首長。一八八二年十二月三十一日去世，隔年一月六日舉行了盛大的國葬。

22　《丹尼雪夫一家 Les Danicheff》，小仲馬劇作，一八七六年一月於巴黎左岸的奧德翁劇院（Théâtre de l'Odéon）上演。後因劇院訴訟紛爭，直到八四年十月才在聖馬丁門劇院（Théâtre de la porte Saint-Martin）重演。

23　格雷維（François Paul Jules Grévy, 1813-1891），法國共和派政治家，第三共和的首位總統。艾麗榭宮即為法國的總統府。

迪蘭夫人說。對她而言，國家元首就像是格外麻煩的討厭鬼，因為他握有各種利誘和強制的手段，若是施用在她的信徒身上，恐怕能讓他們鬆懈脫隊。「聽說他是個大聾子，而且吃東西用手抓。」

「的確如此。那麼，想必去吃那午餐並非讓您興高采烈之事。」醫師帶著一絲同情的口吻說。隨後，他想起「八位」客人這數字，又問：「那是祕密餐聚嗎？」他熱切詢問，懷抱著語言學者的研究熱誠，更勝圍觀群眾的好奇。

但共和國總統在他心目中的威望終究戰勝了斯萬的謙卑與維爾迪蘭夫人的壞心眼，每次晚餐，他總興致勃勃地問：「我們今晚會見到斯萬先生嗎？他跟格雷維先生可是有私交的呢！人家說的紳士，就是他那樣吧？」他甚至主動遞給斯萬一張齒科展覽的邀請卡。

「您本人及與您同行的人皆可進場，不過，不允許帶狗入內。您懂得的，跟您說這些，是因為有些朋友不知情，結果有人因而被咬傷了手指。」

至於維爾迪蘭先生，他注意到，斯萬先前隻字未提自己擁有位高權重的朋友，這件事見光之後，在他妻子心中產生了不好的影響。

若是不在外頭聚會，斯萬便是在維爾迪蘭夫婦家和小核心成員碰面；但他只在夜裡過來，而且幾乎從不共進晚餐，儘管奧黛特殷殷懇求。

「我也可以單獨與您晚餐，若是您比較喜歡這樣的話。」她對他說。

「那維爾迪蘭夫人呢？」

「噢！很簡單。只要說我的裙裝還沒做好，或說我叫的出租馬車來晚了。總有方法能應付過去。」

「您真貼心。」

但斯萬心想，若是他（只同意在晚餐後才和她見面）對奧黛特顯現出他將某些享樂看得比和她共處還重要，恐怕過不久她就會對他欲求不滿。而且，從另一方面來看，論美貌，比起奧黛特，他還更喜歡另一個清新圓潤、像朵玫瑰似的，令他迷戀不已的小女工，既然都已確定稍後就要和奧黛特見面了，他寧願先跟小女工一起共度夜晚初始的時光。同樣因為這原因，他從不答應奧黛特來家裡找他一起前往維爾迪蘭家。小女工總是在他家附近某個街角等候，他的馬車夫雷米知道地方。她上車坐進斯萬身邊，依偎在他懷裡，一路直到維爾迪蘭家門口。他進門後，維爾迪蘭夫人迎上前來，展示他當天早上送來的玫瑰，假意責怪：「我說您呀！」，同時指引他去奧黛特身旁的空位，鋼琴師則為他們倆彈奏起那一段凡特伊的樂句，做為這兩人的戀愛頌歌。他先從小提琴部的持續震音開始，在好幾個小節中，只聽得這占據樂聲最上層的音色，隨後，忽然地，宛如框在半啟的窄門中，因而更顯深邃的彼得．德．霍赫[24]畫作，遙遠處，另一種色彩分裂

24 霍赫（Pieter de Hooch, 1629-1684），荷蘭風俗畫家。擅長描繪荷蘭人的日常生活，畫中常可見一扇半啟或全開的門，將觀畫者的視線導引至更深處的另一空間。

開來，沉浸在兩色之間的朦朧光線下，那段小樂句出場，踩著舞步，洋溢著田園詩意，穿插曲中，自成篇章，屬於另一個世界，以簡潔而不朽的波動搖曳而過，這裡一點，那裡一些，處處分送其優雅，始終掛著那副無可言喻的微笑。但斯萬認為如今他已看出魔法幻滅，那樂句似乎沾染了它所指引的幸福的那份空洞虛榮。它的輕盈優雅之中含有某種木已成舟之感，彷彿悔憾之後生出的冷漠淡然。但他不是那麼在乎，他重視的並非樂句本身——並非對一位在譜曲當時並不知道他與奧黛特存在的作曲家，以及這樂曲對往後多少世紀有幸聽得的所有人可能表達何種意義——反倒像是一份證明，是他留給這場愛情的一份紀念。而這場戀愛，甚至對維爾迪蘭夫婦或年輕鋼琴師亦然，令人在想到奧黛特時也會順帶想起他，將他們倆綁在一塊兒；甚至，因為奧黛特執意任性，曾向他央求，他竟放棄了請一位藝術家為他完整彈奏整首奏鳴曲的打算，於是在那首曲子中，他依然僅聽過這個樂段。「您還需要其他樂段做什麼呢？」奧黛特這麼對他說，「我們的戀曲就是這一段。」甚至，當小樂句如此接近、卻又無限遙遠地流瀉而過時，他痛苦地想到，儘管這曲調對著他們傾訴，卻不認識他們；他幾乎遺憾這曲調承載了這項意義，含有這種由內而外、恆定、又令他們感到陌生的美感，如同得到他人餽贈的珠寶，甚或一位心儀女子的親筆手寫信，而我們卻挑剔著那寶石的水頭淨度，挑剔那信中的遣詞用字，怨那並非純然全由一段短暫的關係及一個特別之人的精髓構成。

常見的狀況是，在前去維爾迪蘭家之前，他與年輕女工廝混得太晚，以至於鋼琴師才剛彈完那段小樂句，斯萬便發現奧黛特回家的時間就快到了。他用馬車送她到她那幢小宅邸門口，拉・佩魯斯街，凱旋門後面。或許正因為如此，為了不要占盡好處，他犧牲了不是那麼必要的樂趣，不提早與她見面，不一起抵達維爾迪蘭家，好藉此換取行使得到她認可的權利：一起離開，這才是他較看重的。因為，如此一來，他認為就不會有人去見她，不會在兩人之間作梗，妨礙她在與他分離之後繼續惦念著他。

於是，她常搭斯萬的馬車回家。一天晚上，她才下車，他正對她說明天見，她便連忙從屋前的小花園裡摘下最後一朵菊花，趕在他離開前送給他。回程一路上，他緊緊持著花兒，湊近嘴邊；幾天後，花兒已枯萎，他還小心翼翼將花鎖藏在書桌抽屜裡。

但他從不進到她家裡。唯獨兩次，中午過後，為了參加她極為重視的活動——「喝下午茶」。那些短短的街道（幾乎都是緊鄰的小宅邸構成，偶有一座黑漆漆的攤子，見證了歲月痕跡，仍舊如這些城區尚不知名時那般骯髒，突然打斷這單調的街景）偏僻而空曠；花園與樹梢上的殘雪，季節的漫不經心，近乎天然之景，讓他進門時感受到的暖熱及見到的花朵都染上了某種更加神祕的色彩。

架高的地面層，左手邊是奧黛特的臥房，後方對著一條平行的小街；樓梯在右手邊，兩旁牆面貼著暗色壁紙，東方情調的布幔，土耳其念珠，串串披垂而下，還有一只以絲繩懸掛起來的日式大燈籠（但為了不讓訪客享用不到最新的西方文明產物，還改以煤氣燈點亮）；扶梯而上可通往客廳與小沙龍。抵達兩座廳室之前，先來到狹小的衣帽間，牆上架著一面花園籬欄，但漆成了金色，從上到下，沿邊架有一只長形木箱，如同溫室，盛開著一整排彼時仍然十分罕見的大菊花，然而那與花農後來成功栽培出來的品種相去甚遠。原本斯萬還惱怒時尚風潮從去年起便吹向這種花，但這次他反倒覺得賞心悅目，樂見在這小小的更衣室裡，幽暗之中，粉紅、橙黃和雪白相間，因這些短暫的星星綻放芬芳光芒，點亮了陰沉灰暗的日子。奧黛特迎接他時穿著一身粉色絲綢長袍，露出頸子和手臂。她拉他挨著自己坐下，坐進那諸多神祕角落之一。這樣的角落，客廳各方深處布置了一個又一個，用栽養在中式花盆裡的闊葉棕櫚樹，或釘上照片、蝴蝶結和扇子的屏風遮蔽。她對他說：「您這樣不太舒適，等等，我馬上就來幫您。」然後，帶著為自己的獨門創想而得意的輕笑，在斯萬的頭後和腳下添放了幾只日本絲綢軟墊，又揉又捏地，彷彿不在乎這些寶貝的收藏價值，恣意揮霍。然而，當侍僕接連送來多盞燈火，幾乎都封在中式瓷瓶中，有的單支，有的成對，宛如供於祭壇似地全數擺放在各件傢俱上，在這午後將盡、夜色已漸的冬日黃昏裡，重現日落情景，更持久，更粉紅，也更有人味兒——也許還令街上某個愛慕者夢寐以求，在點亮的玻璃既洩露、又隱藏的謎樣景象前停下了腳步——奧黛特正以眼角餘光嚴厲地監視著侍僕，看他是否確實將燈盞擺在應在的位置。她認為，只要有一盞燈放在不該放的地方，就會破壞客廳的整體效果，而斜倚在披有長毛絨布的畫架上她那幅肖像，就會因此顯得不夠亮。於是她焦躁地盯著那粗魯男子的一舉一動，見他經過兩只花箱時靠得太近，那可是平時她會親自清理，就怕別人弄壞的物件，便立即痛罵一頓，連忙湊近去看是否碰出了缺角。她在那些中國風小擺設中都看到一種「別有趣味」的樣貌，此外還有蘭花，尤其是嘉德麗雅蘭，這和菊花並列為她最喜愛的花種，因為它們皆有一大優點，那就是長得不像花，而如絲稠，似錦緞。「這朵彷彿就像剛從我大衣襯裡剪下來似的。」她給斯萬看看一朵蘭花，對這如此「風雅」的花朵展露出一絲敬意。對大自然賜予她的這優雅、出人意表的姊妹，雖在物種綱目分類上與她相去甚遠，但它的細緻精巧卻遠勝諸多女人，奧黛特因而在客廳裡為它安排了一個位置。她向他輪番展示瓷瓶上所繪的吐火麒麟，扇面上所繡的一束蘭花花冠，壁爐上擺置的一隻烏銀單峰駱駝，那眼窩裡鑲著紅寶石，旁邊是一隻玉蟾蜍，同時輪番裝出各種表情，時而害怕猛獸的凶殘，時而笑話那怪獸滑稽傻氣，假意因為花朵的露骨造型而臉紅，顯露難以抑制去親吻駱駝和玉蟾的欲望，而且直呼它們「親愛的」。這些裝模作樣的舉止與她某些認真而虔誠的態度形成了對比，尤其是對拉蓋[25]聖母。當初她住在尼斯時，聖母曾保佑她從一場致命大病中痊癒，因此她隨身都戴著一面聖母金鍊章，說它法力無窮。奧黛特替斯萬泡了「他專屬的」茶，問：「要檸檬還是鮮奶油？」他答道「鮮奶油」，她便笑著說「一朵雲！」他覺得茶好喝，她便說：「看吧！我懂得您的喜好。」在斯萬看來，這茶的確珍貴，一如她本人。愛情是那麼需要自圓其說，需要一份長期保證，而在享

25　拉蓋（Laghet）是位在尼斯旁的小鎮，以十七世紀的教堂及修道院著稱。

樂歡愉當中要是沒有了愛，就不會快樂，而且將隨之終結。所以，當他在七點鐘離開，返家更衣打扮時，整段路上，在他的雙人座四輪馬車裡，他難以抑制那天下午收穫的喜悅，心裡不斷想著：「有個這樣的可人兒，能在她身上覓得這般珍貴的事物，一杯好茶，應該挺愉快的。」一個小時後，他收到了奧黛特差人捎來的短箋，立刻認出那大大的字體，假意流露英式的一板一眼，非要把模糊不清的字詞寫得貌似整齊，這在對她並無偏愛的一雙眼裡看來，或許就代表思想的混亂，教育程度不足，不夠乾脆，有欠果決。斯萬將菸盒給忘在奧黛特家裡了。「您最好別把心也給忘在這兒了，我可不會讓您來拿回去呢。」

第二次到訪或許意義更重大。那天，在前去她家路上，一如既往，見她之前，他得先想像她的模樣；為了要覺得她的臉漂亮，在那常顯得蠟黃、憔悴、偶爾還會冒出幾顆紅點的臉頰上，他的想像必須僅止於她抹得粉嫩的顴骨；這種必要性令他痛苦難當，宛如某種證據，證明了理想難以觸及，而幸福則是庸俗平凡。他將一幅她想看的版畫帶了過去。她身體不太舒服，迎接他時裹著淡紫色的中式薄袍，像件繫帶大衣那樣，將左右衣襟拉攏在胸前，那刺繡精美而華麗。她鬆開髮髻，任由髮絲沿著雙頰披瀉，站在他身邊，彎起一條腿，形成微微起舞的姿勢，以便不費力地將身體傾向她仔細觀看的版畫，低著頭，睜著大眼睛，那雙在她無精打采時如此疲憊、陰鬱的眼睛，與西斯汀禮拜堂壁畫上的葉忒羅之女西坡拉[26]的臉如此相像，令斯萬吃了一驚。斯萬向來有個特殊嗜好，不僅喜歡在諸位繪畫大師的畫作裡找尋周遭現實生活中的普遍特色，更愛從中發掘看似反而與一般人事物最無關的、他認識的人的個人臉部特徵：因此，安東尼奧．里佐[27]雕塑的羅雷丹總督[28]半身像架構中，那突出的顴骨、彎斜的眉毛，總之明顯神似他的馬車夫雷米；在吉蘭達約[29]的某幅彩畫中，看得出德．帕朗西先生的鼻子；在丁托列多[30]的一幅肖像畫裡，他發現布爾彭醫師那因兩腮上剛冒出的幾根鬢毛而油光氾濫的臉頰，彎鉤的鼻子，銳利的目光，紅腫的眼皮。或許，由於他仍有自責，懊悔自己的生活僅縮限在上流社交、清談議論，便相信自己覓得了某種寬恕，那是藝術大師們的恩賜，既然他們也曾樂於凝視那樣一張張臉孔，畫入作品當中。那些臉孔賦予了作品一份現實與生命的獨特認證，一絲現代風味；或許他太放任自己被上流人士的輕率左右，才會感到需要在古老的作品中尋得與當今人物相關的此類聯想，既似有先見之明，又能從古作中賞出新意。或許，相反地，他具有充沛的藝術涵養，一旦在一幅較古老的肖像與其

26 葉忒羅之女西坡拉（Zéphora, la fille de Jéthro），波提切利《摩西生平》壁畫中的細節。葉忒羅是米甸的祭司，有七個女兒，摩西逃離埃及來到米甸，娶了葉忒羅的女兒西坡拉為妻。

27 里佐（Antonio Rizzo, 1430-1498），義大利建築師和雕塑家，是十五世紀後半葉威尼斯最活躍的藝術家之一。威尼斯總督府巨人樓梯（Scala dei Giganti）即為其著名設計。

28 里佐實際上並未雕塑威尼斯總督李奧納多．羅雷丹（Léonardo Loredan, 1436-1521）的半身像，普魯斯特在此似是混淆了該總督在喬凡尼．貝里尼為其所繪的肖像（現存於倫敦國家畫廊）中的形象。

29 吉蘭達約（Domenico Ghirlandajo, 1449-1494）義大利文藝復興時期的畫家，學徒眾多，最著名的是米開朗基羅。

30 丁托列多（Tintoretto, 1518-1594），義大利文藝復興晚期的畫家，和提香、委羅內塞並稱為威尼斯畫派三傑。

未如實呈現的原型人物之間察覺出個人特色與相似度脫鉤，不受其拘束，他便採取一種較廣義的詮釋，所以猶能從中得到妙趣。或許由於他這陣子感受充盈，而那充實之感，雖然比較是源於對音樂的愛，倒也同樣滋養了他對繪畫的品味；無論如何，當時，從奧黛特與桑德羅・狄・馬里安諾畫筆下的西坡拉相似這件事上，斯萬得到了更深刻的樂趣，而且想必對他產生了長久的影響。桑德羅・狄・馬里安諾，人們不太願意再以波提切利[31]這流行的別名稱呼他，因為這名字讓人聯想到的不再是畫家的實際作品，而是那種普遍流傳、平庸且錯誤的概念。奧黛特的雙頰長得還可以，他猜想，自己若是敢大膽吻她，雙唇會觸碰到純肉感的柔軟，但斯萬不再依據這些條件去評價她的臉，而是設想一球線團，她的目光宛如從雙眸拉出的精美絲線，沿著轉繞的曲線串起披瀉的秀髮與那一截後頸，再連接眼皮的弧彎，如同一幅她的肖像，她的長相類型於是變得清晰瞭然。

他仔細注視；她的臉孔和身體顯現壁畫的某個部分，從那時起，他便一直努力想再看出一次，無論是在奧黛特身邊，或是僅在腦中想起她時，雖然他偏愛這位佛羅倫斯畫家的這幅經典之作全因那畫在她身上重現，但這份相似感也使得他承認她有一種美，令她更顯珍貴。斯萬自責錯估了一個對偉大的桑德羅而言應是可愛之人的價值，同時又慶幸，觀看奧黛特所得的樂趣在他自身的美感素養中找到了印證。把對奧黛特的思念與對幸福的夢想連結起來後，他心想，他並非真的將就選了一個此前始終以為極不完美的次級品，畢竟她滿足了他最講究的藝術品味。但他忘了，這麼一來，奧黛特也就不是符合他慾望的女人，因為他的慾望總是恰恰與他的審美品味背道而馳。「佛羅倫斯派畫作」一詞幫了斯萬一個大忙，讓他能夠如同下一個標題般地，讓奧黛特的意象進入她在此之前無法通往的夢中世界，受那夢中的高貴氣息浸染。他以往是以純粹肉慾的觀點看待這個女人，總是一再質疑她的面容、身材和整體美感，愛意日漸薄弱；但是當他改以一種確切的美感元素為基礎根據，這些質疑便被擊破，這份愛便得以鞏固，更遑論，親吻與占有，倘若得自一副帶有缺陷的肉體，則顯得自然無奇且庸俗無趣，如今卻來加持對一件博物館藏品的崇拜，這在他看來，理當是超凡神奇，而且美妙可喜。

他幾乎要後悔自己這幾個月來除了與奧黛特見面之外一事無成，卻又告訴自己，對一件無價之寶花上哪麼多時間其實十分合理，況且，這件傑作難得是以一種不同的材質鑄成，格外風情萬種，是珍稀、僅有的一件，凝賞時，他時而秉持藝術家著的謙卑、靈性、超脫，時而端著收藏家的自傲、私心和感官之慾。

他在工作桌上擺了一幅葉忒羅之女的複製畫，當成奧黛特的照片。他欣賞那雙大眼睛，讓人猜想皮膚狀況欠佳的小巧臉蛋，披散在疲累鬆垮的臉頰兩旁的華麗卷髮，並且採用他此前認為真

31　波提切利（Sandro di Mariano Flipepi, Botticelli, 1445-1510）歐洲文藝復興早期的佛羅倫斯畫派藝術家。「波提切利」為其綽號，意為「小桶子」。一四八一年受教皇召喚為西斯汀禮拜堂繪製壁畫。

實的女人美在何處的審美觀，轉換成體態上的優點，暗自慶幸那些長處全都集中在一個他能夠擁有的人兒身上。這股空泛的好感引我們去細觀一件經典傑作，現在，他既然已知葉忒羅之女的肉身原型，那好感遂化為慾望，從此彌補了奧黛特的肉體起初未曾激起的慾望。注視波提切利這幅畫許久後，他思念起屬於他的波提切利傑作，如今覺得她更美了，在將西坡拉的相片湊近眼前時，他恍然以為自己正將奧黛特緊摟懷中。

然而他要費神提防的不僅是奧黛特的心生厭倦，有時還有他自己的疲乏感。他覺得，自從奧黛特能夠隨時與他見面以來，似乎和他便無話可說；他擔心，某些稍嫌無聊、單調，彷彿已經根深柢固的做法，這也正是兩人如今共處時他所用的方法，終將會扼殺了他心中期待某天她會熱情告白的那份浪漫想望，而他全賴這份期待才墜入情網，維持至今。為了稍微轉換奧黛特過於刻板、而且恐怕令他生厭的心理面向，他突然寫了一封信給她，滿訴假裝出來的失望與憤怒，在晚餐前派人送到她手上。他知道她必定會受驚，會回應他，他希望她會心神不寧，因為害怕失去他而糾結掙扎，全盤托出那些未曾對他說出口的話；果然——他就是用這方式持續得到多封她寫給他的信，信中柔情蜜意無限，其中一封是她從「金屋」[32]（那天是巴黎—莫夕亞節，為紀念莫夕亞水災罹難者而設的節日[33]）差人送去給他，開頭寫道：「我親愛的朋友，我的手顫抖得如此劇烈，幾乎無法下筆。」在放著這封信的同一個抽屜裡，還有那朵早已枯乾的菊花。或者，若是都沒空寫信給他，當他抵達維爾迪蘭家時，她便會興沖沖地迎上去，對他說：「我有話向您說。」

他會好奇地凝視她的臉，從她的話裡凝聽在此之前她都藏在心中沒告訴他的事。

光是接近維爾迪蘭家，瞥見那些從不闔起百葉窗遮的大窗戶裡燈火輝煌，想到即將見到在那金光下耀眼奪目的可人兒，他內心便開始柔情蕩漾。偶爾，賓客的剪影纖長、漆黑，遮在燈前，如同錯落鑲嵌在透明燈罩上的一片片小版畫，其他薄罩片則純粹映出亮光。他試著辨識出奧黛特的剪影。然後，一到現場，他不知不覺眼中便綻放出無比喜悅，於是維爾迪蘭先生對畫家說：「我想他們倆正打得火熱。」對斯萬而言，奧黛特的出現確實為這幢房子增添了所有接待過他的屋宅都不具備的某種感官機制，神經脈絡，延伸遍及所有廳室，時時刻刻刺激著他的心情。

於是，單是小「核心」這個社群組織的運作，便已自動為斯萬訂下了他與奧黛特的日常約會，讓他得以在見到她時假裝不在意，甚至裝作希望再也無意見到她，卻又不至於冒上多大的風險，因為，就算他已在白天裡寫信給她，晚上仍必然還會見到她，而且送她回家。

不過，有一次，想到這趟兩人共處的歸途無可避免，他鬱悶起來，只好把他的小女工一路載到森林，將前往維爾迪蘭家的時間延後些。他抵達時已經那麼晚，奧黛特都以為他不來了，便先行離開。見她已不在沙龍，斯萬一陣心痛；他原先泰然確信自己隨時想要就能得手、直到現在才

32 金屋（Maison Dorée），法國第二帝國時期巴黎的知名餐廳。

33 巴黎—莫夕亞節於一八七九年十二月十八日在賽馬場舉辦的活動，紀念該年十月西班牙莫夕亞省（Murcie）的嚴重水災。

初次衡量其輕重的這份樂趣竟被剝奪；但凡樂趣當前，這份篤定便縮限了我們的眼界，甚或形成阻礙，使我們渾然不覺其樂無窮。

「他發現她不在那時，妳看見他那副臭臉了嗎？」維爾迪蘭先生對他的妻子說，「我想，可說他已難以自拔了！」

「他的臭臉？」寇達爾醫師激動地問道；他剛剛去看一個病人，這會兒才回來接他的妻子，所以不知道大家在說誰。

「怎麼著？您在門口沒遇見斯萬家最帥的那位……」

「沒。斯萬先生來了？」

「噢，只待了一會兒。今天這位斯萬可是非常激動，緊張兮兮的。您懂的，奧黛特已經走了。」

「您的意思是，她跟他如膠似漆，已和他共度良宵了？」醫師謹慎地測試這些說法所表達的意義。

「才沒有，絕對什麼事都沒有。而且，就我們私下說說：我覺得她錯了，她表現得像個大呆瓜，其實她就是個呆瓜！」

「哎哎哎，」維爾迪蘭先生說，「妳怎麼知道什麼事都沒有！我們又沒在場親眼看見，不是嗎？」

「對我呀，要是有什麼，她早就告訴我了。」維爾迪蘭夫人得意洋洋地回駁。「我告訴您，再怎麼小的風流情史，她都會老老實實告訴我！她這陣子身邊已經沒人了，所以我叫她去陪他睡。她推說不能，說她對他的確有過一場短暫熱戀，但他對她舉止靦腆，害得她也跟著害羞起來。而且，她不是用那種心態愛他。她說他是個理想的男人，怕自己玷污了對他的感情。你說，我這是知道還是不知道呢？要不然，他絕對正是她需要的人。」

「請容我跟妳持不同的意見。」維爾迪蘭先生說，「我對這位先生的好感只有一半，我覺得他愛擺架子。」

維爾迪蘭夫人動都沒動，面無表情，彷彿變成一尊雕像，營造出一種想像，讓人以為她沒聽見「擺架子」這個刺耳的詞，這字眼聽起來倒像是意味了人家能對他們「擺架子」，因此「比他們有派頭」。

「反正，就算這兩人之間什麼都沒有，我也不認為是因為這位先生相信她品行高尚。」維爾迪蘭先生語帶諷刺。「總之，既然他似乎相信她天性聰明，那現在什麼都還說不定。我不知道你有沒有聽見他那天晚上向她高談闊論地說起凡特伊的奏鳴曲；我是真心喜歡奧黛特，但要給她上美學理論課，還真得是個沒心眼的大傻瓜才會這麼做！」

「你看你，別說奧黛特的壞話嘛！」維爾迪蘭夫人孩子氣地說，「她那麼可愛迷人。」

「這又沒說她不迷人可愛；我們沒說她的壞話，只是說她不是品行高尚或聰明的女人。其實，」他對畫家說，「您會這麼在意她的品行是否高尚嗎？誰知道？說不定要是這麼一來，她可就遠遠不那麼可愛迷人了。」

管家來到門口找斯萬；先前斯萬剛抵達時他不在，但他已受奧黛特之託，說斯萬如果還是來了，就替她傳個話——不過那已是一個鐘頭前的事——說她很可能會先去普列沃斯特[34]喝杯巧克力再回家。斯萬趕往普列沃斯特，但每走一步，他的馬車便被其他馬車或過街的行人擋道，那些可惡的障礙，若非被警員攔下做筆錄會比等行人橫越拖延更久，他會樂得把人全給撞翻。他估算行車已花去多少時間，再替每一分鐘補上幾秒，以確保自己沒少算，那樣可是會讓他誤信趕上和奧黛特會合的機率要比實際來得大。有那麼一刻，像個發燒的病人，剛剛入睡，意識到反覆的夢境荒謬，卻又無法清楚明辨，斯萬突然發現，打從在維爾迪蘭家獲知奧黛特已經離開起便在他心中縈繞的想法是多麼古怪，他感受到的心痛又是多麼新奇。但他宛如才剛清醒，只知道的確有這些事實。什麼？只因為他要到明天才能見到奧黛特，而一個小時前，在前往維爾迪蘭夫人家的路上，他原本也是這麼希望的，結果竟鬧出這一場！他不得不承認，就在這輛載著他前去普列沃斯特的馬車裡，他不一樣了，他不再孤單；有一個新的人兒在此陪伴他，依附他，融入他，也許以後再也甩不掉，將被迫費心謹慎相處，一如對待主人或病人。然而，自從感覺到自己身上多添了這麼一個人以來，他的人生似乎變得比較有趣。他幾乎不認為這次能在普列沃斯特見到她（被漫長的等待無形中暗暗破壞，因此赤裸裸地揭露出，先前那些時刻裡，他已找不到任何念頭、任何回憶，能讓他安放心神），但確實很有可能，倘若真的見到了，也可能與其他相遇一樣，根本不算什麼。如同每晚，只要一和奧黛特共處，匆匆瞄一下她那張變化萬千的臉，他便隨即移開目光，只怕她見到那目光當中有一股慾望高漲，不再相信他冷漠無意，他便無法在腦中思念她，因為忙著找藉口讓自己不至於立刻離開她，並且能放心隔天會在維爾迪蘭家再見到她，雖然他不露出在意的模樣：也就是，把這個他逐步接近、卻不敢擁抱的女人徒然的存在帶給他的失望與折磨暫且延長，再多延一天。

她不在普列沃斯特；他頓時想走進大街上每間餐廳裡找人。為了爭取時間，他去這邊幾家的同時，也派馬車夫雷米（里佐的羅雷丹總督）去另外幾家找，而後——要是他一點蛛絲馬跡也沒找到——到他指定的地方等候會合。馬車一直沒回來，斯萬想像即將到來的那一刻有可能是雷米回報：「那位夫人在這兒！」也可能是「那位夫人不在任何一間咖啡館。」如此這般，他預見今晚的結局，結局只有一個，但有替代的可能，若不能遇見奧黛特，消除自己的焦慮，就得被迫放棄在今晚找到她的想法，接受沒能見上一面就打道回府。

馬車夫回來了，但車在斯萬面前停下的那一刻，斯萬沒問他：「您找到那位夫人了嗎？」而是說：「請提醒我明天要訂購柴火，我想備料也快用光了。」或許他心想，雷米要是已在某家咖

34 普列沃斯特（Café Prévost），巴黎歷史悠久的咖啡廳，創立於一八二五年，至今仍在營業。熱巧克力是該店特別有名的飲品。

啡館找到奧黛特，而她就在那兒等他，那麼今晚的悲慘結局便被已開始成真的快樂結局殲滅，他便無需急著把已補捉到、而且置於安全之地的幸福拿到手，它不會再溜走了。然而也是因為怠惰成性，他的靈魂中欠缺某些人肢體就有的柔軟度。那些人，閃避撞擊，小心衣衫遠離火源，完成某個緊急動作時從容不迫，在原前的狀態多停頓一秒，像是要在當中尋得可使力的支點，準備衝出。想必，馬車夫若是打斷他的話，告訴他：「那位夫人在這兒」，他就會回：「啊！好，也對，真是的，我真不敢相信讓您跑了這麼多路。」接著他會繼續跟他討論柴火的庫存，掩飾自己剛才的種種情緒，並給自己時間斷絕擔憂之念，增添幸福之感。

但馬車夫回來告訴他，四處遍尋不著，還以老僕人的姿態奉上自己的意見：

「我想先生現在也只能回家了。」

當雷米帶回的答案再無更動的可能，眼見他試圖勸自己放棄希望，放棄尋找，斯萬卸下輕易裝出的冷漠面具：

「才不是這樣！」他嚷了起來，「我們得找到那位夫人，此事重要至極！如果沒見到我，她恐怕會……為了某件事極度鬱悶，相當生氣。」

「我不懂這位夫人有什麼好生氣的，」雷米回應，「既然是她自己沒等先生就先離開，而且說會去普列沃斯特，但人又不在那兒。」

周遭到處都已開始熄燈。大道的路樹下，神祕的陰暗中，閒蕩的路人逐漸稀少，幾乎難以辨識。偶爾，一個女人的身影接近，在他耳邊低語，求他帶她回家，讓斯萬不由得往後一縮。他提心吊膽地和所有暗影身軀擦肩而過，彷彿在黯黑國度、在諸多亡靈之中，尋找他的尤莉蒂絲[35]。

縱觀所有愛情的產生模式，所有傳播癲狂的因素，其中最有效的，莫過於這偶爾會出現在我們心中的激動狂亂。於是，我們當時所喜歡的那個人，命中注定，我們愛上的就是他。他甚至無需比別人更討我們歡心，甚至不必和別人一樣討我們歡心，一切只要我們對他情有獨鍾。而這個條件實現的時機在於——偏偏就在他不在我們身邊那當下——正當我們追尋他的可愛所帶來的歡樂之際，有一種焦躁的需求突然起而代之，而需求的對象正是那人；那是一種無理的需求，基於人世間的法則不可能得到滿足，又難以徹底撫慰，那就是將那人占為己有、如此荒唐而痛苦的需求。

斯萬令車夫載他去還開著的最後幾間餐廳；這是他唯一冷靜假設過的幸福可能；如今他不再隱瞞坐立難安的激動和他賦予這場相遇的代價，只要能成功，他允諾會重賞馬車夫，彷彿，在刺激車夫心生將事情辦成的欲望之際，他也藉此增強了自己的欲望，彷彿就算奧黛特已回家就寢，他還是能讓她在大道上的某間餐廳裡現身。他將搜尋範圍擴及至金屋，走進托爾托尼[36]兩次，卻

35　尤莉蒂絲（Eurydice），希臘神話中奧菲斯的妻子，在逃離追求者的過程中遭毒蛇咬死，奧菲斯下地獄去找她，想將她帶回人世。

36　托爾托尼（Café Torroni），創立於一七九八年的巴黎首家那不勒斯冰品店，十九世紀初時的店址距離金屋不遠，皆在義大利人大道上。

仍舊沒能看到她，這會兒，他再次走出英國咖啡館[37]，邁著大步，垂頭喪氣，走向在義大利人大道[38]轉角處等著他的私人馬車。這時，他迎面撞上來人：是奧黛特。後來她向他解釋：因為在普列沃斯特找不到空位，她便去了金屋吃宵夜，剛好坐在他沒發現的偏僻角落，而她現在正要去找她的馬車。

她幾乎完全沒預期會見到他，以至於驚惶失措。至於他，他跑遍巴黎，並不是以為可能會遇見她，而是因為要他放棄太過殘酷。然而，這份喜悅，他的理智不斷評估著，本以為今天晚上難以實現，此刻卻又顯得再真實不過；因為，基於對各種可能狀況的預料，他並未助長其生成，這喜悅不源於內心，而是在他眼前；他無需費神去得到——它自行洋溢散發，自行朝他投射——這鐵錚錚的事實光芒四射，竟使他相隔兩地的疑慮煙消雲散，如幻夢無痕；仗著這事實，他不需思考，在幸福的夢境中高枕無憂。一如在風和日麗的好天氣來到地中海岸的旅人，恍惚不能確定他先前才離開的國度是否真的存在，任由海水閃耀而頑強的湛藍亮光朝他直射而來，照得他眼花撩亂，也不回望一眼。

他與她一起登上她的馬車，叫自己的馬車跟在後面。

她手裡拿著一束嘉德麗雅蘭，斯萬看見，在她蕾絲頭巾底下的髮梢間也插著同樣的蘭花，用一根天鵝羽飾髮夾固定著。長頭紗之下，她穿著一襲黑色絲絨流蘇長袍，一道斜開反褶構成一面寬闊的三角型，掀出一條白色亮綢長裙的下襬，而低胸馬甲挖空處則露出同為白色亮綢的一截布料，那兒也插著幾朵嘉德麗雅蘭花。她才剛從斯萬造成的驚嚇中回過神來，路上的障礙物又讓馬兒一個閃避，兩人猛烈顛震了一下，她尖叫一聲，心臟撲通撲通，卻忘了呼吸。

「沒事，」他對她說，「別怕。」

他摟住她的肩頭，拉入懷中，告訴她：

「千萬千萬，別說話，回我話時只要點頭或搖頭，免得您更喘不過氣。您馬甲上的花兒都撞歪了，不介意讓我來扶正吧？我怕它們掉了，想稍微往裡面插得深一些。」

她不習慣男人對她這麼客套，微笑著說：

「不，我一點也不介意。」

反而是他被她的回應亂了陣腳，或許也因為他以此為藉口時一臉誠懇，連自己也開始信以為真，於是嚷了起來：

「噢！不，千萬千萬，別說話，您又要喘不過氣了，您比劃動作回答我即可，我會懂的。說真的，您不介意嗎？您看，這兒有一點……我想，您沾到花粉了，是否容我用手擦掉？我不會太

37 英國咖啡館（Café Anglais），一八〇二年開業，為慶祝亞眠和約帶來英法和平而命名為英國咖啡館。義大利人大道上的名店之一，浪漫時期的菁英分子常在此聚會，十九世紀末號稱全巴黎最好的餐廳。一九一三年停業拆毀。

38 義大利人大道（Boulevard des Italiens），巴黎東西走向連貫的四條主要大道之一，路名源於一七八三年建於此處的義大利劇院（現在的巴黎喜劇院）。從整個十九世紀到一次世界大戰以前，這條大道上咖啡館林立，是巴黎菁英分子的聚會場所。

用力。我是不是太唐突了？也許我把您弄得有些發癢？不過那是因為我不想碰到您的天鵝絨裙，以免弄皺了布料。不過，您看，真的得把這些花固定好才行，不然可就要掉了；而且，像這樣，由我親自來將花插進去一點……說正經的，您不覺得我惹人厭吧？就算我聞一下花香，看看是不是真沒了香氣也沒關係？我從來沒聞過這種花，可以聞聞看嗎？您老實說？」

她微微笑著，輕聳了一下肩膀，彷彿在說：「您這個狂徒，明明知道我就喜歡這樣。」

他抬起另一隻手，沿著奧黛特的臉頰撫摸；她定定注視著他，表情慵懶，面色凝重，一如佛羅倫斯大師畫中那些讓他覺得和她相像的女人。她晶亮的雙眸大而細長，懸在眼皮邊緣，就跟畫中的女子一樣，宛如兩顆淚珠，隨時會滴落。她彎下頸子，一如畫中所有女人，無論她們是處於世俗場景，抑或宗教作品之中。而且，以一種想必她已習慣、知道適合這種時刻，而且不忘適時做出的姿態，她似乎需要使出全力穩住自己的臉，彷彿有一股無形力量將這張臉拉向斯萬。就在她不由自主、任由臉龐低垂，下巴收攏的前一刻，斯萬，隔著一點距離，雙手將它捧起。他想留點時間讓思緒追上，去認出那是自己的意念長久以來輕撫的夢想，參與它的實現，如同特意叫一位親戚過來，只為把一位她很喜歡的孩子的成功與之分享。或許也因為在奧黛特這張他尚未擁有、甚至尚未吻過的臉孔上，斯萬十分迷戀他最後一次見到的眼神；而那眼神，在某個遠行的日子，會令人想隨著一片即將永別的風景一併帶走。

可是，和她共處時他太害羞了，以至於那晚雖然以替她調整嘉德麗雅蘭為開端，最終總算擁有了她，但出於擔心惹怒她，或害怕事後追究露出了馬腳，或欠缺膽量，不敢得寸進尺（既然第一次沒惹奧黛特生氣，他大可再次提出要求），隨後幾天，他還是搬出同樣藉口。若是她的胸衣上別著嘉德麗雅蘭，他便說：「真糟糕，今晚，嘉德麗雅蘭無需再做調整，這些花兒不像那晚那樣歪歪斜斜，可是，我覺得這朵似乎插得不太正。我能否聞聞，看它們是不是比其他花兒香？」或者，若是她沒戴花：「噢！今晚沒有嘉德麗雅蘭，那就沒辦法施展我那些小伎倆了。」於是，有好一段時間，他一成不變地依循第一晚的順序，先用指尖、再用雙唇輕觸奧黛特的頸子，每次都用這兩招開始愛撫；繼而，許久之後，整理（或假裝整理）嘉德麗雅蘭已派不上用場，「來個嘉德麗雅蘭」這種隱喻說法成了使用時不再多想的簡單詞彙，意為占有肉體的行為——此外其實什麼也沒占有——於是殘存在他們的日常用語中，紀念這已被淡忘的用途。也許，這意謂「做愛」的特殊說法代表的內容與其他同義詞並不全然相同。就算已煩膩女色，就算認為攻占各式女子的過程其實如出一轍，預先可知，若那些女子頗為難纏——或我們信以為如此——那麼，占有反而變成一種新的樂趣，迫使我們在與她們交往時，會即興安排一段情節，以催生占有之實，就像斯萬第一次整理嘉德麗雅蘭那樣。那晚，顫抖的他懷抱希望（他心想，奧黛特若是沒看出他的狡猾，那也就不可能猜想得到），但願從淡紫色的蘭花闊瓣之間呼之欲出的，是將這女子得到手；他已開始感受到那樂趣，而奧黛特之所以容忍這樂趣，他心想，或許只是因為她一時沒辦識出來，因此，他覺得——如同世上第一個男人在人間天堂的百花叢中初嘗此樂之際可能出現的狀況——那是一種此前不存在、他試圖創造的樂趣——如同他為了保留來龍去脈而為它起的特殊名稱——那是一種完全特別、全然新鮮的樂趣。

現在，每晚送她回家之後，他非要進屋裡不可。她時常穿著居家長袍就再出門送他到他的馬車，當著車夫的面擁吻他，說：「這有什麼大不了的？關別人什麼事？」他不去維爾迪蘭家的那些晚上（自從他能在其他時候見到她之後，偶會如此），他越來越難得去上流社交圈的那些晚上，她要求他在回家前先過來她家，無論何時都好。時值春天，純淨而冰冷的春天。晚會結束後，他搭上他的維多利亞式敞篷馬車[39]，腿上蓋著毛毯，回應同時也要回家的朋友；雖然他們邀他一起走，但他不能，他走的方向不同。車夫知道他要去哪兒，駕著馬兒快步出發。朋友們面面相覷，的確，斯萬變了。大伙兒再也沒收過他半封信，那些寫來要求結識某個女人的信。他不再留意任何女性，刻意不去可能發生艷遇的場所。無論在餐廳還是郊外鄉下，他的舉止已與過往判若兩人，不過才昨天，大家都還清楚他的行事風格，看似永遠不會改變。由此可見，熱情在我們身上即如一種暫時、而且不同既往的性格，取代了原先那一種，並全數廢除它此前用以表達自我、常年不變的那些表徵！如今，不變的反而是斯萬無論身在何方，也絕不忘要去和奧黛特相會。他免不了要走完那段分隔兩人的路程，一如他人生的下坡，又急又快，無從抵擋。說實話，他在上流社交圈常待得晚，頗希望別再繞上那麼一大段路，直接回家，隔天再去見她就好；但在一個不尋常的時間前去她家打擾，猜想方才道別的朋友們互相討論起他：「他被霸占得真慘，一定有個女人強迫他無論幾點都得過去她家。」這讓他自覺生活過得就像是經營著戀愛的男人，肯為一場銷魂的美夢犧牲休息時間與利益，而如此犧牲也在他心中暗生一股魅力。而且，當時他並不自知，但她在等他，她沒跟別人去其他地方，他不會沒見到她就回家的這份信心消弭了奧黛特已先離開維爾迪蘭家那一夜的那股焦慮，那樣的感受雖已淡忘，但隨時可能重現；而今這撫慰是如此甘美，堪稱幸福。或許，奧黛特對他的重視需歸功於這份焦慮感。我們習慣那樣漠然看待眾人，以至於當我們在其中一人身上投注那麼多樣的痛苦與喜悅時，那人，對我們而言，就彷彿屬於另一個宇宙，他詩意瀰漫，使得我們的生命有如一片動人的天地，而在這片天地之中，或多或少，他必將向我們靠近。斯萬每每自問，接下來幾年，奧黛特在他心中會變成什麼模樣，這總讓他無法不苦惱。偶爾，從他的維多利亞式馬車望出去，看見一個個清冷寒夜之中，月明如晝，照得他的眼裡及荒無人煙的街道盡是月光。他想起那另一個明亮如月、而且微透粉紅的人兒，有一天闖入了他的思緒，從此便朝世界投射神祕的光，他便是在這亮光中看著世界。如果他是在奧黛特差遣僕人先去睡覺之後才到，那麼在敲響小花園的門之前，他會先走去地面層對著的街上；相鄰的宅邸窗戶全部同款式樣，但漆黑一片，唯有一扇窗亮著光，是她的房間。他敲敲窗玻璃，她

39 四輪雙座加頂蓬豪華馬車，一八四〇年根據威爾斯親王設計的一款開放型四輪馬車（Phaéton）改創，在法國製造，向維多利亞女王致敬，以此命名。

警覺了，回應他，並走向另一邊到大門等他。他發現鋼琴上攤展著她喜歡的幾首曲譜，《玫瑰圓舞曲》[40]或塔格里亞非科的《可憐的瘋子》[41]（根據她白紙黑字寫下的遺囑，這些是她的葬禮上要演奏的曲子），他要求她改彈凡特伊奏鳴曲的小樂句，奧黛特雖然彈得很糟，但一件作品留予我們的最美印象通常已然昇華，超脫了笨拙的手指在走音的鋼琴上錯彈的音符。對斯萬而言，小樂句仍和他對奧黛特的愛有所關聯。他清楚感覺到，這份愛，和外在的一切，和除了他之外的任何人所能察知的一切，皆無關連；他明白奧黛特的優點並不能合理說明他為何這麼重視與她共度的時光。而常有的情況是，斯萬正面的理智獨掌了大局，他希望不再為這想像出來的樂趣犧牲自己那麼多在智性與社交上的利益。可是，斯萬一旦聽見那段小樂句，那樂音便釋放出了在他心裡所占的空間，斯萬心靈的分配比例因而有了改變，為一種享受保留出一塊餘地，而這份享受也和任何外在事物不相干；然而，它並非愛情那般純粹個別性的歡樂，而是以一種灌注到斯萬身上、超越具體事物的真實感。這份對未知魅力的渴求得自小樂句對他的啟迪，卻未帶來任何具體的解渴之道。因此，在斯萬的心靈中，物欲煩惱、注重人性且一視同仁的種種考量，這些皆已被小樂句抹去，空了出來，未加填補，他能在當中隨意刻上奧黛特的名字。而且，倘若他對奧黛特的好感稍顯不足，不如預期，小樂句便會前來將它神祕的活力精華注入其中，合併作用。請看斯萬聆聽那段小樂句時的表情，簡直可說他正在吸攝一種麻藥，呼吸起伏因而大幅加劇。得自於音樂，而且即將在他心中創造出一種實際需求的樂趣，在那時的確頗似試聞香氣時的可得之樂，有如接觸一個不是為我們打造、由於眼睛無法察覺、因而似乎無以名狀的世界，而那世界不具意義，超脫我們的理智範疇，我們只能藉由一種感官觸及。這番樂趣可比徹底的休息，神祕的創新，對斯萬而言——儘管他的雙眼如繪畫鑑賞家般細膩，思路如風俗觀察者般精細——卻永遠帶有他枯涸的人生那抹滅不去的痕跡；他覺得自己搖身變成一種異於人類的生物，眼盲，欠缺邏輯思考機能，幾乎如同一隻獨角幻獸，如一頭僅僅透過聽覺去感知世界的奇幻生物。然而，他在小樂句中找尋他的理智無法探究的意義，剝除心靈最深處源自理性的一切護佑，讓它能在樂音的廊道和其幽微的濾網中獨自通行，那醺醉之感多麼奇妙啊！他開始懂得了匿藏在這溫柔樂句深處的所有苦痛，甚或未能撫平的黯然；但他無法為此難受。這樂句對他訴說愛情脆弱又如何，他的愛情是那麼強大！他玩味這段音樂散播的哀傷，感染了那愁緒，但僅如一陣輕撫，使他原有的幸福感益發深刻、甜蜜。他請奧黛特彈了十遍、二十遍，同時不准她停下親吻。每個吻後又引發另一個吻。啊！在這戀愛初期，吻發生得是那麼自然而然！那麼迫不及待地越吻越多，要算清他們在一個鐘頭裡互吻幾次，簡直和想數出五月原野上有多少花開一樣困難。於是，她假意停手，說：「你一

40 《玫瑰圓舞曲 La Valse des Roses》為法國輕歌劇作曲家奧利維・梅特拉（Olivier Métra, 1830-1889）之作。他曾任瘋狂牧羊女劇院（Folies Bergères）管弦樂團指揮，後來也指揮巴黎歌劇院的舞會。

41 塔格里亞非科（Joseph Tagliafico, 1821-1900），法國男中音，也譜有幾首浪漫歌曲，包括奧黛特喜歡的這首《可憐的瘋子 Pauvres Fous》。

直這樣抱著我，要我怎麼彈呢？我不能所有事同時一起做；你至少弄清楚要什麼：我是該彈奏那段樂句，還是跟你摟摟抱抱呢？」他生起悶氣，她則是哈哈大笑，那笑聲逐漸變了樣，化為狂吻之雨，打落在他身上。或者，她鬱鬱寡歡地盯著他，可融入波提切利名畫《摩西生平》中的那張臉又浮現在他眼前，尋得它在畫中的位置，將奧黛特的頸子設定成畫面所需的弧彎；而當他將她好好地以蛋彩畫在十五世紀西斯汀教堂的牆上時，想到此時此刻她本人卻在這裡，就待在鋼琴旁邊，他可隨時擁吻、占有，又想到她的實質肉體和生命，這些念頭令他醺然陶醉，勁道之猛使得他眼神迷茫，咬緊牙關，彷彿準備狼吞虎嚥似地，迫不及待撲向波提切利畫中的貞女，揉捏起她的雙頰。而後，分別之後，他總是回頭再去吻她，因為他忘了將她的氣味或長相中的某個特點放進記憶裡帶走；在返回自家的維多利亞式馬車上，他由衷感謝奧黛特允許他這樣天天來訪，雖然他感覺得到，天天到訪未必讓她多麼歡喜，卻能讓他自己不至於淪於嫉妒的境地——能夠免除他再次承受那一夜在維爾迪蘭家沒找到她的不快——有助他不再遭遇第一次那唯一一次的慘痛危機，來到這些在他人生中絕無僅有的特殊時刻，幾近魔幻的時刻，而他，便在這樣的時刻中沐著月光，穿越巴黎。返家途中，他注意到，這輪玉盤隨著他在移動，現在幾乎就掛在地平線另一端。他感覺到自己的愛情亦然，服膺著大自然不變的法則。他自問，他進入的這段周期是否還會持續長久，是否不久後，他的思緒就再也看不見那遙遠又渺小的珍貴面容，而那張臉也幾乎不再散發魅力。因為，斯萬自從墜入愛河後，總是在各種事物中看到它，一如少年時期，他自認有藝術天分的那段時光也曾如此；只是這次魔法已然不同，這一次，是奧黛特憑一己之力就感染了他。他覺得年輕時的靈感重獲新生，雖然它曾因一段輕浮的歲月而消散，但如今所有靈光皆帶有一個特殊之人的身影與印記，而且，如今的他將在自家與自己復原中的心靈獨處當成微妙的樂趣，在如此漫漫的幾個鐘頭中，他逐漸做回了自己，卻另屬於一個女人。

他只在夜裡去她家，而且對她白天的行程一無所知，甚至連讓人去想像不知道的事態、使人欲探知實況的那一點初步情報也沒有。此外，他從不疑心她可能做過什麼，也不過問她過去的生活。他只是偶爾微微一笑，想起幾年前，在還不認識她那時，有人曾向他提及一個女人，如果沒記錯，那肯定就是她；那人說她是個煙花女，一個被包養的女人，一個那種女人：由於他對那圈子不熟悉，至今仍認定她們難改本性，徹底墮落，就像長久以來某些小說家想像中所賦予的那般模樣。當他拿那種個性去比對奧黛特的善良、天真、迷戀理想、幾乎無法不說真話，乃至有一天，為了單獨與她共進晚餐，他央她給維爾迪蘭夫婦寫封信，藉口稱說她病了，隔天便看見她在面對維爾迪蘭夫人關心的詢問時不由自主地漲紅了臉，說話結巴，臉上盡是撒謊後的悲苦與內疚；而且，回應時雖是在為昨夜假稱的不方便編造諸多細節，眼神卻像是在懇切請求原諒，一副為說了假話而抱歉的語氣；斯萬心想，要準確地評判一個人，往往需反向看待世人賦予那人的名聲。

然而，某些日子，雖然寥寥可數，她會在下午來到他家，打斷了他的白日夢或是他近來重拾的維梅爾研究工作。下人前來通報：德．克雷西夫人正在他的小沙龍裡。他前去找她，打開門時，奧黛特一見到斯萬，泛著粉紅的臉孔——嘴型、眼神、雙頰的鼓起，皆起了變化——添了一份笑意。再次獨處時，他腦中又浮現那笑容，她前一晚也曾流露過，以及另一副微笑，那是她某次迎接他時曾掛在臉上的；還有一副笑靨，那曾代表她的回應，曾出現在馬車裡，當時他問她是否介意為她扶正嘉德麗雅蘭。其餘時間，奧黛特過著什麼樣的生活，由於他毫無所知，在他看來，背景也平淡無色彩，就彷彿華鐸[42]的一頁頁素描習作，這裡一個，那裡一個，四面八方，處處只見用三種鉛筆在羊皮紙上畫下數不清的笑容。不過，偶爾，這在斯萬眼裡如白紙一般的生活，雖然就連自己的內心也告訴他不是那樣，因為那超乎他的想像，卻出現了一個角落：某個友人隱約料到他們已兩情相悅，大概無意冒險多說，只約略提及一些微不足道的小事，向他描述奧黛特遠遠的身影，因為那人當天早上瞥見她走在阿巴圖契街[43]上，身穿鼬皮滾邊的「走訪用」短大衣，帶著「林布蘭式」寬帽，馬甲上還插著一小束紫羅蘭。這簡簡單單的勾勒幾句，讓斯萬心煩意亂，因為，這時他才突然驚覺奧黛特的生活並不全然屬於他；他想知道，他沒見過的那身裝扮是為了取悅誰；他決心詢問：那時她去了哪裡，彷彿在他的情婦那沒有色彩的整個生活當中——那生活幾乎不存在，因為他看不見——除了所有對他展露的那些笑容之外，只有一件事：林布蘭寬帽下，胸前一束紫羅蘭，她行進的腳步。

除了請她捨去《玫瑰圓舞曲》改彈凡特伊的小樂句，斯萬無意請她彈奏一些他喜歡的東西；不僅是音樂，文學也一樣，他無意矯正她庸俗的品味。他很清楚她並不聰明。她說她真希望他能和她談論幾位大詩人，其實是她自行想像她能立即學到波雷利子爵[44]筆下那類充滿英雄及浪漫情懷的詩文，甚至更加感動人心。關於台夫特的維梅爾，她問他，這位畫家是否曾被某個女人傷了心，是不是某個女子給了他創作靈感；斯萬坦白告訴她世人對此毫無所知，她便對這位畫家興趣缺缺。她常說：「我非常相信，當然，沒有比詩歌更美的，如果詩句都是真的，如果詩人說的都是肺腑之言。但是，通常呀，沒有人比他們更重視利益。我知道一些內幕，我有個女性朋友就愛上那樣的詩人。他的詩裡只談愛情、天空、星星之類的。啊！她可是上了大當！被他騙走了三十幾萬法郎。」此時斯萬若是試圖教她什麼是藝術美感，該如何欣賞詩句或畫作，不一會兒，她便不肯再聽，說著：「對……我沒想到是這樣。」他感覺她顯得非常失望，於是寧可撒個謊，騙她說這些都不算什麼，不過是些不重要的小品，他沒時間去探究，裡面還有其他東西。但她熱切地說：「其他東西？是什麼？……說出來呀！」但他不說，因為他知道那東西在她眼中多麼微不足道，與她期望的相差多遠，既不怎麼刺激聳動，也不怎麼觸人心弦，而且他也擔心，一旦她對藝術的幻夢破滅，對愛情的期望恐怕也會一併落空。

其實，她覺得，論聰明才智，斯萬的確不如她所想。「你隨時隨地都那麼冷靜，我沒辦法定

---

42 華鐸（Jean-Antoine Watteau, 1684-1721），法國洛可可時期代表畫家。

43 阿巴圖契街（Rue Abbatucci）位於巴黎第八區，即現今的拉．波艾蒂路（rue La Boétie）。

44 波雷利子爵（Vicomte Raymond de Borrelli, 1837-1906）曾三次獲得法蘭西學院詩歌獎。

義你這個人。」至於他看淡錢財，親切待人，體貼細心，倒是令她嘖嘖讚嘆。比斯萬更優秀的人確實常見，例如一名學者，一位藝術家；此人未被周遭的人低估，而且還令人覺得他確實才智優越，更勝自己；而旁人之所以會有這種感受，倒不是欽佩他的想法，畢竟那並非他們能領略，而是因為敬重他的好心。斯萬在上流社會的地位讓奧黛特留下的感受也是尊敬，但她無意要他讓那圈子接納她。或許她認為他做不到，甚至擔心光是提起她，便有可能導致她不願為人所知的祕密曝了光。她每每要他承諾絕對不對外說出她的姓名。而她之所以不想進入上流社交圈，她這麼告訴他，是因為她曾經和某位女性友人大吵一架，為了報復，她後來說了那女友的壞話。斯萬提出異議：「但又不是整個上流社會都認識妳的女友。」

「當然都認識，事情口耳相傳就渲染開來了，上流圈子的人心眼那麼惡毒。」

一方面，斯萬不曉得故事的來龍去脈，另一方面，他知道這些觀點：『上流圈子的人心眼那麼惡毒』和『毀謗之言傳千里』，通常都會被人當真，大概確實有相符的例子。奧黛特的事會不會就是其中之一？他心裡自問，但沒再多想，因為他本人亦然，在給自己找了個難題時，依隨的也是那令他父親越發遲鈍的笨腦筋。此外，讓奧黛特這麼害怕的這個上流社會也許引不起她多大欲望，畢竟，那圈子和她所知的那個社交圈相差太遠，她無法清楚地想像。然而，她在某些方面確實依然很單純（舉例來說，她把一個退休的女裁縫師當朋友，幾乎每天爬上那座陡斜、陰暗又散發惡臭的樓梯去見她）；她渴求風雅，但與上流社會的人想法不同。對他們而言，風雅是極少數幾人散發的光芒，投射至頗為遙遠的層級——與親密核心相隔越遠，力道也多少隨之減弱——進入朋友圈或朋友的朋友圈，這些人的姓氏構成了一份名錄之類的清單，上流人士熟記腦中，在這方面見多識廣，於是從中歸納出一種品鑑能力，養成一種機智，以至於，以斯萬為例，若是在報上讀到共同列席某場晚宴的一串人名，無需借助對那上流圈的閱歷，便能立即道出這場晚宴的風雅之處，就如同一個飽讀詩書之人，讀過一個句子，便能精確賞析作者的文學造詣。但奧黛特屬於另一類人（無論上流人士如何作想，這類人數量極多，而且遍布各個社會階層），他們沒有這些概念，將風雅完全想偏，依其個人的出身背景添加各種牽強附會，但他們皆有一種特性——無論是奧黛特夢想的，或是寇達爾夫人甘拜下風的——那就是認為所有人都能直接接觸到這些風雅。另一種風雅，所謂上流社會的風雅，說實話，也是人人可得，但需花上一段時間。奧黛特常這麼說一個人：

「他向來只去風雅的場所。」

如果斯萬問她這句話是什麼意思，她便有點輕蔑地回應：

「就是風雅的場所嘛！真是的！要是你到把這年紀，還得教你何謂風雅的場所，這是要我怎麼跟你說才好？嗯？比方，星期天早晨的皇后大道[45]，清晨五點的環湖步道[46]，星期四的伊甸劇

45 皇后大道（Avenue de l'Impératrice），即現在的巴黎的福煦大道（Avenue Foch）。

46 指布洛涅森林中的湖。

院[47]，星期五的賽馬場[48]，舞會……」

「什麼舞會？」

「就是巴黎辦的舞會啊！我的意思是，風雅的舞會。對了，艾爾班傑，你知道，在證券經紀人家遇見的那位？有！你應該知道，他是全巴黎名聲衝漲最快的一個人，這個高大的金髮年輕人對時髦那麼講究，釦眼上總別著朵花，後腦分出一條髮線，穿著淺色長褲；他跟出席每場首演都會帶著的那個濃妝豔抹老女人在一起。就是他！上次，有天晚上，他辦了一場舞會，全巴黎風雅的一切全齊聚一堂。我好想去參加呀！但在門口得出示邀請卡，我沒辦法弄到手。其實沒去也好，那場合大家爭得你死我活的，恐怕什麼也看不到。不過就是為了能拿自己去過艾爾班傑家說嘴。你知道，對我來說，虛名這種東西！此外，你大可告訴自己，說去過那場舞會的女人當中，一百個裡有一大半都不是真的……但我很訝異，你這麼『上等』的男人，竟然不在現場。」

但斯萬完全無意去改變她對風雅的觀念，他認為自己的觀念也未必比較正確，說不定一樣愚蠢，完全不重要。他看不出教導戀人這些有什麼好處，所以，幾個月後，對於他會登門的人家，她也只對拿到通行證感興趣：斯萬能從那些人那兒取得賽馬會和首演的門票。她希望他好好經營這些非常有用的關係，但另一方面，自從她在街上見到維勒帕里西斯侯爵夫人一身羊毛黑長裙、搭配繫帶軟帽經過之後，卻又深信那些人實在稱不上風雅。

「但是，Darling！她看上去就像個女工，一個看門老嫗！堂堂一個侯爵夫人竟是這副模樣！

雖然我不是侯爵夫人，但要我穿成那德行出門，可得付我一大筆錢才行！」

她不懂斯萬為何要住在奧爾良碼頭的宅邸，但她不敢向他坦承她覺得那地方配不上他。的確，她聲稱自己喜好「古董」，總做出心醉神迷卻可笑愚蠢的模樣，表示她最愛整天「把玩小擺飾」，尋找「不值錢的玩意兒」，「有年歲的」物品。雖然她為了保住面子（像在遵守某種家規似的），絕不回答提問，也不「細述」自己白天在做什麼，有一次，她卻向斯萬提起，有一位女性友人邀她登門拜訪，而她家中全是「那個時代」的風格，但斯萬始終無法叫她說清楚那究竟是哪個時代。不過，苦思一番後，她答說那是「中世紀式」。她的意思是有些木作裝潢。過了一陣子，她又向他談起那位女友，語帶遲疑，然而神情卻一副理所當然，彷彿提及的是一個前一晚才共進過晚餐、先前卻未曾聽聞過的人，既然東道主似乎視之為非常有名，她希望談話的對象也聽得出這談論的是誰，於是補上一句：「她家的餐廳是……呃……十八世紀的！」此外，她覺得那風格糟透了，光禿禿的，像是尚未完工似的，女人在那空間裡看起來好醜，時尚打扮根本起不了作用；最後，已到第三次，她又再度提起，還告訴斯萬那間餐廳裝潢者的地址，說她若是有錢，會想請那人來看看是否能替她打造一間，當然不是那一種，而是她夢想中的樣式，要有幾

47　伊甸劇院（L'Eden-Théâtre）位於現今的雅典娜劇院廣場，上演歌劇與芭蕾，建築於一八九五年拆除。

48　賽馬場（Stade de l'Hippodrome）設置在現今的喬治五世大道（Avenue George V），提供賽馬、馬術及芭蕾等表演，可容納一萬名觀眾，一八九二年拆除。

座高高的餐具展示櫃，文藝復興風格的傢俱，以及布洛瓦城堡[49]裡的那種壁爐，只可惜她的小宅邸空間容納不下。那一天，她在斯萬面前脫口說出了她對於他位在奧爾良碼頭住所的看法；他曾批評她的女性友人迷上的並非路易十六風格，因為，據他說，要打造這風格雖然困難，但也可能處理得很迷人，不過那位女友營造出來的只是偽古風；於是奧黛特說：「你總不會希望她跟你一樣，在一堆破傢俱和舊地毯中過生活吧！」在她心目中，布爾喬亞女性的體面依然要擺在交際花的藝文喜好前面。

對於喜歡把玩小擺飾，喜歡吟詩作對，輕賤低俗算計，夢想著榮耀和愛情的人，她則視為是高人一等的優秀菁英。人不需要真有那些品味才能高調張揚；有個男人曾在晚餐時向她稱說自己喜歡四處閒逛，走進古老的店舖裡弄髒了手指也不在意，在這個商業化的世紀，這可能永遠不會得人欣賞，因為他不在乎自身利益，因此是屬於另一個時代的人；回家後，她說：「他有顆可敬的心靈，是個善感的人，我倒是從來沒料到。」而後對那人突然生出深厚情誼。但是，那些像斯萬一樣，確實有此品味卻不張揚的人，反而令她冷淡以對。她的確得承認斯萬對金錢並不在意，但她還是賭氣地說：「可是他不一樣。」事實上，左右她想像的並非不在乎錢財利益的行徑，而是話是否說得漂亮。

他覺得自己常常實現不了她的夢想，於是試著至少讓她在共處時開開心心，不去反駁她那些庸俗的想法，她對所有事物的低劣品味，更何況他喜歡那種品味，所有來自於她的，他都喜歡，甚至著迷，因為正多虧那些特點，這個女人的氣質精髓在他眼中才因而變得清晰可見。所以，當她因為該去看《托帕斯女王》[50]而眉開眼笑，或是眼神轉而嚴肅，透露出擔憂與決心，深怕錯過百花節或只是錯過下午茶：配上馬芬蛋糕和吐司，「皇家街的下午茶」[51]，她相信，為了獲得優雅名聲，勤於出席那茶會是女人不可敷衍之事，斯萬便為之動容，就像我們被孩子的自然率真或一幅栩栩如生的肖像所感動，他清楚地感受到情婦的心靈就浮現在面容上，以至於不禁以雙唇去觸碰。「啊！她要我帶她去百花節，我親愛的小奧黛特，她想成為眾人欣賞的焦點，那好，我就帶她去，低頭讓步就是。」由於斯萬的視力有點弱，在家工作時不得不戴上眼鏡，去上流社交圈交際時則選用單片眼鏡，面貌較不至於變形太多。她初次見他單眼戴上鏡片時不禁大喜：「我覺得，沒得說，這對男人而言實在非常風雅！你這模樣真帥！看起來就像個真正的紳士。就只差一個頭銜了！」她補上這句，多少帶有一絲遺憾。他喜歡奧黛特這樣的表現，一如他若是迷戀一個布列塔尼亞女孩，定然也會樂見她戴上當地的蕾絲頭紗，聽她說她相信這世上有鬼魂。在此之前，他就和許多對藝術品味的發展與感官色慾無關的男人一樣，對這兩者各自滿足，然而那滿足當中有一種奇怪的不協調存在；在眾多越發低俗的脂粉群中，歡享更加精緻之作的誘惑；帶一名

---

49 布洛瓦城堡（Château de Blois），法國羅亞爾河流域知名的城堡之一，結合了十三至十七世紀的建築風格。

50 《托帕斯女王 La Reine Topaze》，維克多．馬瑟（Victor Massé）所做的輕歌劇，一八五六年首演。

51 英國茶專門店 Thé de la rue Royale，位於巴黎皇家街十二號。

小女僕進樂池旁的柵欄包廂，看一齣他一直想聽的傷風敗俗的歌劇；或是去看印象派的畫展，深信涵養豐富的上流社交圈女子雖然也沒看懂多少，但可不會那麼好心地閉上嘴。然而，自從愛上奧黛特以來，配合她的情感，試圖僅抱持一份只屬於他們倆的心靈，這對他來說如此甘甜，以至於他試著讓自己去喜歡她所愛的事物，並找到一種相對更深的樂趣，不僅止於模仿她的習性，更要採納她的意見；由於她的意見本身毫無理智根據，所以這只讓他想起她的愛，他當初會傾向那些意見，正也都是為了這份愛。若他回去讀《塞吉．帕寧》[52]，若他找機會去看奧利維耶．梅特拉[53]指揮，也都是為了享受初識奧黛特各種觀念時的甜蜜感，迷迷糊糊感覺自己與她所有氣味相投。她喜愛的那些作品或地方都帶有一種魔力，將他朝她拉近，他覺得，這魔力比最美事物固有的魔力更加神祕，那些事物雖美，卻不會令他想起她。此外，由於他放任年輕時的知性信念逐漸減弱，而上流社會男人的多疑性格不知不覺也已侵入那份信念，他認為（或至少曾長期這麼認為，所以仍常這麼說），我們偏好之物本身並無絕對價值，一切皆視時代和階層而定，以時尚風潮為準，再通俗不過的，也能與公認最超凡傑出的相匹敵。由於他評估後覺得，奧黛特對取得開幕首演的邀請卡的重視並不比他過去享受到威爾斯親王家中午餐來得荒謬可笑；同樣地，也不認為她高調讚嘆蒙地卡羅或瑞吉峰[54]，比他對在她想像中很醜陋的荷蘭或覺得無趣的凡爾賽有所偏好來得沒道理，他因此不再去那些地方，甘心告訴自己這是為了她，他只想與她一起感受，一起喜愛。

由於奧黛特周圍的一切，某種程度上都只剩一種模式，那就是讓他能見到她，與她閒聊，所以他也喜歡維爾迪蘭家那個圈子。在那裡，所有娛樂消遣：餐會、音樂、遊戲、變裝晚餐、鄉間郊遊、劇院看戲，甚至是難得幾次為「討厭鬼們」所辦的「大型晚會」，背景中都可見奧黛特的身影，有奧黛特映入眼簾，有奧黛特一起暢聊；維爾迪蘭夫婦邀請斯萬，等於贈予了他這無價之寶。他在「小核心」裡比在其他地方更開心，便總想給它找出些真正的優點，因為出於個人喜好，他想像自己這輩子都會與核心圈這些人往來。然而，他不敢對自己說會一輩子愛著奧黛特，只怕自己也不相信。至少在試著假設會永遠與維爾迪蘭夫婦往來（根據經驗，如此主張比較不易引起理智的原則性反對）的同時，他設想自己未來每晚都能繼續遇見奧黛特；這或許與此生永遠愛她不盡相同，不過，就目前而言，在仍愛著她的時候，他相信自己不會在某天就此間斷、不再見她，他所求的僅此而已。「多麼迷人的圈子，」他心想，「那兒過著的人生其實多麼真實！比起上流社會，那當中的人還更聰明，更懂藝術！維爾迪蘭夫人雖然稍稍誇張，有點可笑，但對繪

52 《塞吉．帕寧 Serge Panine》，喬治．歐涅（Gerge Ohnet, 1848-1918）以此小說改編的同名劇作，在一八八二年一月上演時獲得極大迴響。

53 梅特拉（Olivier Métra），參見注40。

54 瑞吉峰（Rigi）位在瑞士中部，十八世紀起便是歐洲著名觀光景點，諸多名人皆曾造訪。當地旅遊業在一戰前發展至頂峰，其後逐漸衰落。

畫、還有音樂卻是誠心喜愛！對作品如此熱情，多麼渴望討藝術家歡心！她對上流社會的想法雖不正確，但上流社會對藝術圈的想法豈不更是錯得離譜！也許交談時得不到多少智性滿足，但我十分喜歡跟寇達爾相處，雖然他總愛說些拙劣的雙關語。至於畫家，他想語出驚人時那自命不凡的樣子雖然討厭，卻是我見過最聰明的人之一。再說，最特別的是在那裡感覺相當自由，想做什麼就做什麼，無拘無束，沒有排場。那個沙龍裡，人家每天為我的好心情下了多少功夫！想當然爾，除非極少數例外，否則此後我就非那個圈子不去。那裡越來越像是我習慣度日的地方了。」

斯萬原以為維爾迪蘭夫婦那些優點是他們內在固有的，其實，那不過是他在他們家嘗到對奧黛特的愛的甜頭反映到他們身上。當歡快變得更真切、深刻、蓬勃，那些優點亦然。維爾迪蘭夫人偶爾贈送斯萬一樣禮物，單憑它就能令他幸福感油然而生；就像那天晚上，他焦慮不安，因為奧黛特跟某位客人聊得比其他人都久，他惱羞成怒，不想主動問她是否還要一起回家，維爾迪蘭夫人自動開口，立刻就為他帶來平靜與喜悅：「奧黛特，您還得送斯萬先生回家，不是嗎？」就像即將到來的這個夏天，他早已憂心忡忡，正在不知奧黛特是否會拋下他離開巴黎去度假，他還能否繼續每天見到她之際，維爾迪蘭夫人便邀請他們兩人一起去她的鄉間別墅——斯萬不知不覺間讓感激之情與利益得失滲入了理智，影響了他的想法，甚至宣稱維爾迪蘭夫人有著高尚偉大的靈魂。他早年在羅浮宮學校[55]的老同學和他談起幾位傑出人物，他回應：「我對維爾迪蘭夫婦的喜愛更多出百倍。」而且，以一種他未曾有過的隆重態度說：「他們寬宏大量，而寬宏大量，說到底，是這俗世中唯一重要，而且讓人高下立分之事。你看，人其實只分兩種：寬宏大量者和非寬宏大量者。我到了這年紀，就該選定立場，就此決定究竟要喜歡什麼人、輕視什麼人，在意自己喜歡的人，直至死前都不再離開，好彌補和其他人廝混浪費掉的光陰。這下可好了！」他又說，語氣帶有一絲淡淡的感動，就好像即使不全然自覺，但一個人之所以講述某事，倒不是為了傳達實情，而是因為他樂於說出，因為想用彷彿不是出於自身的聲音去聽那件事情，「大勢已定，我選擇了只喜歡寬宏大量的人，只願活在寬宏大量的世界。你問我維爾迪蘭夫人是否真是個聰明人。放心吧！她在我面前多次證明過她心胸高貴，靈魂高尚，那高度，怎麼說呢，沒有同樣高尚的思想可是達不到的。當然，對於藝術，她有深厚的慧根，但那或許不是她最令人敬佩之處；某個她特意為我做的機智又善意十足的小動作、某次絕妙高明的留心、某個親切細心的舉動，這些都在在顯示一份對生命存在更深刻的理解，遠勝任何哲學論述。」

然而，他本該能想到，他父母的某些老朋友就跟維爾迪蘭夫婦一樣單純，他年輕時的幾位同學也和他一樣迷戀藝術，此外還有一些心胸寬大的舊識；但是，自從他選擇了這個單純、藝術和寬宏大量之後，就再也沒見過他們。不過，那些人不認識奧黛特，而且就算認識，恐怕也不會費

55 羅浮宮學校（École du Louvre）成立於一八八二年、隸屬法國文化部的高等教育機構，位在羅浮宮內，提供藝術史、考古學、文明史、人類學和博物館學方面的教學。

心為他們倆牽線。

因此，毫無疑問，在整個維爾迪蘭圈子裡，沒有一個信徒像斯萬或相信自己像斯萬那麼喜歡這對夫婦。然而，當維爾迪蘭先生說斯萬跟他不對盤時，他表達的不僅是自己的想法，卻也猜到了他妻子的念頭。約莫是因為斯萬對奧黛特的好感太過特殊，又忽略了該將維爾迪蘭夫人當成平時交心信任的對象；約莫是他在利用維爾迪蘭夫婦的好客時那樣刻意低調，經常以他們不會起疑的理由缺席晚餐，反而讓他們看出了他的私心，知道他仍有渴望，不願錯過「討厭鬼們」的邀請；約莫也因為，儘管他用盡防備在隱瞞，他們還是逐漸發現他在上流社會的顯赫地位；這一切多少都令他們對他有所惱怒。不過，深層的原因卻另有其他。因為他們很快就感覺到他心中保有一處空間，外人無法進入，而他則持續在那裡默默大聲自語：莎岡親王夫人才不滑稽古怪，寇達爾的玩笑不好笑，總之，儘管他從不忘展現友好可親，不違抗他們的教條，他們卻不可能強迫他接受，完全歸化於這個小團體，過去他們可從未在任何人身上遇過這種狀況。原本他們或許還會原諒他與討厭鬼們交往（在他心底，比起他們，他還更千百倍地喜歡維爾迪蘭夫婦與整個小核心），只要他願意以身作則，同意當著信徒們的面否定他們即可。但他們很清楚，那樣的公開決裂是逼不來的。

這跟奧黛特曾要求他們邀請的一名「新面孔」簡直是天壤之別！儘管她跟那人沒見過幾次面，但他們對他可是寄予厚望：福什維爾伯爵！（他正巧是薩尼耶特的連襟，這可讓信徒們大吃一驚：原來，這個舉止那麼謙卑的檔案老學者，他們一直以為他的社會階層較他們低下，萬萬沒想到他竟屬於富有的上流社會，而且還與貴族結親。）福什維爾無疑是個自負又附庸風雅的粗俗人，但斯萬不是；想必福什維爾遠不像斯萬，根本無意將維爾迪蘭夫婦的社交圈置於其他圈子之前。但他沒有斯萬那種天生的細心體貼，正是那份體貼阻擋了斯萬在維爾迪蘭夫人對他認識的人發表明顯錯誤的批評時加入她的陣營。至於畫家某些日子裡的大放厥詞、寇達爾貿然亂講那些販夫走卒的低俗玩笑，喜歡這兩人的斯萬雖然能輕易找到理由為他們開脫，卻沒有勇氣和足夠的虛偽為他們鼓掌；福什維爾則是相反，他的智商水準讓他能被某幾則笑話震懾、驚嘆，卻根本沒聽懂；另一些玩笑話還令他樂在其中。福什維爾在維爾迪蘭家的初次晚餐正好凸顯了這些差別，烘托出他的優點，加速了斯萬的失寵。

那場晚宴上，除了常客之外，還有一位索邦大學的教授布里肖，他和維爾迪蘭夫婦是在海濱認識的，若非大學職務與涉獵淵博的研究工作使得他難有空閒，他會樂意常來維爾迪蘭家。畢竟，他有這份好奇心，對生命有這樣的迷戀，這二者再結合上某種與研究對象相關的懷疑論精神，使得部分聰明人，無論職業，例如不相信醫學的醫生，不相信拉丁文翻譯練習的高中教師，皆享有思緒遼闊，卓越，甚至優越傑出的聲譽。在維爾迪蘭夫人家，談論哲學與歷史時，他刻意在最即時的現狀中尋求比較，首先因為他認為那些都不過是對人生的準備，並以為能在小核心中印證以前僅在書中讀過之事，或許也因為他發現自己過去被灌輸了對某些題材的尊敬，而且不自知地維持著這份敬意，於是他相信，與他們一起冒昧放肆，就等於脫去大學教師的外衣，況且他倒也不覺得那些行徑有何造次之處，除非他還沒拋下教授身分。

晚餐才剛開始，福什維爾先生坐在為了「新面孔」而盛裝打扮的維爾迪蘭夫人右手邊，對她說：「您這套白裙裝真獨特。」醫師實在太好奇，不斷觀察著他，想知道自己口中所謂一個姓氏前冠上了「德」字的人會是什麼模樣，一直在找機會要引他注意，與他進一步接觸；他聽到這句話，立即抓住「白」這個字，頭都沒從餐盤裡抬起來便說：「白？白蘭琪・德・卡斯提亞[56]的白？」然後，那顆頭定住不動，帶著不確定、卻又流露笑意的眼神暗暗左右偷瞄。而斯萬呢，他拚命想擠出笑容卻又白費力氣，足見他認為這種雙關語很蠢。福什維爾的表現則顯示他既能品味出箇中微妙之處，又懂得處世之道，適度保持一份愉悅，這種率直的態度令維爾迪蘭夫人為之著迷。

「對一位這麼有學問的人，您有什麼感想？」她問福什維爾。「跟他根本沒辦法正經地聊上兩分鐘。您在您的醫院裡也跟他們說這些嗎？」她轉頭問醫師，又說，「那麼，每天的日子應該也不嫌無聊了。看來，我應該申請去住院才對。」

「我想，我剛聽到醫師提起白蘭琪・德・卡斯提亞那個老娼婦，恕我大膽直言。難道不是嗎，夫人？」布里肖向維爾迪蘭夫人提問。她差點兒暈倒，雙眼緊閉，急忙將臉埋進雙手裡，從指縫間瀉出幾聲低悶的驚呼。

「天啊，夫人，我並非有意驚擾心存敬意之人，假如這餐桌上有幾位列席的話，*sub*

rosa[57]……此外我也承認，我們這大家心照不宣的雅典式共和國[58]——噢！多麼地雅典啊！——可以尊這個愚民的卡佩王后為鐵腕警察機構之首。千真萬確，我親愛的主人，千真萬確。」他用他洪亮的聲音一個音節、一個音節地又說了一次，回應維爾迪蘭先生的抗議。「聖德尼的編年史[59]，其資訊正確性毋庸置疑，在這件事上毫無懸念。要說世俗化無產階級的教母，沒有比她更好的人選，如蘇傑[60]和其他如聖伯納[61]之流的人所說，她身為聖人之母，卻百般刁難那個兒子。畢竟，只要碰上她，人人都少不了要吃上一頓排頭。」

「這位先生是？」福什維爾問維爾迪蘭夫人，「他看起來火力十足呢。」

---

56 白蘭琪・德・卡斯提亞（Blanche de Castille, 1188-1252），西班牙卡斯提利亞國王阿方索八世的女兒，法國卡佩王朝國王路易八世的王后。曾在兒子路易九世未成年時出任攝政（1226-1236），期間安內攘外，法國蒸蒸日上。歸政之後仍在幕後操縱國政直到逝世，一般而言是法國人心目中的賢后。

57 拉丁語，直譯為「玫瑰花下」，因古羅馬人習慣以玫瑰裝飾盛宴，強調機密或隱私。引申意謂「用餐之中」，「賓客之間」，「機密不可外洩」。

58 「將新法蘭西共和國建設成現代世界的雅典共和國」（Faire de la nouvelle République française la «République athénienne» du monde moderne）是一八七〇年第二帝國垮臺後主張共和的甘必大的施政目標。

59 更知名的說法是《法國大編年 Grandes Chroniques de France》，由聖德尼修道院的僧侶所編寫，講述路易十二執政時期的王朝歷史。

60 蘇傑（Suger, 1081-1151），聖德尼修道院院長，路易六世及七世的大臣。

61 聖伯納（Bernard de Fontaine, 1090-1153）天主教熙篤會隱修士，修道改革運動領袖，中世紀神祕主義之父，靈修文學作家。

「您竟然不認識大名鼎鼎的布里肖，他可是名滿全歐洲呢！」

「啊！是布列肖！」福什維爾驚呼，卻沒將名字聽清楚，「您向我提過那麼多次！」他補上一句，瞪大眼睛盯著面前這位名人。「跟一位知名人士同桌晚餐總是十分有趣。話說，您邀我們來此，座上嘉賓皆是精心挑選，在您府上絕對不會感到枯燥無趣。」

「噢！您知道最要緊的是呀，」維爾迪蘭夫人謙虛說道，「他們互相都有信任感。想談什麼就談什麼，對話就像煙火般此起彼落。因此，布里肖今晚的言論也沒什麼大不了的：您也知道，我見他在我家這麼光采奪目，令人五體投地，但是呢，到了別人家，簡直就像變了個人似的！他靈思枯竭，不逼就說不出話，甚至惹人煩厭。」

「這真奇怪！」福什維爾大感訝異。

像布里肖這類的人，在斯萬年輕時往來的小圈子裡應該會被視為純粹的笨蛋，儘管與某種現實中的聰明可以相容。這位大學教授的聰明既牢靠又扎實，很可能會令不少斯萬認為頗為機靈的上流人士妒羨。但這些人終究把自己的偏好與嫌惡都灌輸給了斯萬，至少在所有觸及、甚至附屬於上流社會生活的部分，大致多半來自交談對話這個智性領域；所以，布里肖的玩笑話，斯萬聽在耳裡只覺得迂腐、粗俗，油腔滑調得令人噁心。而且，信仰狹隘愛國主義的大學教授刻意裝出那種軍事化的粗魯腔調，也令習慣彬彬有禮的他大受驚嚇。最後，或許是眼見維爾迪蘭夫人對奧黛特臨時起意帶來的福什維爾大獻殷勤，他當晚格外喪失了寬宏的氣度。奧黛特對斯萬有點過意不去，於是前來問他：

「您覺得我邀來的這位客人怎麼樣？」

而他，首度發現他認識多年的福什維爾竟然也能博得女性歡心，而且還堪稱是個美男子，他遂以一句「不入流！」回應。當然，他並無為了奧黛特而嫉妒的念頭，但覺得自己不像平常那麼高興。而在講起白蘭琪．德．卡斯提亞的母親，說她「在亨利．普朗塔傑內[62]娶她之前，便跟他在一起好幾年了」時，布里肖想引導斯萬追問這故事的後續，便問他：「不是嗎，斯萬先生？」用的卻是軍人的語氣，彷彿在屈就一個鄉下人或鼓勵一名士兵，而斯萬卻打斷了布里肖營造的效果，惹得女主人怒火中燒。他回應說請大家原諒他對白蘭琪．德．卡斯提亞實在興趣缺缺，不過，倒是有件事想問畫家。事實上，畫家當天下午曾去參觀一位藝術家的畫展，那人是凡特伊先生的朋友，最近才剛過世；斯萬很想透過他知道（因為他欣賞畫家的品味），那些晚近作品是否更展現出那藝術家在早期作品中即已令人嘆為觀止的精湛技藝。

「從這個觀點來看，確實不同凡響，但我不覺得那是人家說的那種非常『高水準』的藝術。」斯萬笑著說。

62 普朗塔傑內（Henri II Plantagenêt, 1133-1189），諾曼地公爵，英格蘭國王，金雀花王朝的首位國王，一一五二年在白蘭琪的祖母（而非母親，普魯斯特混淆了）亞奎丹的艾莉諾（Eleanor of Aquitaine, 1122-1204）與路易七世取消婚約後娶了她。

「高水準……水準之高，直入殿堂。」寇達爾打斷他，故作嚴肅，高舉雙臂。

整桌人頓時哄堂大笑。

「記得我才對您說過，跟他根本沒辦法保持正經。」維爾迪蘭夫人對福什維爾說，「他總是在最意想不到的時候冒出一句胡說八道。」

不過，她注意到斯萬沒有因此開心起來，而且看似對寇達爾在福什維爾面前取笑他不太高興。不過，畫家呢，他沒有正面回答斯萬，雖然要是只有他們倆獨處，他必然會這麼做；在那當下，他寧可贏得席間一眾賓客讚美，不惜拿已故大師的靈活巧思大作文章。

「我走上前去，」他說，「想看看那是怎麼做到的，鼻子都給貼到畫布上了。啊！好吧！很難說那到底是用什麼畫的，不知是膠水，紅寶石，肥皂，青銅，陽光，還是糞便！」

「而加一等於十二！」醫生突然高聲嚷嚷，但時機已過，沒有人懂得他插話的用意[63]。

「看起來什麼都沒用上，」畫家接著說，「就好像，你沒辦法找出《夜巡》[64]或《養老院的女執事》[65]畫裡究竟藏了什麼祕訣，而論獨門訣竅，那可比林布蘭和哈斯還更勝一籌。一切盡在其中，不不不，我敢發誓。」

然後，就像唱到能力所及最高音的歌手用假聲、弱音繼續吟唱；他只微微笑著，輕聲呢喃，彷彿那幅畫其實美得目空一切

「聞之芬芳，令您暈頭轉向，令您屏息，令您心癢，卻無法得知是怎麼構成的，那是巫術，

是騙局，是奇蹟（毫不遮掩噗嗤大笑）：總之，不老實！」說完，停頓一會兒，凝重地抬起頭，換上低沉的音調，試著形成和諧的聲響，補上一句：「同時卻又那麼正直！」

唯有「比《夜巡》更勝一籌」這句不敬之語引來維爾迪蘭夫人抗議，因為她視《夜巡》為人世間最偉大的傑作，與《第九號》和《勝利女神》並駕齊驅；還有「用糞便畫成」，這句話也使得福什維爾迅速環顧餐桌一眼，觀察這個用詞是否過得了眾人這一關，然後為他的嘴角帶來一抹矜持而無奈的微笑；所有賓客，唯獨斯萬，皆目不轉睛地望著畫家，投以讚美的入迷目光。

「每次他這樣滔滔不絕信口開河，我都被逗得開心極了！」維爾迪蘭夫人待他說完，嚷了起來，欣喜若狂，很高興晚餐氣氛在福什維爾先生初次光臨這一天剛好這麼有趣。「還有，你呀，何必一直這樣呆頭呆腦地張大嘴？你明知道他能言善道。」她對丈夫說。「人家還以為他是第一次聽您說話呢！但願您方才在說時看到了他的模樣，簡直如癡如醉。到了明天，他還會把您所說的話全部複誦一回，一個字也不漏。」

「才不，那可不是玩笑話。」畫家說，剛才的廣受歡迎令他飄飄然，「您似乎以為我說得天

63 當時的法文中有一句俚語：「青銅瓦加一等於十二」（La tuile de bronze et un font douze），用「bronze」中的「onze」（十一）之諧音構成，原意是「嚴重的大麻煩」。在此，寇達爾抓住畫家上一句話中的「青銅」講了個雙關語冷笑話。

64 林布蘭的名畫。

65 《養老院的女執事 Les régentes de l'Hospice des viellards》，荷蘭黃金時期的肖像畫家哈斯（Frans Hals, 1580-1666）之作。

花亂墜，是故弄玄虛；我可以帶您去看，您再來評判我是否誇大其詞。我把票讓給您，讓您看完回來後比我還要欣喜若狂！」

「我們才沒有以為您誇大其詞，只是希望您吃點東西，要我丈夫也好好吃飯。重新給這位先生上一份諾曼地比目魚，您明知道他的已經涼了。我們又不趕時間，您上菜上得像是失火了似的，所以，稍等一下再上沙拉吧！」

寇達爾夫人個性謙虛寡言，但在靈光乍現，找到適當字眼時，卻也懂得不錯失良機。她預感自己能成功表現，於是有了自信，而且她之所以要表現，倒不是為了出風頭，而是為了替丈夫的職業生涯盡一點力。因此她沒錯過維爾迪蘭夫人剛才說出的「沙拉」兩字。

「不是日式沙拉[66]嗎？」她轉向奧黛特，輕聲說道。

同時，對自己適時大膽地行動提供一個低調、但又清楚的典故影射小仲馬的話題新作，她難掩欣喜，又有些不好意思，因而迸出一陣天真可愛的迷人笑聲，不怎麼嘈雜，但那麼地情不自禁，以至於好一陣子無法自抑。「這位女士是？真是才思敏捷。」福什維爾說。

「這不是日式沙拉，但你們要是每週五都過來晚餐，我們就為各位準備。」

「在您眼中我可要顯得像鄉下人一樣土氣了，先生。」寇達爾夫人對斯萬說。「但我還沒去看過這齣大家都在談論、赫赫有名的《法蘭西雍》。醫師已經觀賞過了（我甚至還記得他告訴我，那晚能與您共度，他感到十分榮幸），我承認，我不認為他為了陪我而去包租座位重看一次是合理的做法。顯然，在法蘭西劇院，大家絕不會虛度一晚，每齣戲總是演得那麼好。但因為我們有幾位為人非常可親的朋友（寇達爾夫人極少說出特定人名，只說『我們的朋友』，『我的一位女友人』，那人的『身分頭銜』，用一種惺惺作態的語調，擺出一副了不起的表情，彷彿只有她看得上眼的人，她才肯說出名姓），他們常訂下包廂，好心帶我們去看所有值得觀賞的新戲，我一直確定多多少少早晚都能看到《法蘭西雍》，自己有個評斷。然而我必須坦承，我覺得自己真夠蠢，因為，在我造訪的所有沙龍裡，人家當然只會談論這道倒楣的日式沙拉，甚至都開始有點膩了。」眼見斯萬似乎對這個這麼熱門的話題不如她以為的那麼感興趣，她便又趕緊補充，「不過，不得不承認，藉著這些，有時還是能激盪出一些相當有趣的點子。比方說，我有個女性友人，極富創意，儘管長得非常漂亮，非常受歡迎，非常有行動力，號稱曾在自家叫人做過這道日式沙拉，而且遵照小仲馬在那齣戲裡所說的，加進所有食材。她邀請了幾個女友去吃。可惜我沒被選中。不過她馬上就講述給我們聽了，就在她的沙龍聚會當天；據說那道菜實在叫人不敢恭維。她講得我們都笑出眼淚來了。不過您也知道，一切都取決於描述的方式。」眼見斯萬仍板著一張臉，她繼續又說。

66 小仲馬一八八七年的劇作《法蘭西雍》裡的台詞曾提及一道「日式沙拉」，以馬鈴薯，淡菜，松露，加伊更堡（Château d'Yquem）所產的白酒調味料理而成。冠上「日式」，是因為當時十分流行日本風格。

並且猜想，或許是因為他不喜歡《法蘭西雍》這齣戲。她說：「何況，我想我恐怕會大失所望。我不相信它能跟《塞吉．帕寧》相提並論，那個人物可是德．克雷西夫人的偶像。那書中至少還有深刻的主題，發人深省；怎麼會在法蘭西劇院的舞台上提供沙拉食譜呢！反觀《塞吉．帕寧》！再說，喬治．歐涅筆下的一切總是寫得那麼好。不知您是否讀過《鐵工廠廠長》[67]，那比《塞吉．帕寧》更得我心。」

「抱歉，」斯萬諷刺地對她說，「不過我承認，我對這兩部經典傑作興趣缺缺的程度不相上下。」

「您對它們究竟有何不滿呢？已成定見了嗎？也許您覺得那故事有點憂傷？此外，就像我常說的，永遠不該拿小說和劇作來討論。每個人都有自己的觀點，您大可覺得我最喜歡的作品惹人煩厭。」

福什維爾喊出斯萬的名字，打斷了她的話。事實上，在寇達爾夫人提起《法蘭西雍》之際，福什維爾正在對維爾迪蘭夫人大讚畫家那席話，稱之為一場小型「speech」。

「這位先生真是能言善道，記憶驚人！」畫家語畢後，福什維爾對維爾迪蘭夫人這麼說。「我難得遇上。太厲害了！真希望我也有他那番本領。他若是去當佈道師，定然十分出色。再加上布列肖先生，您這兒可說是有兩位旗鼓相當的王牌，我甚至不知道，若是要比口若懸河，這一位難保不會將教授一軍。他的表現渾然天成，並非強求而來。雖然他順口說了幾個稍偏寫實主義的字眼，但那正是時下流行，用我們在部隊裡的話說，我還真不常見到有人抖包袱抖得這麼靈巧。話說，這位先生正好讓我稍微想起我們軍團裡曾有個同袍，那人無論什麼話題，比方說，關於這只杯子，我不知有什麼可跟您說，但他可以滔滔不絕說上好幾個鐘頭。不，別說這只杯子，我剛才的話真蠢，而是關於滑鐵盧戰役，或是您想到的任何事，他順口就能給我們放送各種您大概永遠料想不到的話。對了，斯萬也在同一個軍團，應該認識他。」

「您常見到斯萬先生？」維爾迪蘭夫人問。

「當然不。」福什維爾先生為了方便接近奧黛特，極欲博得斯萬的歡心，他想抓住這個機會奉承他，提起他與那些名門望族的交情，但是以上流人士的身分，用一種友善批評的口吻來說，聽起來不像稱讚，沒把那些人脈當做某種意外成就：「可不是嗎，斯萬？我從沒見過您。再說，怎麼見得到呀？這匹野馬，整天窩在拉．特雷莫伊家，洛姆家，都是那樣的人家呀！……」這番指責實在是大錯特錯，尤其這一年來斯萬根本哪裡都沒再去過，唯獨只來維爾迪蘭家。不過，在他們家，光是不認識的人名便會迎來一陣沉默的譴責。維爾迪蘭先生擔心這些「討厭鬼」的姓氏，尤其是像這樣口無遮攔地當著所有信徒面前說出，會對他的妻子造成何等難以忍受的感覺，便以滿是擔憂的關心眼神偷偷瞄了她一眼，於是，他看到她決意不採取行動，不為人家剛釋出的

67　《鐵工廠廠長 Le Maître de forges》亦是根據喬治．歐涅同名小說改編的劇作。

消息所動，不僅保持沉默，更是裝聾作啞；而她會做出如此表情，約莫就像是有一位朋友做錯了事，試圖在交談時插入一句道歉的話語，我們只聽他說而不予反駁，看似以此默許；或者有人在我們面前說出一個忘恩負義的傢伙那禁忌的名字；為了讓自己的緘默看起來不像是同意之舉，而是一種無機體那種沒有知覺的無聲，維爾迪蘭夫人突然褪去臉上生動、靈活的一切，突出的高額頭只化為一尊成功的圓雕習作，而使得斯萬總往他家去的拉・特雷莫伊這個姓氏，如何也進不去；鼻梁處微皺，露出一塊凹陷，栩栩如生；那張微啟的嘴簡直就要說出話來。她已化成一尊脫蠟鑄造的雕像，一張石膏面具，一組歷史建築模型，一座在工業宮[68]裡展出的半身像，觀眾必然會在它面前駐足，讚嘆雕刻家竟能表現出將拉・特雷莫伊家和洛姆家與世上所有討厭鬼畫上等號，並且與之對立的維爾迪蘭家那無時不在的自尊的同時，又能為這石材的堅硬與雪白賦予教皇般的莊嚴之感。但這尊大理石像終究活了起來，聲明不該為了去那些傢伙的家裡而惹人厭，因為那些人家的女主人總是喝得醉醺醺，而做丈夫的則是無知至極，總把走廊說成狗廊[69]。

「我絕不讓這種事發生在我家，違者要付出昂貴的代價。」維爾迪蘭夫人斬釘截鐵地下了結論，一臉威嚴地直視斯萬。

想來她並不期望斯萬會願意屈服到仿效鋼琴師的姑媽那樣，表現得無邪單純。這位姑媽剛才高聲嚷道：

「你們懂了嗎？讓我驚訝的是，他們竟然還找得到人願意跟他們閒聊！換做是我，我覺得我會害怕：報應來得那麼快！怎麼還有人魯莽到會去追隨他們。」

她也不期望他至少能學學福什維爾那樣回應：「哎呀，那可是一位公爵夫人呢！總是還有人會懾服於他們的威望。」要是那樣，維爾迪蘭夫人至少還可以反駁：「那就祝他們玩得愉快！」然而斯萬沒這麼說，他只是笑了起來，那神情表示他甚至不能把這般荒唐的事情當真。維爾迪蘭先生繼續暗中偷瞄妻子幾眼，難過地看出，而且心中再清楚不過：她正在怒火中燒，好比一名無法徹底根除異端思想的宗教裁決大法官；由於斯萬大膽發表己見之舉在與他行事風格相左的人眼中看來，總像是算計和卑鄙的手段，為了試圖引導他收斂改口，維爾迪蘭先生於是衝著他說：

「那麼，坦率說出您的想法吧！我們不會告訴他們的。」

斯萬的回應是：

「我完全不是因為害怕公爵夫人（假如您說的是拉．特雷莫伊家）。我向您保證，所有人都喜歡去她家。我沒說她『有深度』（他把『有深度』這幾個字講得像是荒謬可笑的字眼，因為他的言語中仍保有他那習慣風趣的痕跡，而某種生活上的求新，以對音樂的喜愛最明顯，曾讓他一度失去這種習慣）——他有時會熱情地表達自己的意見——但是，非常老實地說，她秉性聰明，

68 工業宮（Palais de l'Industrie）原址所在即為今日巴黎的大小皇宮，原為一八五五年的萬國博覽會建造，當時名為拿破崙宮，作為繪畫雕塑等展覽之用，後為準備一九〇〇年的萬國博覽會而拆除。

69 法文是 corridor 與 collidor；前者為走廊，後者並無意義，在此譯為「狗廊」以凸顯原文表達的發音錯誤。

而她丈夫確實頗富學養，這兩位都有迷人魅力。」

到了這般地步，維爾迪蘭夫人覺得，單單這個叛徒，恐怕就要妨礙她實現小核心道德團結之大業，再加上氣這個頑固的傢伙不知自己的話多麼令她受傷，勃然大怒之下，她忍不住打從心底對他大喊：

「您要這麼覺得是您的事，至少別拿來跟我們說！」

「這一切都端視您所說的聰明是什麼意思。」福什維爾想趁機出風頭，「說吧，斯萬，您認為何謂聰明？」

「這就對了！」奧黛特嚷了起來，「這正是我求他跟我說的重點大事，可是他從來都不肯！」

「才沒有……」斯萬反駁。

「這可是句笑話！」奧黛特說。

「是句冷笑話？[70]」醫師問。

「對您而言，」福什維爾追問，「聰明，莫非是上流社會的舌粲蓮花，是那些懂得鑽營取巧之人？」

「請把附餐[71]吃完，好讓人家收拾餐盤。」維爾迪蘭夫人語氣刻薄地對著薩尼耶特說。這位先生想事情想得出神，停下了刀叉。或許是對自己方才的語氣有些難為情，夫人又說：「沒關係，您還有時間；不過，我之所以提醒您，其實是為了其他人，因為這妨礙到了上菜時機。」

「在芬乃倫[72]那位溫柔的無政府主義者的著作中，」布里肖一個音節、一個音節地咬字，「對於聰明有個頗為奇怪的定義……」

「聽好了！」維爾迪蘭夫人對福什維爾和醫師說，「他要向我們說芬乃倫對聰明的定義了。這可有趣了，知道這些事的機會可不是天天都有。」

但布里肖要等斯萬先說出他對聰明的定義。斯萬不回應，避開維爾迪蘭夫人樂於獻給福什維爾的一番激烈唇槍舌戰。

「果然，就跟對我一樣，」奧黛特嬌嗔，「知道我不是唯一讓他覺得不夠格的人，也就沒什麼好生氣的。」

「拉·特雷姆瓦伊那家人[73]，根據維爾迪蘭夫人所言，是那麼不起眼，」布里肖加重咬字，

---

70 原文 Blague à tabac 本指菸草袋。「Blague」是多義字，有「笑話」之意，另有「封套」、「小袋子」的意思。

71 Entremets 在十九世紀仍是指的兩道餐點之間的小菜，到了二十世紀才逐漸被當成甜點。

72 芬乃倫（François de Salignac de la Mothe-Fénelon, 1651-1715）法國天主教康布雷總主教、詩人和作家，既是寂靜主義（quiétisme）的倡導者，又在其著名小說《泰勒馬科歷險記 Les Aventures de Tes Avent》及寫給路易十四的書信中強烈批評國王的專制主義。

73 布里肖在此為強調發音而將拉·特雷莫伊讀成拉·特雷姆瓦伊。塞維涅夫人（Madame de Sévigné, 1626-1696）給女兒的書信集在十七世紀已廣為流傳。在她一六七五年寫給女兒的一封信中提及塔朗特夫人（Madame Tarente）來訪：「在巴黎，這可能遭人議論；但來此地，那是一份恩惠，令我的佃農面上有光。」，而塔朗特親王即出身拉·特雷莫伊家族。

問道：「塞維涅夫人這位勢利的名媛，因對其佃農有益而直言有幸認識的，莫非就是他們的祖先？侯爵夫人的確另有理由，而且必然更重要，畢竟，她生就一副文人的靈魂，凡事以抄抄寫寫為優先。在她定期寄送給女兒的日常札記中，外交政策的部分，正是由透過有力聯姻取得詳實資料的德·拉·特雷姆瓦伊夫人負責。」

「才不，我不相信是同一個家族。」維爾迪蘭夫人抱著一絲僥倖的期望這麼說。

急忙把仍然滿是食物的餐盤交給內侍管家後，薩尼耶特便再度陷入若有所思的沉默，現在他終於開口，笑著說了個故事，發生在某次他與德·拉·特雷莫伊公爵共進晚餐時；他發現，公爵竟不知喬治桑是一位女性的筆名。斯萬對薩尼耶特頗有好感，一時認為自己應該提供一些細節，好說明公爵的文學素養，顯示實際上他絕不可能如此無知。不過，他驀然止住，頓時明白薩尼耶特根本不需要這些證明，他很清楚那個故事是假的，因為那根本就是他自己剛剛編造出來的。這個優秀的人被維爾迪蘭夫婦視為那麼無趣、討厭，十分不好受，而且，意識到自己在這次晚餐的席間表現比平時還乏味，他不甘沒能成功娛樂眾人就這麼結束。但他很快就投降了，眼看自己一心盤算未見成效，他愁眉苦臉，回應語氣又那麼軟弱，示意斯萬也不必特地找理由反駁了，總之現在也已經派不上用場：「沒關係，沒關係，反正，就算是我弄錯，我想也不是什麼滔天大罪吧。」斯萬簡直希望自己能表示那故事是真的，而且太有意思了。醫師聽了兩人的談話，靈機一動，覺得可以趁機搬出：「雖不中，亦不遠矣」[74]，但他不太有把握，怕弄混了用字。

晚餐後，福什維爾主動向醫師攀談。

「維爾迪蘭夫人以前應該長得不錯，而且還是個能聊天的女人，對我來說，這就算萬事俱足了。當然，她也開始累積了點歲月年華。倒是德．克雷西夫人，可真是個一臉聰明樣的小女子啊！哎呀呀呀，這個女人呀，立刻就教人看出她有雙印地安利眼！我們正在談論德．克雷西夫人，」他對叼著菸斗走來的維爾迪蘭先生說，「我猜想，以女性的身材而論……」

「寧願在我床上的是她，而不是頭母老虎。」寇達爾連忙搶話這麼說道；他苦苦等了好一會兒，只待福什維爾喘口氣，好插入這個老掉牙的玩笑，而且一直擔心話題若是轉向，這個機會就難再回頭，於是脫口而出，過度自發，過度自信，試圖遮掩背誦的字句擺脫不掉的冷淡與緊張。福什維爾聽過這個玩笑，懂得其中奧妙，覺得有趣。至於維爾迪蘭先生，他不吝分享高興的心情，因為就在最近，他找到了一種可用來象徵他很開心的動作，有別於他妻子慣用的方式，但一樣簡單明瞭。他的頭部與肩膀才剛開始像捧腹大笑的人那樣抖動，便隨即咳嗽起來，彷彿笑得太厲害，猛吞了一口菸斗的煙，然後菸斗不離嘴角，不經意地假裝笑不可遏，嗆咳不止。就像這樣，他與在對面聽著畫家講故事，緊緊閉上雙眼，連忙把臉埋進雙手中的維爾迪蘭夫人，就宛如

74　原拉丁文為「*Se non è vero, è ben trovato*」，語出義大利文藝復興時期的泛神論學者布魯諾（Giordano Bruon, 1548-1600）。布魯諾被宗教法庭判為異端，在羅馬百花廣場遭處以火刑。

兩張喜劇面具，以不同的方式各自表現著歡喜快樂。

此外，維爾迪蘭先生十分睿智地不將菸斗從嘴邊取下，因為需要暫時離開的寇達爾出聲說了個最近才得知的笑話，每次要去那個地方時都搬出來再說一次：「我得去照料一下奧馬勒公爵[75]。」這讓維爾迪蘭先生又不斷嗆咳起來。

「拜託，拿掉菸斗，別再叼著了，你明知道這樣抑制笑聲會嗆到。」維爾迪蘭夫人邊送上餐後酒邊說道。

「您丈夫真是個魅力十足的男人，才思敏捷，以一擋四。」福什維爾對寇達爾夫人連聲稱讚，「謝謝您，夫人。像我這樣軍旅出身的老兵，從不拒絕小酌幾杯。」

「福什維爾先生覺得奧黛特很迷人。」維爾迪蘭先生對妻子說。

「剛好她也想和您共進一次午餐。我們來籌畫，不過別讓斯萬知道。您也曉得，他來了就會有點冷場。但這不妨礙您繼續過來晚餐，當然了，我們希望經常有您作伴。這風和日麗的好時節就快到了，我們可以常在戶外晚餐，到森林裡辦幾次小型餐會您不嫌麻煩吧？好極了，好極了，您肯來就太好了！至於您呢，您難道不去鑽研您的專長嗎？」她對著小鋼琴師嚷了起來，藉此在福什維爾這般重要的新成員面前展現自己的腦筋靈活，對信徒們握有暴君般的專權。

「福什維爾先生正在對我說你的壞話呢。」丈夫一回到沙龍，寇達爾夫人便這麼告訴他。

而他，從晚餐一開始便一直掛懷福什維爾的貴族身分，此時依舊沒放下。他對妻子說：

「我這陣子正在治療一位男爵夫人，普特布茲夫人。普特布茲家族曾經參與十字軍東征，可不是嗎？他們在波美拉尼亞[76]擁有一座湖，有協和廣場十倍那麼大。她是個迷人的女性，我在醫治她的關節炎。而且，我猜，她認識維爾迪蘭夫人。」

因此，一會兒過後，當福什維爾單獨面對寇達爾夫人時，他又補充了幾句讚美他丈夫的好話：

「而且他很有意思，看得出他人脈很廣。天啊，醫生知道的事情可真多！」

「我來為斯萬先生彈奏那首奏鳴曲的樂句如何？」鋼琴師說。

「啊！糟了！那該不會是『奏鳴蛇』[77]吧？」福什維爾先生刻意製造笑果，這麼問道。

但寇達爾醫師從沒聽過這則雙關語，當下沒聽懂，還以為是福什維爾先生說錯了，於是熱心湊上前糾正：

75 「Entretenir Le duc d'Aumale」這個說法流行於十九世紀，意思是「去上廁所」。奧馬勒公爵（Henri d'Orléans, Duc D'Aumale, 1822-1897），法國國王路易－菲利普一世之子，是將軍，史學家，也是法蘭西學院院士，功名顯赫。

76 波美拉尼亞（Poméranie），一個歷史上中歐的地域名稱，位於今日的德國和波蘭北部，位處波羅的海南岸，曾是神聖羅馬帝國在波蘭的一個省，波蘭、丹麥、薩克森、布蘭登堡、普魯士和瑞典等國皆曾一度統治該地。神聖羅馬帝國解體後，波美拉尼亞成為普魯士王國的一部分，後來併入德意志帝國。二戰後由東德與波蘭瓜分，主要城市為格但斯克。

77 「Serpent à Sonates」可能是聖保羅侯爵夫人（Marquise de Saint-Paul）的綽號，因為她話鋒尖酸，如鋼琴演奏般活潑生動。此外，在法文中，這個綽號的發音也與響尾蛇（serpent à sonnettes）相近。

「不是這樣，我們不說奏鳴蛇，該說響尾蛇。」他的語氣熱切，急躁，而且洋洋得意。

福什維爾把雙關語的笑點解釋給他聽，醫生羞紅了臉。

「您承認它好笑嗎，大夫？」

「噢！我好久之前就知道了。」寇達爾回應。

不過，他們安靜閉上了嘴。小提琴部震音隆隆，在這高出兩個八度音、持續顫動的護衛下——彷彿山區之中，在驚險卻看似靜止的瀑布背後，兩百尺深處，可瞥見一名正在散步的女子小小的倩影——小樂句剛剛出現，遠遠而來，優雅從容，透明的水簾緩緩波蕩，呵護著她，潺潺不斷，涓涓淙淙。斯萬在心裡對她傾訴，彷彿她是替他守住愛戀祕密的紅粉知己，是奧黛特的女性友人，會叫他別在意那個福什維爾。

「啊！您來晚了，」維爾迪蘭夫人對一名她只邀來「剔牙」[78]的信徒說，「我們見識到了『一個』無與倫比的布里肖，那口才之好！不過他已經走了。可不是嗎，斯萬先生？我想這是您第一次跟他見面，」她提醒他，他能認識布里肖是多虧了她，「我們的布里肖，實在精彩絕倫，可不是嗎？」

斯萬禮貌地點點頭。

「不是？您不覺得他有意思？」維爾迪蘭夫人冷冰冰地問。

「當然，夫人，非常有意思，我很開心。對我的品味而言，他也許稍微蠻橫了點，得意忘形了些。有時我希望他能多點遲疑和溫柔。不過，感覺得出來，他知道的事情頗多，而且看似為人頗為正直。」

眾人都待到很晚才告辭離開。寇達爾對妻子一開口就說：

「很少看到維爾迪蘭夫人像今晚這麼健談。」

「這位維爾迪蘭夫人究竟是個什麼樣的人？輕浮女子那一種？」福什維爾對提議一起回家的畫家說。

奧黛特目送他們離去，倍感遺憾；她不敢不和斯萬一起回家，但在馬車上一路心情惡劣，當他問是否該進她家時，她說：「當然」，不耐煩地聳聳肩。所有賓客都離開後，維爾迪蘭對丈夫說：

「你注意到了嗎？我們談論拉．特雷莫伊夫人時，斯萬笑得有多蠢？」

她注意到，有好幾次，斯萬和福什維爾都拿掉了冠在那個姓氏之前、代表貴族身分的介詞。她深信這是為了顯示他們沒被頭銜嚇倒，於是也想仿效他們的傲氣，但不太會拿捏該用什麼文法形態傳達。而且，她說話的不良習慣壓過了她不拖泥帶水的共和派性格，依然稱呼他們德．拉．特雷莫伊，或寧可用縮念法，就像常出現在咖啡酒館演奏會上那些曲子的歌詞中，以及諷刺漫畫

78 Invité en cure-dent，意謂邀請的時段是晚餐之後，客人不用餐。

家的圖說裡那樣，將「德」字簡縮成「德拉・特雷莫伊」。不過她很快就更正，改說「拉・特雷莫伊夫人。」「公爵夫人，如斯萬所說」，她嘲諷地補上一句，帶著一抹微笑，證明她不過是引用別人的話，自己可沒做出改人姓氏那麼幼稚可笑的事。

「若是要我來說，我覺得他根本笨得要命。」

維爾迪蘭先生回應：

「他這個人不坦率，是個惺惺作態的偽君子，總是不清不楚，曖昧模糊，兩邊都不得罪。跟福什維爾簡直天差地遠！福什維爾至少是個直截了當會把想法告訴您的真男人。喜歡就是喜歡，不愛就是不愛，不像另一個，這個也好，那個也好。而且，奧黛特似乎比較欣賞福什維爾，我完全贊同她的看法。更何況，再怎麼說，既然斯萬想在我們面前扮演上流人士、公爵夫人們的護花使者，另外那位呢，人家至少冠有頭銜；他好歹也是福什維爾伯爵。」他又說，表情微妙，彷彿他熟悉那個封地的來龍去脈，正在精心評估其特殊價值。

「要我來說的話，」維爾迪蘭夫人說，「他還以為應該要對布里肖荒謬地指桑罵槐一番。當然啦，因為他看出布里肖深受我們家喜愛，所以就用這種方式打擊我們，詛咒我們的晚餐。感覺是一走出這個大門就會變臉詆毀你的親密同志。」

「我不是早就告訴過妳，」維爾迪蘭先生回她，「他是個失敗者，小人，凡是比他稍微有點地位的，都會招惹他嫉妒。」

事實上，每個信徒都較斯萬居心不良，但他們都謹慎防備著，懂得在眾所皆知的惡意玩笑中摻進一撮真感情與和睦之誼；反觀斯萬自顧自地表現的任何一點保留拘謹，完全不加「我們這說的可不是壞話」這類他不屑屈就的應酬客套話，就顯得背信忘義。有些原創作者，稍有大膽創舉便引來反對抗拒，因為他們沒有先去迎合大眾品味，沒能成為眾人習慣的陳腔濫調；基於同樣道理，斯萬因此惹惱了維爾迪蘭先生。斯萬和那些人一樣，言語中的新意令人以為那正顯示出他意圖叵測。

斯萬還不知道自己在維爾迪蘭家恐將失寵，還繼續美化他們可笑的行為，被愛蒙蔽。

他和奧黛特只在晚上約會，至少大部分時候如此；不過，白天裡，怕自己總往她家跑會令她生厭，他希望至少能繼續占據她的思緒，每一分，每一秒；於是，他努力找機會介入，但要用令她覺得愉快的方式。如果，在一家花店或珠寶店櫥窗看見一株令他著迷的小樹苗或一件首飾，他便立刻想送去給奧黛特，想像這些東西能帶給她何等的快樂，而她感受到什麼樣的快樂可能會讓她對他更加溫柔眷戀，便請人立即送往拉・佩魯斯街，以免延遲了那時刻的到來；那一刻，由於她會收到來自於他的東西，他便覺得自己就在她身旁。他尤其希望她能在出門前收到，好讓她對他的謝意能在維爾迪蘭家見面時化為溫柔一點的歡迎，或者，甚至，誰知道呢？若是跑腿的人夠勤快，也許還能得到一封她在晚餐前捎給他的信，或是她親自到他家一趟，額外專程拜訪，以表謝意。以前，他測試著奧黛特性格中的各種哀怨反應，現在，他尋求藉著感謝這樣的反應，去取得她心中尚未向他揭露的些許私密情感。

她經常手頭拮据，受某件債務壓迫，求他協助。這令他高興，凡是能給奧黛特一個清楚概念，讓她明白他對她的愛，或只是知道他的影響力多大，對她有何用處的一切，都令他高興。想必，若有人一開始就告訴他：「她喜歡的正是你的地位」，現在又說，「她愛的就是你的錢財」，他也不會相信；此外，他也不會不滿別人猜想她之所以黏著他——那表示人家覺得他們倆是你儂我儂的一對——是出於某種與附庸風雅或為了金錢一樣的強烈理由。不過，即使他曾想過那是真的，也許，發現奧黛特對他的愛當中有某種考量，而且比她為他找來的開懷消遣或好處還更持久，他也不以為苦：那考量就是利益，阻止她可能無意再和他見面那一天到來的利益。目前，藉著塞滿禮物給她，為她出錢出力，他能利用與自己及自己的聰明才智無關的優勢，不必親自出馬費心勞神地討好她。墜入愛河，只靠愛情度日，他偶爾也懷疑這種快感的真實性，而他用膚淺愛好者的心態，以無形的官能享受來換取，最終付出的代價更提升了這快感在他心目中的價值——如同常見有些人不確定海景及濤聲是否醉人，便直接在旅店租下一天一百法郎的房間，以確保能夠品賞，並深信他們不計成本的品味是難能可貴的優點。

有一天，這類思考讓他回想起當初人家向他提起奧黛特，說她是被包養的女子，他再次用駁斥這種奇怪的人稱方式自得其樂：被包養的女子——閃亮的混合體，其成分不明，邪惡，拼湊鑲嵌而成，宛如居斯塔夫．莫侯畫的《顯靈》[79]，纏繞在貴重寶石周圍的鮮豔毒花——而這個奧黛特，他曾見過她臉上流露出對不幸之人的憐憫，對不公正之事的義憤難平，對一項恩惠之舉的感激，一如他昔時見過自己的母親和自己的友人曾表現出的情感。那個奧黛特，她的言語那麼常涉及他最熟悉的事物，涉及他的收藏，他的房間，他的老僕人，替他存管股票的銀行員；最後這位銀行員的形象恰好令他想起最近他可能得過去提錢了。事實上，這個月，他對奧黛特物質拮据窘境的援助沒有那麼慷慨，不像一個月前一口氣就給了她五千法郎，也沒有送上她想要的碎鑽項鍊，沒能刷新她對他出手大方的讚美，還有那份令他如此快樂的感激，甚至恐怕會讓她以為他對她的愛已有所縮減，因為她看到的表現變得不再那麼豐厚了。於是，突然間，他自問，這個狀態難道不正是在「包養」她嗎（彷彿事實上，萃取出包養這個概念的元素可以既不神祕，也不淫邪，而是在他的日常情境與私人生活之屬，就像那張一千法郎的紙鈔，家用且家常之物，撕破了又重新黏好，他的貼身男僕替他支付當月開銷及租金後，塞回老書桌的抽屜裡，斯萬再從抽屜裡面拿出來，連同另外四張一併寄給了奧黛特）；還有，自從認識她之後（因為他未曾有過片刻懷疑，在他之前，她有可能從別人那裡收取錢財），「被包養的女人」這個他一度相信與她完全不相配的字眼，難道真不能套用在奧黛特身上。他無法深入多想，因為思考怠惰症，他與生俱來的

79 法國象徵主義畫家莫侯（Gustave Moreau, 1326-1898）所繪的《顯靈 L'Apparition》，描述的是聖經中莎樂美使計令希律王將施洗者約翰斬首的故事。

毛病，間歇發作，來得正巧，就在這瞬間關掉了他理智中所有亮光，如同後來在處處都裝設電力照明的時代，整間屋子的供電被切斷那般突然。思緒在漆黑之中摸索了一會兒，他摘下眼鏡，擦拭鏡片，伸手遮住雙眼，直到眼前出現一個全然不同的想法才重新大放光明，那就是，下個月他得試著寄個六千或七千法朗給奧黛特，而不是五千，因為這麼一來，她將會又驚又喜。

晚上，當他沒待在家裡等著去維爾迪蘭家，或布洛涅森林，尤其是聖克盧公園裡一間他們喜歡的夏日餐廳與奧黛特碰面，他便去以往自己曾是座上常客的那些高雅豪宅晚餐。他不想和那些人斷了聯繫——誰知道呢？——說不定，他們哪天能為奧黛特派上用場，而且在那之前，也多虧了他們，他常能贏得她的芳心。再說，他長期在上流社會和浮華世界養成的習性，令他既藐視不屑，卻又十分依賴，於是，自從最簡樸的陋室與最堂皇的宅邸在他心目中完全不分軒輊那一刻開始，他因為感官知覺對後者早已那麼習慣，以至於置身前者時，多少有些不自在。對於在D號樓梯左側的六樓開舞會的小布爾喬亞們，以及在巴黎舉辦最華美的餐宴的帕爾瑪親王夫人，他都一視同仁——那平等的程度恐怕令人難以置信；但前者他始終沒有參加舞會的感覺，那不過是跟一些老頭子站在女主人的臥室，映入眼簾的是丟滿毛巾的洗手台，床鋪變成收放賓客衣物的地方，床尾的暖腳墊上盡是成堆的風衣和帽子，如此景象令他有窒息之感，如同已習慣用電二十年之久的人，如今聞到了燻黑油燈或冒煙小夜燈的氣味。

在城裡晚餐的日子，他差人在七點半備好馬車，邊想著奧黛特，同時邊換裝，如此便不覺孤單，因為有奧黛特常駐心頭，使得與她相距甚遠的時刻也充滿她就近在身旁的特殊魅力。他坐上馬車，感覺到這股思念也同步跳了上來，安棲在他膝上，就像一隻走到哪兒就帶到哪兒的寵物，連吃飯時也留在身邊，不為同桌賓客所知。他撫摸牠，用牠取暖，然後，感覺到一股惆悵，任由一陣前所未有的微微輕顫爬上頸間與鼻頭抽搐，邊往胸前的釦眼裡插上一束夢幻草。好一陣子以來，尤其是在奧黛特將福什維爾介紹給維爾迪蘭夫婦之後，斯萬就痛苦而悲傷，頗想去鄉下稍微歇息，但只要奧黛特在，他就一天也不敢離開巴黎。天氣溫暖，正是最和煦的春天。穿越石頭之城去一處莊園式宅邸又有何用，他眼前不停浮現的是他在貢布雷附近擁有的一座大林園，在那兒，從四點鐘開始，在抵達蘆筍園之前，多虧來自梅澤格利斯田野的好風，在一條林蔭小道下，可靜享涼意，如同置身勿忘草及菖蒲環繞的池畔，還有，在那兒，品嘗晚餐時，經他的園丁巧手綁好、圍繞在桌邊的醋栗與玫瑰枝枒款款搖曳。

在布洛涅森林或聖克盧的約會時間若是比較早，那些晚餐後他總是匆匆離席——尤其若是眼見雨點就要落下，迫使「信徒們」提早回家——以至於洛姆親王夫人（她家的晚餐吃到很晚，斯萬在上咖啡前便已先離開，好去布洛涅森林的島上加入維爾迪蘭夫婦的聚會）有一次便說：

「說真的，要是斯萬比現在老上三十歲，而且膀胱有毛病，或許還能原諒他這樣匆匆離席。不管怎麼說，他實在太不把我們看在眼裡了。」

他心想，他無法去貢布雷享受明媚春光，至少能在天鵝島或聖克盧補回。但由於他心心念念的只有奧黛特，他甚至不知道自己是否聞到了嫩葉的氣息，當晚是否有月光。餐館內的鋼琴常從花園彈奏那首奏鳴曲的小樂句迎接他。如果現場沒有鋼琴，維爾迪蘭夫婦便會差人大費周章地從某個房間或某人家的餐廳搬下運過來：這並非因為斯萬重新得寵了，正好相反，那是因為在為某人籌畫一種別出心裁的樂趣之際，即使他們並不喜歡那人，也會在準備所需的那期間，培養出應景而暫時的友善好感。有時，他心想，又一個春日新夜過去了，他強迫自己去注意樹木和天空。但因為見到奧黛特而生出的激動，以及好一陣子以來都不曾冷卻的微燒不適，他無法安然自在，然而平靜與舒暢的心境卻正是感受大自然賦予的印象時不可或缺的基礎。

一天晚上，斯萬接受了與維爾迪蘭夫婦晚餐的邀請，席間，他才剛說隔天要赴老朋友的一場盛宴，奧黛特便當著整桌人的面，當著這會兒剛加入信徒之列的福什維爾的面，當著畫家、當著寇達爾的面，說：

「對，我知道您要參加那場盛宴；所以，明天我只能在家裡見到您，可別來得太晚。」

雖然斯萬從來不曾真的嫉妒奧黛特對哪個信徒的友誼，但聽到她當著眾人的面前如此坦承兩人平時每晚的約會，他在她家的特殊地位，以及這背後代表的對他的偏愛，而且說時態度從容，沒有顧忌，他不禁深深感到一陣甜蜜。的確，斯萬常認為，無論從任何角度來看，奧黛特實在都稱不上是引人注目的女人，而對於一個遠遠較他低下之人的優越感，與她當著「信徒們」的面所做的宣告如此討他歡心，應該毫不相干，然而自從他發覺奧黛特在許多男人眼中似乎是個秀色可餐、令人垂涎的女人之後，她的肉體對他們造成的魅力遂喚醒了他一股痛苦的需求，連她心意中最微不足道的部分都想全面掌控。首先，他將在她家共度的夜晚視為無比珍貴的時光。在那些夜裡，他讓她坐在腿上，要她說說對某樣事物的想法，說完這樣，再說那樣；他則細數此刻在世上惦記著要擁有的僅僅幾項財產。於是，那次晚餐後，他將她拉到一旁，竭力道謝，試圖要她明白，依據他感謝的程度，她帶給他的愉悅可分成幾級，而最高等級的樂趣，即是在他的愛意持續不減、使得他脆弱不堪之際，確保他不受嫉妒的襲擊。

隔天，宴會結束後大雨傾盆，他只有維多利亞馬車可用；一個朋友用頂篷四輪馬車送他回家。既然奧黛特已要求他過去，就等於給了他保證，不會接待其他人。於是他平心靜氣，輕鬆愉快，大可回家睡一覺，不需冒著大雨再出門。但是，也許，要是她看出他似乎並不堅持每次晚間聚會結束後都會毫無例外地去找她，說不定就會有那麼一次，她就沒為他保留良宵，偏偏那晚他又特別渴望與她共度。

他在十一點過後才抵達她家，由於他為了沒能早點過來致歉，她便順勢抱怨時間的確已經很晚，暴雨又害得她不舒服，她頭好痛，還事先聲明不會留他超過半小時，頂多到午夜便會趕他走；接著，沒過多久，她便覺得疲累，好想睡覺。

「所以，今晚沒有嘉德麗雅蘭？」他對她說，「我一直期望來個舒服的小嘉德麗雅蘭。」

她露出些許心生悶氣又煩躁的神情，回說：

「才不，我的小寶貝，今晚沒有嘉德麗雅蘭，你明知我身體不舒服！」

「說不定來一下會讓妳好受些，不過，我也不堅持就是了。」

她拜託他離開之前替她關燈，他親自拉上了床帷，然後離開。但是，回到家後，他突然浮現一個念頭，或許奧黛特今晚是在等誰，只是裝累，請他關燈不過是為了讓他相信她馬上就要睡了，待他一走，她就又重新點亮，然後讓要和她共度今宵的那個人進來。他看看時間。他大約是在一個半小時前離開。他再度出門，搭上一輛驛馬車，請車夫在她家附近停下，那是一條與她宅邸後方街道垂直的小路，他偶爾會去那兒敲她臥室的窗，喚她來替他開門。他下了馬車，這一帶一片漆黑，路上空無一人，他只走了幾步就走到她家門口附近。在所有窗戶皆熄燈已久的幽暗中，他僅看見一扇——百葉窗縫擠出了它飽滿的神祕金黃——那滿溢香閨的亮光，在那麼多個其他的夜晚，他在前來的路上老遠就能望見，總令他滿心歡喜，向他宣告：「她就在那兒，正等著你」；而現在那燈光卻令他心痛欲絕，告訴他：「她在那兒，跟她等著的人在一起。」他想知道那人是誰，於是悄悄沿牆走到窗邊，但從窗遮的斜縫望去，什麼也看不見；在深夜寂靜中，他只聽見一場交談呢喃。的確，見到這亮光，窗戶後方他看不見的那對可惡男女在亮光金澄的氛圍中走動，聽見那揭發有個男人就在他離開後來到，揭穿奧黛特的虛情假意，以及她與那男人正在享受幸福快活的低語，他痛苦萬分。

但他慶幸自己來了：先前迫使他非出門不可的折磨不再陣陣襲來，因此也不再咄咄逼人；而奧黛特另一面的生活，出門時他突然心生疑竇卻無能為力，此刻卻掌握到了；她的那一面被燈火照得通明，困鎖在那房內而渾然不覺；只要他願意，他便能進去出其不意逮個正著；或者他乾脆去敲百葉窗遮，以往他很晚才過來時常這麼做；這樣的話，至少奧黛特會曉得他已經知情，看見了亮光，聽見了交談，而且，剛才他想像她正與另一個人嘲笑他的癡心幻想，現在，反而是他看清了他們，那兩人誤入歧途卻仍自以為是，到頭來其實反而被他所騙，以為他遠在別處，而他，很清楚自己會去敲百葉窗。或許，此時他這種幾近愉快的感覺並非疑慮與痛苦得獲寬慰之感，而是聰明智性帶來的喜悅。若說自從他墜入愛河之後重拾了一些以往覺得美妙有趣的事物，但那只限它們被他對奧黛特的思念照亮之時；如今，他的妒意重新撩起的是他勤奮好學的年輕時代的另一項才能：追求真相的熱情。然而，橫亙在他與他情婦之間的真相，同樣也只能透過她得到光明；那真相純屬個人，對象僅有一個，其價值無限，其美妙幾乎超脫利害關係：奧黛特的一舉一動，她的交際人脈，她的計劃，她的過去。在斯萬另一段全然不同的人生時期，某人的瑣事及日常舉止在他看來從來不具價值。若有人對他說長論短，他總覺得毫無意義；聽著的時候，只對最低俗的歪念才會感到興味，對他來說，那是他覺得自己再平庸不過的時刻之一。但在這奇怪的戀愛時期，個別性有某種極為深層的意義，他感覺自己的好奇心逐漸被喚醒，對一個女人從事的大小活動有了好奇，而這份好奇心，他先前本是用在探索歷史上的。此前原本會讓他備感羞恥的一切，站在窗前窺探，也許明天，誰知道呢？施計向不相干的人套話，收買僕人，貼在門上偷聽，這些在他看來都與解讀文本、比較證詞和鑑賞古蹟一樣，不過是各種科學研究方法，具備真正的理性價值，適合用於追尋真相。

正準備敲響百葉窗遮的當下，他忽然有顏面盡失之感，想到奧黛特即將知道他曾心存懷疑，回去後又折返回來，還佇守街上監探。她常對他說，她多麼厭惡醋勁強烈的人，會跟蹤、監視的情人。他正要做的事十分拙劣，差一點她就要從此討厭他了；而此時此刻，既然他還沒敲窗，也許，儘管她欺騙了他，但還是愛著他。如此貪一時之快而草率行事，只會犧牲可能的幸福！然而想得知真相的欲望更強烈，在他看來，也更名正言順。他知道，他願意付出生命去還原的真實狀況，能從這扇窗後讀到，橫映著光線的窗宛如一份燙金封面裝幀的珍貴手稿，蘊涵豐富的藝術性，查閱這份稿子的學者難以罔顧漠視。他體驗著一種得知真相的快感，在這起獨特、短暫而珍貴的事件中，那真相的透明度是如此熱騰騰，如此華美，令他瘋狂感興趣。而且，他自認占上風——他非常需要這種感覺——那優勢或許不在懂得如何表現出他知道事實，而在於能教他們好看。他踮起腳尖，敲了窗戶。裡面沒聽見，於是他又敲得更用力。交談中斷。一個男人出聲，他試圖從他認識的奧黛特友人中辨識這聲音的主人。男人問：

「是誰？」

他不確定有沒有認出來，又敲了一次。有人開了窗，並打開百葉窗遮。現在他已無退路，而且，既然她就快要明白這一切了，為了不顯得自己太可憐、太嫉妒、太好奇，他只用一副蠻不在乎的輕快口吻喊道：

「不用麻煩，我剛好路過，看見這燈還亮著，想知道您是不是舒服了些。」

定睛一看，在他前面是兩位老先生站在窗邊，其中一人提著一盞燈，於是他看見房間內部，是一個陌生的房間。平常他很晚才來到奧黛特家時，習慣將一排全部同款的窗戶中唯一亮著的那一扇認作是奧黛特家，現在，他弄錯了，敲的是隔壁人家的窗。他邊道歉邊走開，上路返家，慶幸自己為了滿足好奇心而做的舉動無損他們的愛情，而且，他長久以來對奧黛特假裝冷淡，也沒有因為嫉妒而洩露他太愛她的事實。由於這鐵證，在愛戀中的兩人之間，被嫉妒的那方得以永遠不必提供足夠的愛。他沒對她提起這場烏龍，自己也不再多想。但是，時不時地，一波思緒湧來，與她未曾發現的回憶會合、衝撞、埋得更深，斯萬感覺到一陣猛烈而深刻的痛苦。彷彿肉體的疼痛一般，斯萬的思緒無法減輕這痛楚。反觀身體之痛，由於不受思考約束，至少意念得以停駐，確認它已經緩解，已暫時停止；而這記憶之痛，僅僅只是想起，就又再痛一次。想要不去想，那還是在想，依然為之痛苦。有時，與朋友閒聊之中，他淡忘了這痛苦，忽聞人家對他說起某個字，臉色立即驟變，就像傷患被笨拙的傢伙不小心碰到受傷發疼的肢體。跟奧黛特道別後，他一向心情愉快，自覺平靜，回想她剛才的笑容，說起這人或那人時尖酸嘲諷，對他卻是百般溫柔，還有她沉沉的頭，低頭時偏離了主軸，幾乎不由自主地任其垂落在他的唇上，如同初次在馬車裡那樣，被他擁在懷中時，垂下的頭倚在肩上輕輕顫慄，向他投來欲仙欲死的目光。

但他的妒意，彷彿愛情的影子，隨即添油加醋，複製她當晚對他露出的那副笑容——現在則對調過來，嘲諷斯萬，對另一人充滿愛意——複製她垂頭之姿，但轉向別的嘴唇落下，還有她對他的所有柔情舉動，如今全獻給了別人。從在她家帶走的所有纏綿回憶，盡數形同草稿，有如裝潢設計師呈上的「藍圖」，讓斯萬有了依據，去揣想她可能對其他人表現出何種熱烈或癡狂。結果，從她那兒品嘗到的每次歡愉，每種獨創的愛撫，他竟大意地讓她知道他覺得那滋味是多麼甜蜜，還有在她身上發現的萬種風情，這些都令他悔不當初，因為他知道，下一刻，這些都將為他的酷刑新增五花八門的刑具。

斯萬又想起幾天前，不經意在奧黛特的雙眸中初次捕獲到的短暫目光，這酷刑於是變得越發殘酷。事情就發生在維爾迪蘭家，晚餐之後。要不是福什維爾感覺出他的連襟薩尼耶特在這群人當中並不受寵，於是想拿他當笑柄，利用他，好在眾人面前出風頭，不然就是薩尼耶特在談話中用詞不當，激怒了他；此外，席間無人發現那個拙劣的用詞，在場的人都聽不出那字眼當中暗藏了什麼貶損隱喻，而說者也毫無心機，那並非他的本意；又或者，其實福什維爾早就想找機會把太熟悉他底細的這人趕出這一家，而且他深知此人極難處理，只要那人在場，他就坐立難安。總之，福什維爾回應薩尼耶特那句笨拙的話語時，態度相當粗魯，出言侮辱，越來越刺耳露骨，他高聲怒吼不斷，對方驚惶失措，痛苦難當，哀哀求饒；可憐的傢伙，問過維爾迪蘭夫人他是否該留下，竟得不到回應，於是結結巴巴地退下離開，眼中泛著淚水。奧黛特目睹這一幕，全程面無表情，但在薩尼耶特關上門後，她平時慣有的神情立即降格好幾級，堪稱低級，與福什維爾完全同一等級；她的眼裡閃過一抹陰險的微笑，讚賞他剛才的膽識，嘲諷那名受害者；她對他投以同流合污的目光，如此清楚地表示：「這就叫當眾羞辱，誰說不是？您看見他那副窘樣了嗎？簡直都要哭出來了！」而當福什維爾的雙眼對上這道目光，便頓時從依然酣暢的盛怒或佯裝出來的盛怒中清醒，微笑答道：

「他剛才只要表現得體，現在人就還在這裡。無論多大年紀，好好教訓一頓總是有用的。」

有一天，斯萬下午出門拜訪某人，由於想見的人不在，他於是一時興起，想進奧黛特家看看。他從來沒在那個時間去過，但他知道午茶時間之前，她一向會在家睡午覺或是寫寫信，他很樂意就只是去看看她，不多打擾。門房說，他認為她應該在家。他按了門鈴，覺得聽見一陣雜響，走路的腳步聲，但就是沒人來開門。他煩躁起來，有些惱火，直接走去宅邸背面的小街上，站在奧黛特臥室的窗前。窗簾遮擋，他什麼也看不見，便用力拍打窗玻璃，出聲喊她。沒人來開窗。他發現鄰居在看他，於是決定離開，心想，到頭來說不定是他弄錯了，錯以為聽見腳步聲。但他始終耿耿於懷，根本無法思考別的事情。一個鐘頭後，他又回來了，找到了她。她告訴他，他按門鈴那時她正在家裡，不過在睡覺；鈴聲吵醒了她，她猜想來人是斯萬便跑去找他，但他已經走了。她確實聽見有人在敲窗戶。斯萬立即聽出這番話當中有一句真話，被當場逮到的說謊者為求心安，在捏造出的虛構情節中摻雜一句實話，以為這樣就算說出部分實情，要以真相讓假話聽似為真。當然，奧黛特做了一件不想明說的事之後，會將那事情妥當地深埋心裡，只不過，一旦她有意欺瞞的那人就在面前，她便會不由自主地慌亂，所有想法全站不住腳，編造故事和理解思考的才能全數失靈，腦中更只剩空白一片，然而又得說些什麼，可一時之間迸現的恰恰卻正都是她想隱瞞的，因為那些事情是真的，所以留在腦海。她從中擷取出微不足道的一小部分，心想，反正這樣比較好，因為那是真實的細節，不會引發虛構情節招致的危險。「至少這部分是實話，」她告訴自己，「總是多幾分勝算。他可以去打聽，認可那是真話，無論如何我都不會被這細節拆穿。」她錯了，正是這部分讓她露出了馬腳。她不知道這小小的實情暗藏眉角，只能套進她斷然擷取處的前後其他細節，無論她在這些事項之間插入什麼捏造情節，多餘的素材和沒填滿的空缺都將揭露那並非在那個時間點發生的事。「她承認聽見我按門鈴，然後敲窗，還說她以為是我來了，當時很想見我。」斯萬心想，「但她沒派人來開門的事實用這些根本說不通。」

不過他沒對她點出這項矛盾，因為他認為，放任奧黛特自己來解釋，說不定她會編出什麼謊話，那恰可當成追查真相的蛛絲馬跡。她繼續說下去，他不打斷，帶著貪婪而痛苦的憐憫，接收她告訴他的一字一句，他覺得，在這些話中，如同女神的衣紗[80]，隱約留有線索（正因為她在對他說的同時，將之藏在字句背後），描繪出那拿捏不定、無比珍貴，但是可嘆啊！根本找不到的實情——她在下午三點、他來的當時正在做的事——他恐怕只能永遠擁有這些謊言，無從解讀又神妙的遺跡，僅存於這長久凝視卻不知如何欣賞、但也不願放棄之人的私藏記憶裡。當然，他偶爾會認清奧黛特的日常活動本身並無令人甚感興趣之處，而且她和其他男人可能交往的方式自然也不會一成不變，而且無視對象地引發病態的哀愁，甚至可以點燃自殺狂念。他頓時領悟，這份關切，這份憂傷，在他身上不過是一種病，痊癒之後，奧黛特的行為，可能獻出的熱吻，又將變得不具攻擊性，與其他諸多女人所做的無異。現在令斯萬痛苦的這份好奇心完全是他自找的，但那不是要他覺得，對這股好奇心的重視、為了滿足它而著手實現一切，皆是不理性之舉。因為斯萬來到這年紀，他此時的人生哲學——受惠於時代思潮及他長期浸淫的社交界想法。洛姆親王夫人的小圈子，在那兒，公認的聰明人會對一切抱持懷疑，真實而且不容置疑的，唯有人人各自的喜好——已與他年輕時不再相同，而是一種實證哲學，近乎醫學；抱持這種思想的人不會對外顯露渴望的目標，而是試著從已流逝的歲月當中析離出一份安定殘餘物，包含種種習性，以及可視為自己獨特、恆久不變的熱情，並且刻意留心，讓他們採取的生活形態能滿足熱愛之事。斯萬覺得，考量生活中因不知奧黛特做了什麼而感受到的痛苦，以及因潮溼天候造成濕疹復發哪個較嚴重，才是明智之舉；撥出一大筆預算，用以探聽奧黛特的日間行程，若得不到相關訊息，他會覺得自己好可憐，他同時也為他的其他嗜好預存資金，例如藝術收藏和美食佳餚，他知道，至少在

80　女神的衣紗 Voile sacré，即 Zaïmph，這是福樓拜在小說《薩朗波 Salammbô》中自創的詞，指迦太基女神塔尼特（Tanit）的面紗，又稱神衣，有著不可觸知、無形且神聖的特性。

他墜入愛河之前，可以期待這些嗜好帶來的樂趣。

他正要向奧黛特道別回家，她極力挽留他多待一會兒，在他要開門出去時猛然抓住他的手臂。但他沒多留意，因為我們在許許多多的舉動、話語、遍布交談當中的小插曲裡，難免會和暗藏我們的疑心隨機在查找的真相枝節擦身而過，卻沒察覺任何值得警醒之處，反倒是去留意背後毫無意圖的那些。她時時對他叨唸：「我真可憐，你從不在下午過來，總算來了這麼一次，我卻沒見到你。」他很清楚她其實沒有這麼愛他，不至於因為錯過他的來訪就懊惱到這種程度，但由於她心地善良，一心想取悅他，惹得他不高興時經常難過，他覺得這次她會難過倒也十分自然，因為她剝奪了共度一個鐘頭的樂趣，對他而言，那是極大的樂趣，但對她則不然。然而，那畢竟是件微不足道的小事，她卻始終擺出那般心痛的表情，這終究令他訝異。她這副模樣比平常更令他想起《春》[81]之繪者畫筆下的女性形象。此刻，她的臉色正是她們那副垂頭喪氣、傷心欲絕，彷彿遭遇到一份她們承受不了的苦痛，然而那時她們不過是任由小耶穌把玩著一顆石榴，或是看著摩西將水灌進馬槽。先前有一次，他曾見到她如此愁容滿面，但已忘記是在什麼場合。突然間，他想起來了：是那次晚餐的隔天，奧黛特對維爾迪蘭夫人說了謊，謊稱她缺席是因為生病，而事實上，她是為了和斯萬徹夜共處。的確，就算她是個最謹慎多慮的女人，也未必會為一則如此無辜的謊言而內疚。但奧黛特隨口說的謊可沒那麼無辜，常是用來防範東窗事發，否則她與這些人或那些人之間會產生嚴重的麻煩。因此，她說謊時既緊張又害怕，覺得自己幾乎沒有得以防備的武器，沒有把握成功，總疲累得想哭，如同沒睡飽的孩子。而且她知道自己的謊言通常會重傷她所欺瞞的男人，萬一她的謊撒得不好，拜那人之賜，說不定她會一敗塗地。於是，在他面前，她既自卑又有罪惡感。每當需要扯一個無傷大雅、迎合上流社交的謊言時，由於感受與記憶結合作用，她感覺到一種過度操勞帶來的不適，還有那種使了壞心眼的懊悔抱歉。

她正對斯萬撒的謊究竟多令人沮喪？竟露出這般痛苦的眼神，如此唉聲嘆氣，彷彿已撐不住她勉強做出的努力，只得苦苦求饒？他頓時想到，她極力對他隱瞞的不僅是下午那段插曲的真相，還是某件更即時的事，或許尚未發生，但即將發生，而且可能會讓這次事件真相大白。奧黛特說個不停，但盡是些無病呻吟：她懊悔下午沒見到斯萬，沒為他開門，那懊悔已成徹底的絕望。

只聽見大門關上以及一輛馬車的聲響，像是有人來了但又離開——很可能就是斯萬不該遇見的那個人——僕人告知來者奧黛特出門了。於是，斯萬心想，自己不過是在一個平常不會來的時間過來，便打亂了那麼多她不想讓他知道的事，他頓時有點洩氣，近乎沮喪。然而，由於他愛著奧黛特，由於他習慣所有事都為她著想，原本可能湧生的自憐之感，竟全都移轉到了她身上，他喃喃低語：「可憐的寶貝！」斯萬正要離開之際，她拿起好幾封原已擺在桌上的信，問他能否替她拿到郵局去寄。他帶走了那些信，到家後才發現竟把信也一併帶了回來。於是他回頭去郵局，

81　《春 Primavera》是波提切利繪於一四八二年的名畫，現藏於佛羅倫斯的烏菲茲美術館。

從衣袋中取出信件，他在投入郵筒前一封封看了地址。全都是給供應商的，只有一封是寄給福什維爾。他拿著那封信，心想：「看了這信裡的內容，我就會知道她怎麼稱呼他，怎麼跟他說話，他們之間是否有曖昧。甚至，要是不看，也許反而還顯得我對奧黛特不夠體貼，畢竟這是能讓我解脫猜忌之苦的唯一方法，說不定是我冤枉了她。無論如何，我的疑心注定令她痛苦，這封信一旦寄出去，就再無任何東西能消滅猜疑了。」

他離開郵局回家，但留下最後那一封沒寄出。他點亮蠟燭，將不敢貿然拆開的信湊近燭火。起初他什麼也讀不到，但信封很薄，緊貼著封套裡的硬卡片，藉著薄透的程度，他讀到最後幾個字。是一句十分冷淡的信末問候語。如果，不是他在偷看一封寫給福什維爾的信，而是福什維爾在偷看一封寫給斯萬的信，那麼應該會讀到截然不同的溫柔語句！卡片比信封小，跳舞般動來動去，他緊緊抓穩，再以大拇指挪滑，逐行挪到信封沒有襯裡之處，唯有透過那裡才讀得到字跡。

儘管如此，他還是無法清楚辨識，不過這倒沒什麼影響，反正他已經讀了不少，知道那是一件微不足道的小事，完全扯不上戀愛關係，那說的是關於奧黛特的一位叔父。斯萬明確讀到那行句子的開頭：「我是對的。」但他不明白奧黛特是對了什麼，忽然，有個他起先沒能解讀出來的字躍然紙上，釐清了整句話的意思：「我是對的，幸好開了門，是我叔父。」開門！所以斯萬按下門鈴那時，福什維爾就在那裡，她叫他離開，所以才會有當時那些聲響。

於是他讀完整封信；信末，她為自己待福什維爾如此失禮致歉，並告訴他，他把菸盒忘在她家了。同樣的句子她也曾寫給斯萬，那是在他剛開始去她家那段時期。不過，在給斯萬的信中她還加上：「您最好別把心也給忘在這兒了，我可不會讓您來拿回去呢。」給福什維爾的信裡則完全沒有這類語句：沒有任何令人猜疑兩人私通的聯想可能。此外，老實說，在這整件事當中，福什維爾比他被騙得更慘，畢竟奧黛特還寫信給他，要他相信來訪者是她的叔父。到頭來，她看重的男人是他，斯萬，為了他，她遣走了另一個男人。只是，奧黛特和福什維爾之間若是清白，為什麼不立刻來開門，為什麼要說：「還好我開了門，來的是我叔父」？如果她當時問心無愧，福什維爾對於她有可能不去開門，又會是如何作想？斯萬呆在那兒，看著奧黛特毫無顧忌地交給他的這封信，他傷心，不解，卻又高興，可見她絕對信任他處事圓融；但這封信開了一扇透明窗，透過他原本從未料到會得知的祕密插曲，彷彿在直接投射於未知的一小塊亮光中，對他袒露出奧黛特生活的一隅。接著，他的妒意雀躍起來，這股嫉妒心彷彿有生命力，獨立、自私，對滋養它的一切貪得無厭，有損自身亦在所不惜。現在它得到了一種養分，斯萬即將開始日日掛懷奧黛特在五點之前接待的訪客，試圖得知福什維爾那時刻人在哪兒。因為斯萬的溫柔依然維持著從最初便深深印下的特性，來自於對奧黛特的日間行程一無所知，同時又懶得動腦，無從藉想像補足不知。起初，他的妒意並未遍及奧黛特的每一個生活時刻，僅針對幾個時候，出於某種情況，或許是會錯意，總之，使得他猜疑奧黛特有可能欺騙他。他的妒意有如一隻章魚，伸出第一隻觸手，接著第二隻，然後第三隻，緊緊攀住傍晚五點這個時刻，接著抓住另一個時刻，而後另外再一個。但斯萬不擅編造痛苦。這些痛苦都只是記憶，是一項外來痛苦的永久延續。

但是此時，一切都令他痛苦。他想讓奧黛特遠離福什維爾，想帶她去南方玩幾天。但他相信旅館裡的所有男人都會對她產生慾念，而她也渴望與他們發生關係。因此，以往在旅途中尋求結識新朋友，喜歡人多熱鬧的他，如今在別人眼中竟顯得孤僻，規避男人的群聚，彷彿曾經受過狠狠傷害。既然所有男人都被他視為是奧黛特可能的情夫，他豈能不憤世嫉俗？因此，他的妒意，比當初對奧黛特那股想入非非、又歡樂戲謔的偏愛，更甚地改變了斯萬的性格，在他人眼中更是全面翻轉，徹底改變了那性格表現出來的外在特質。

在讀過奧黛特寫給福什維爾的那封信的一個月後，斯萬參加了維爾迪蘭夫婦在布洛涅森林舉辦的晚宴。大伙兒正準備離開時，他注意到維爾迪蘭夫人與好幾位賓客正祕密策畫著什麼，大致明白他們是在提醒鋼琴師隔天記得前去夏圖[82]的一場派對，然而他，斯萬，卻不在受邀之列。

維爾迪蘭夫婦先是壓低音量說話，而且語焉不詳，畫家呢，想必漫不經心，卻大聲嚷嚷：

「最好別設任何照明，叫他在一片漆黑之中演奏《月光奏鳴曲》，才能讓曲子更一目瞭然。」

維爾迪蘭夫人看見斯萬就站在近旁，於是做出個表情，欲使那說話者閉嘴，又想在聽者眼中維持無辜的神態，於是一切皆在她眼神中抵消，化為濃濃的空泛，身為同謀者那不為所動的聰明目光逐漸藏進了天真的笑容底下；這個所有察覺失言狀況的人都會有的表情頓時揭穿了她，就算做出這表情的那些人當下沒會意，想隱瞞的對象見了也會恍然大悟。奧黛特突然一臉失望，好似一個放棄反抗生活中種種困難壓迫的人。斯萬分秒難耐，焦躁地期盼那時刻到來，好讓他離開這家餐廳之後，在和她一起回家的路上可以要求她提出解釋，從她口中得知她隔天不會去夏圖，或是她已讓他也受邀參加，並在他懷中撫慰他的焦慮。總算，大家開始召喚自己的馬車。維爾迪蘭夫人對斯萬說：

「那麼，別了，不久後再見，對吧？」她說話的同時流露友好的眼神，勉強擠出微笑，試圖不讓斯萬察覺這次與此前有所不同。她沒說：

「明天夏圖見，後天，我家見。」

維爾迪蘭夫婦讓福什維爾跟他們一起上車，斯萬的馬車就排在他們的後面，他等著車子駛來，準備接奧黛特登上他的車。

「奧黛特，我們載您回去吧，」維爾迪蘭夫人說，「福什維爾先生旁邊還空了點位子給您。」

「好的，夫人。」奧黛特回應。

「什麼？可是，我以為是我該送您回去的！」斯萬嚷了起來，該說的話直接脫口而出，毫不掩飾，因為車門已經打開，此時每秒必爭，目前他這個狀態，回家路上不能沒有她。

「但是維爾迪蘭夫人邀了我……」

82　夏圖（Chatou），位於塞納河西北邊的市鎮，距離巴黎市中心十幾公里，富人區。

「拜託噢，您明明可以自己回去，我們把她留給您的次數也已經夠多了。」維爾迪蘭夫人說。

「可是我有一件重要的事要告訴這位夫人。」

「那好！您寫信給她就行了……」

「別了。」奧黛特伸長了手對他說。

他試著微笑，看上去卻灰頭土臉。

「你看見斯萬現在敢用什麼態度對待我們了嗎？」維爾迪蘭夫人回到家後對她丈夫說，「我還以為他要把我給生吞活剝了呢！就只因為我們送奧黛特回來。這簡直不像話嘛！真是的！所以，他乾脆說我們開了一家幽會館算了！我真不懂奧黛特怎麼能忍受這樣的行為。他那副表情絕對是在說：您是我的。我要把我的想法告訴奧黛特，希望她能懂。」

過了一會兒，她又氣沖沖地說：

「不是呀，您看看，那頭骯髒的畜牲！」不知不覺，而且或許受制於隱約想證明自己沒錯的需求——就像法蘭索瓦絲在貢布雷遇上母雞死不斷氣那時——她用了動刀的鄉下人被一頭無力反抗的動物臨死前最後掙扎逼得罵出的字眼。

就在維爾迪蘭夫人的馬車出發，而斯萬的車往前挪動時，他的馬車夫看著他，問他是否病了，還是遭遇了什麼不幸。

斯萬打發車夫先離開，他想自己走走，於是穿越森林，徒步回家。他自言自語，高聲訴說，用的仍是先前細數小核心的魅力、盛讚維爾迪蘭夫婦的寬宏大量時，那種略帶做作的語氣。但一如奧黛特曾說過的話，和那盈盈笑臉與親吻，若不是給他、而是給了別人，以往感覺有多甜蜜，如今就變得有多可憎，同樣地，維爾迪蘭家的沙龍，剛才他還覺得十分有趣，散發著對於藝術的真品味，甚至有高貴的道德觀念，但既然此後奧黛特在那兒會相遇、隨意說愛的對象另有其人，那沙龍便處處曝露出它的荒謬、愚蠢和卑鄙可恥。

他嫌惡地想像隔天在夏圖的晚宴。「先說這個特地跑去夏圖的主意！簡直就像那些剛關上店門的裁縫舖老闆！這些人可真是高尚的布爾喬亞派，應該不是真實存在，絕對是從拉比什[83]的戲裡跑出來的人物！」

會去晚宴的人應該有寇達爾夫婦，或許還有布里肖。「這些小人物的生活也真夠滑稽，互相依賴彼此過活，我敢說，要是他們明天在夏圖沒有全體聚集，大概會以為這輩子都完了！」唉！畫家也會去，那個喜歡「撮合做媒」的畫家，會邀福什維爾帶著奧黛特去他的畫室。腦海中，他看見奧黛特為了這次郊遊裝扮得過分花枝招展，「因為她就是那麼俗氣啊，而且，可憐的小東西，尤其還那麼愚蠢！」

他彷彿聽見維爾迪蘭夫人明天晚餐後會開的玩笑，那些玩笑，以前無論是針對哪個討厭鬼，

---

83 拉比什（Eugène Labiche, 1815-1888），法國劇作家，法蘭西學院院士，以滑稽通俗喜劇著名。

他總覺得好笑，因為他看見奧黛特在笑，於是跟著她一起笑，幾乎笑進他的心坎裡。如今他覺得，人家也許會拿他當作讓奧黛特噗嗤一笑的笑話。「多麼齷齪的惡趣味！」他嘴角做了個噁心的表情，誇張到令自己都強烈感覺到做鬼臉時頸部肌肉的拉扯，摩擦到了襯衫衣領。「一個上帝依自己的形象造出的女人，怎麼能在這些令人作嘔的玩笑中找到笑點？凡是嗅覺有點敏感的鼻子都會嫌惡地轉身背離，以免遭受如此惡臭冒犯。實在教人不敢相信，生而為人，竟然不懂得要是放任自己訕笑曾對他忠心伸援的同類，便已墮入永無翻身之日的泥沼，任誰拿出全世界最堅強的意願也無法助其脫身。我住得遠遠高出那翻攪、喧騰著那種骯髒閒話的低級泥潭好幾千公尺，才不會被維爾迪蘭家那女人的玩笑波及！」他忘情大叫，抬起頭，昂然挺胸。「上帝為證，我曾衷心想把奧黛特拉離那地方，拉拔到一個比較高貴、純淨的氛圍裡。但人的耐心是有限的，我的忍耐已到了極點。」他對自己說，彷彿將奧黛特從一個充滿諷刺挖苦的環境中解救出來的任務已行之有年，而非短短幾分鐘前的事，彷彿那不是在認為那些酸言酸語或許把他當成了攻訐目標，而且試圖拆散他和奧黛特之後他才臨時起意。

他能想見鋼琴師正準備彈奏《月光奏鳴曲》，還有維爾迪蘭夫人那一臉驚惶、唯恐貝多芬的音樂就要惹得她神經發疼。「笨蛋！騙子！」他大喊，「這女人還自以為熱愛藝術！」向奧黛特迂迴地誇獎福什維爾幾句之後，她又會故技重施，跟她說：「請挪出點位子，好讓福什維爾先生坐您身邊。」「共處一片漆黑之中！娼頭！皮條客！」「皮條客」，這也是他給另外那段音樂取的名字，那樂聲一起，兩人便不再說話，一起幻夢，互相凝望，牽起彼此的手。他覺得，以一板一眼的正經態度對待藝術頗有益處，如柏拉圖、博絮埃、老式的法國教育[84]。

總之，在維爾迪蘭家的日子，以往他還常稱那是「真正的生活」，如今在他看來倒成了最糟糕的一種，他們的小核心也成了最不堪的圈子。「那真的是」，他說，「社會階層最低等的一級，但丁描述的最末層地獄。毋庸置疑，那部磅礴鉅作參考的就是維爾迪蘭家！其實，上流人士雖然也有可議之處，但和這幫無賴畢竟不可相提並論，他們拒絕與這些人結交，不願弄髒手指，這足足可見他們的智慧深厚！聖哲曼區通行的「勿觸我」[85]當中蘊含了多少先見之明啊！」他走出森林小徑已有好一會兒，幾乎快到家了；痛恨未消，而自己聲音當中那欺人的語氣、做作的音色，透露出一股裝腔作勢，時時刻刻朝他灌注更澎湃的醉意，在深夜寂靜中繼續高聲演講：「上流人士的缺點有誰比我知道得更清楚，但無論如何，他們總是還懂得有所不為。像我認識的那位優雅女性，遠遠稱不上完美，但她為人還是有基本的細緻之處，處事又正派，因此，無論發生什麼事，她也做不出背離之舉；這就足以讓她領先維爾迪蘭太太那等潑婦好幾條鴻溝！維爾迪蘭！這算什麼姓氏！哼！他們還真可說是登峰造極，還真是同類中的佼佼者啊！感謝上帝，我正好不

84 此處隱射柏拉圖在《理想國》第十卷中對藝術的批評，而他的思想又被路易十四大宮廷佈道師、大演說家博絮埃（Jacques-Bénigne Bossuet, 1627-1704）在著作《喜劇箴言及省思 Maximes et réflexions sur la comédie》中引用。

85 *Noli me tangere*，原文為拉丁文，復活後的耶穌對抹大拉的瑪利亞所說的話。

必再對這個卑鄙的女人和那些一丘之貉的廢物卑躬屈膝！」

不過，維爾迪蘭夫婦身上早先得到他認可的種種美德，即使他們真的擁有，要不是因為他們曾經支持、保護他的戀情，也不足以在斯萬心中引發如此陶醉，令他被他們的寬宏大量所感動；而這醺然陶醉之感，即使透過他人渲染，也只能源於奧黛特——同樣地，如今他在維爾迪蘭夫婦身上感覺到的悖德，就算是真的，本來也無甚影響，要不是因為他們邀了奧黛特和福什維爾卻略過他，導致他的憤恨一發不可收拾，使得他怒罵他們「卑鄙下流」。斯萬的聲音想必比他自己還明察事理，才會將這些充滿對維爾迪蘭社交圈的嫌惡及和其斷交之喜悅的字眼說出口，而且非用誇張造作的語氣不可，彷彿選用它們是為了發洩怒氣，而非為了表達想法。其實，在忘情謾罵之際，他的想法很可能在不知不覺中已被一樣截然不同的事物占據，因為一回到家，才剛關上車道大門，他便突然拍了一下自己的額頭，復又開門出去，這次聲調自然地大喊：「我想我找到明天能讓我獲邀去夏圖晚宴的辦法了！」但那看來並不是個好辦法，因為斯萬還是沒獲邀：寇達爾醫師去外省為一名嚴重的病患出診，已經好幾天沒見到維爾迪蘭夫婦，也沒能去夏圖。夏圖晚宴的隔天，他去他們家吃飯，坐下時他問說：

「怎麼，今晚見不到斯萬先生嗎？他可是那個誰所謂的私人好友……」

「見不到最好！」維爾迪蘭夫人嚷了起來，「上帝保佑，那傢伙無聊到了極點，又笨又沒教養。」

寇達爾聽到這些話，顯得既驚訝又順從，像是面對一樁真相，與他至此之前相信的完全相反，卻又是一樁鐵錚錚的事實。於是，他一臉五味雜陳，惶恐害怕，埋首餐盤之中，只敢唯唯諾諾：「啊！啊！啊！啊！啊！」沿著音階往下，按部就班節節撤退，聲域一路退縮，直到深藏心底。此後，維爾迪蘭家絕口不談斯萬的話題。

於是，這曾經撮合斯萬和奧黛特的沙龍成了兩人約會的障礙。她不再像戀愛初期那樣對他說：「反正我們明晚會見面，維爾迪蘭家晚上有一場餐會。」或者，維爾迪蘭夫婦要帶奧黛特去喜歌劇院[86]看《克麗奧佩托拉的一夜》[87]，而斯萬會在她眼中看到那惶恐的神色，怕他要求她別去；這神情在昔日會令他情不自禁地親吻情人的臉，現在則是萬分激怒他。「然而我的感受並不是憤怒，」他對自己說，「看見她想去那糞土不如的音樂裡剽竊偷學，我感到的是悲哀，當然不是為我而悲，而是為她。悲哀地發現，每天和我接觸、交往了六個多月之後，她竟然還是無法脫胎換骨，自動把維多．馬塞[88]給淘汰掉！尤其是竟然還不懂，凡是生性稍微體貼之人，在人家提出請求時，都該曉得有些晚上就該放棄享樂。她應該要懂得說『我不去』，即使是理智做出的決

---

86 喜歌劇院（Opéra comique），座落於巴黎第二區的表演廳，建立於一七一四年。

87 《克麗奧佩托拉的一夜 Une nuit de Cléopâtre》，儒勒．巴比耶（Jules Barbier）作詞，維多．馬塞譜曲，根據泰奧菲．高提耶（Théophile Gautier）一八三八年發表於《報刊 La Presse》的短篇小說改編。

88 馬塞（Victor Massé, 1822-1884），法國歌劇與喜歌劇作曲家，作品近二十部，如今雖被淡忘，但在當時頗受推崇。

定也好，既然人家會僅依她這一次的回答去評量她的整個心靈素質。」由於他說服了自己，深信那晚他之所以渴望她留下來陪他，而不是去喜歌劇院，其實只是為了能替奧黛特的精神層次爭得較正面的評價，至今他仍用說服自己的理由來告訴她，口是心非的程度就和對自己一模一樣，甚至更勝一籌，畢竟，當時他還擺脫不了期盼，渴望能喚醒奧黛特的自尊心，以此打動她。

「我發誓，」他在她出發去看戲的前一會兒對她說，「在請求妳別去的同時，我唯一的心願，說我自私也罷，就是要妳拒絕我，因為我今晚有幾千項事情待辦，如果妳出乎意料地答說妳不去，那我可就落進自己的圈套，自找麻煩了。但我的事業、我的玩樂，那些並非一切，我必須為妳著想。也許有朝一日，妳發現我對妳永遠再無依戀，那麼妳有權責備我，責備我在覺得就要把這些愛難以長久抵抗的嚴苛評價加諸於妳的關鍵時刻沒提醒妳。妳看，《克麗奧佩托拉的一夜》（這什麼劇名！）在這整個情況中並不算什麼。妳該知道的是，妳是否真的是在精神層面、甚至魅力程度上排名最末的那個人，是否真的是個可輕賤的女人，就連一次享樂也放棄不了。屆時，倘若妳真的是，那人家怎麼能愛妳呢，畢竟妳這個人根本不是一個明確、清楚、雖不完美、但至少還能朝完美進步的女人。妳是一灘無形的水，人家給你什麼樣的斜坡你就怎麼往下流，是一隻沒有記憶也不會思考的魚，一旦活在魚缸中，一天總要撞上玻璃百來次，卻還是把玻璃當成水。妳懂嗎？妳的回應，當然，並不是說那對我立即就不再愛妳這件事有所影響；但它讓我明白妳不配為人，妳在萬事萬物之末，而且毫無上進心，這讓妳在我眼中變得沒那麼有吸引力了。顯然，要是可以，我寧願把請妳放棄去看《克麗奧托佩拉的一夜》（既然妳非要用這低賤的劇名髒了我的嘴不可）當成一件微不足道的小事，希望妳無論如何還是去。但是，我既已決定如此看待妳的回應，從中整理出這些後果，我覺得，先知會妳一聲比較有格調。」

奧黛特早已流露出各種情緒及不解。她不懂這一大段話的意義何在，將之理解為一般認知的「長篇大論」，而男人責怪或哀求的場面對她來說已是家常便飯之事，因此不需細聽每一個字也能作出結論：他們若是不愛她，便不會說出那些話，而在他們愛她時不需要順從他們，他們以後只會更愛她。因此，本來她會極為冷靜地聽斯萬說完，要不是她看到時間分秒過去，發現他要是再說下去，她就會，如她帶著溫柔、固執又尷尬的微笑對他說的那樣：「落得錯過開場！」

另有一次，他告訴她，最可能令他不再愛她的原因，就是她不肯放棄扯謊。「即使純粹就迷人風情的角度來看，」他對她說，「難道妳不明白，說謊這自甘墮落的舉動，會讓妳喪失多少魅力？一次坦誠以對能讓妳彌補多少過錯！說真的，妳實在沒有我以為的聰明！」但斯萬這麼對她闡述不該說謊的理由都是白費力氣，這些理由本可徹底摧毀奧黛特某套通用的說謊招式，偏偏她沒有這樣一套招式，每當她做了什麼事想隱瞞斯萬，頂多只是不告訴他。因此，對她來說，謊言是一種特殊的權宜之計，而她該說謊還是坦承，端視那性質亦屬特殊的理由而定：斯萬發現，她沒說真話的機會多半頗大。

外貌上，她正處於一個糟糕的階段：她胖了，以往款款哀怨的魅力，驚訝迷茫的眼神似乎皆已隨青春年華逝去。對斯萬而言，正當他覺得她沒有以前漂亮時，她偏偏又因此變得彌足珍貴。他凝視她良久，試著再次捕捉他曾感受到的魅力，卻再也找不回來。不過，知道這新軀殼裡住著的始終是奧黛特，始終懷著那股轉眼即逝、難以捉摸又奸詐陰險的意志，便足以讓斯萬熱情不減，持續嘗試捕捉。然後，他細看兩年前的照片，想起她曾經那般嬌俏可人，便稍稍寬慰，不枉自己為了她如此辛苦。

維爾迪蘭夫婦帶她去聖哲曼，去夏圖，去默朗[89]，若是在風和日麗的時節，他們常在當地提議留下來過夜，隔天才回去。維爾迪蘭夫人設法平息鋼琴師的顧慮，因為他的姑媽還留在巴黎。

「能擺脫您一整天，她會很高興的。而且她怎麼會擔心呢？她明知道您跟我們在一起，再說，我也會攬起所有責任。」

但要是她勸說不成，就得出動維爾迪蘭先生，找到電報局或找個信差，詢問信徒當中有誰需要通知什麼人。但奧黛特總是婉謝，說她無需為任何人發電報通知，因為她已跟斯萬挑明了說，若是在眾目睽睽之下發電報給他，她恐怕會給自己惹上麻煩。偶爾，她會離家好幾天，因為維爾迪蘭夫婦帶她去德勒看皇家墓園[90]，或在畫家建議下去了康比涅[91]，欣賞森林裡的夕陽，又延長旅程前往皮耶封城堡[92]。

「試想她本可跟我一起去參觀真正有價值的歷史建築，我可是花了十年時間研究建築，時時都有高人名士求我帶他們去波威[93]或聖盧-德-諾[94]，但我只願意為她這麼做。她反而跟一群無比粗鄙的傢伙輪番去對路易-菲利普[95]和維奧萊-勒-杜克[96]製造出的垃圾醉心讚嘆！在我看來，常人就算沒有藝術天分，甚至不是特別細膩敏感，也不會為了就近吸聞尿糞之味，而選擇去茅坑裡休憩度假吧！」

但當她去了德勒或皮耶封——可嘆啊，卻不讓他裝作湊巧似地自行前往，陪在她身邊，她說，因為「那有種可悲的感覺」——他便一頭埋入最動人心弦的戀愛小說：火車時刻表，藉它指引找到與她會面的辦法，午後、傍晚、甚至就在今天早上！辦法？簡直比辦法還更好：是見面許

89 默朗（Meulan），位在巴黎西北方約四十公里處、塞納河右岸的市鎮。

90 德勒（Dreux），法國中北部大城，德勒皇家禮拜堂所在地，是奧爾良王朝成員的傳統墓地。

91 康比涅（Compiègne），位在巴黎東北方八十公里，以城堡和森林而聞名。一九一八年德國向法國投降的協議和一九四〇年法國向德國投降的協議均在此簽訂。

92 皮耶封城堡（Château de Pierrefonds），位於康比涅森林東南邊，建造於十六世紀末期的雄偉城堡，其中古世紀防禦型城堡的特色在十九世紀的富人階層中蔚為風潮，第二帝國時期，拿破崙三世令維奧萊-勒-杜克重建整修。

93 波威（見注18）的聖皮耶主教堂建於十三世紀及十四世紀，是最美麗的哥德式建築之一。

94 聖盧-德諾（Saint-Loup-de-Naud），位於法國中北部塞納—馬恩省的小鎮，保存著一座十二世紀教堂，被視為法蘭西島大區中最美麗的羅馬建築。普魯斯特曾於一九〇二年造訪，其哥德前期風格的門廊為貢布雷及巴爾別克教堂的原型。

95 Louis-Philippe，即奧爾良公爵。

96 維奧萊-勒-杜克（Eugène Emmanuel Viollet-le-Duc, 1814-1879），法國建築師，以修復中世紀建築聞名，是法國哥德復興建築的中心人物。

可。畢竟時刻表與火車本身可不是設計給狗用的。倘若，透過印刷品管道，大眾得以知道有一班車會在早上八點出發，在十點抵達皮耶封，那就表示去皮耶封是一項合法行為，奧黛特的允許因此根本就多餘；而且此舉也可以另有動機，未必非得出於想與奧黛特見面的渴望，既然每天都有不認識她的人這麼做，而且為數眾多，多到值得燒煤運轉火車頭。

總之，如果他想去，她也無法阻止他到皮耶封！而且，他恰巧就是感覺很想去，若不是認識了奧黛特，他一定早就去了。很久以前，他就想更精確地瞭解維奧萊-勒-杜克的修復工程。況且天氣這麼好，他有極其強烈的欲望，想在康比涅的森林裡散步一番。

禁止他去他今天唯一想去的地方，她的運氣真不好！今天！假如他無視她的禁令，還是去了，那麼今天就能見到她！但是，她在皮耶封巧遇的若是某個無關緊要的人，她或許會高高興興地對那人說：「真巧，您也在這兒！」並且邀他到她與維爾迪蘭夫婦下榻的旅館相見；相反地，她遇見的若是他，斯萬，她則會覺得受到冒犯，認定自己被他跟蹤，於是不再那麼愛他，也許瞥見他之後會憤憤轉身離開。「所以，我此後連旅行的權利都沒有嗎！」她回來後會對他這麼說；然而，到頭來，從此沒有旅行權利的人反而是他！

有那麼一會兒，為了能去康比涅和皮耶封，但不流露出是為了要見奧黛特的模樣，他生出一個點子，可請一位朋友帶他去，也就是德．佛瑞斯特勒侯爵，他在那附近擁有一座城堡。斯萬已向侯爵提起這項旅行計畫，但沒有告知此行的動機；侯爵喜不自勝，喜出望外，十五年來，斯萬總算首度願意去看看他的莊園了；既然斯萬說不想只待在那兒，侯爵便也答應至少帶他在附近的散步及郊遊路線一起走走，共度幾日時光。斯萬想像自己已和德．福瑞斯特勒先生到了當地。即使尚未見到奧黛特，即使無法見到她，能在這樣的時刻親自踏上那片他不知確切位置的土地，該是一件多麼美妙的事！凡是所到之處，他都覺得她可能會突然現身：城堡的內院在他看來變得十分美麗，因為他是為了她才去參觀；城裡所有大街小巷在他眼中皆有如小說般浪漫；森林裡每條路徑，被深入、柔和的夕陽餘暉染成粉紅——數不清的庇護所輪番出現，同時，懷抱著他難以確定、無所不在的各種希望，他快樂、流浪、多重分化的心也來此避棲。「特別注意，」他對德．福瑞斯特勒先生說，「我們要小心，可別遇上奧黛特和維爾迪蘭夫婦；我剛得知他們今天正好也在皮耶封。我們在巴黎有的是時間見面，無需大費周章到了異地，結果兩人還要形影不離。」他的朋友不會懂，為什麼去到那裡之後他要變換二十次計畫，偵查康比涅所有旅館的餐廳，怪的是，又無法乾脆地坐進不見維爾迪蘭蹤跡的任何一家，看起來反倒像是在尋找他口中說是要躲避的那一小群人，而且一旦找到又要立即逃開，因為要是真遇見，他會裝模作樣地遠遠走避，只要能看到奧黛特，而她也看見他，特別是看見他對她並無掛念，他便心滿意足。才不，她會猜到他準是為了她才出現在當地。於是，當德．福瑞斯特勒先生來接他出發時，他對他說：「可惜啊！不行，我今天不能去皮耶封，奧黛特剛好在那兒。」儘管如此，斯萬很高興地感覺到，如果所有凡人之中僅有他一人無權在那天前往皮耶封，那是因為，事實上，對奧黛特而言，他與眾不同，他是她的戀人，而針對他設限，違反自由通行這項基本人權，不過是奴化的一種形態，是他無比珍惜的這份愛情的一種形態。無論如何，他最好別冒險惹麻煩，耐心點，等她回來吧！那些天，他每天攤開康比涅森林的地圖俯身細看，當成一份「騰德雷地圖」[97]似地，周圍擺滿皮耶封城堡的照片。一到她很可能會回來的那天，他便再次翻開時刻表，計算她應該是搭哪班火車；如果她遲了，就再看還剩哪些班次。他走不出憂懼，深怕錯過一封電報，不肯就寢，只為她萬一搭了最末一班車回來，或許會想給他一個驚喜，在半夜過來看他。恰好，他聽見車道大門鈴響起，似乎拖延了一會兒才開門；他想喚醒門房，走到窗邊，打算來者若是奧黛特便出聲喊她，因為，儘管他已親自下樓叮囑十次以上，門房還是可能會告訴她說他不在。結果只是一名家僕回來。他發現路上車流不斷，但他以前從未注意過。他聽著每輛車從遠方駛來，接近，過他門前不停，從最遙遠的地方帶來一則不是給他的訊息。他等了整夜，白費力氣，因為維爾迪蘭夫婦實則提早回程，奧黛特中午就已回到了巴黎。她沒想到要通知他，又不知做什麼才好，便獨自去劇院消磨晚上時間，早已回家就寢。

因為她根本沒去想他。她甚至忘記斯萬的存在；對奧黛特來說，這樣的時刻最是有用，比她的萬種風情更能綁住斯萬。因為如此一來，斯萬就會活在那種痛苦的不安之中，當初他在維爾迪蘭家沒遇著奧黛特、接著找了一整晚那天，僅僅靠著這強烈的不安便已讓他的愛意破殼而出。而如我孩提時在貢布雷那些足以令人忘卻晚上痛苦將再現的快樂白天，他並沒有。斯萬的白天沒和奧黛特共度，他偶爾會心想：讓一個那麼漂亮的女人單獨進巴黎，簡直等同把滿盛的珠寶盒放在大馬路中間，太不謹慎了。於是，他看每個路人都不順眼，把他們全當成小偷。但他們整體的面貌不成形狀，脫離他的想像範疇，無法餵養他的嫉妒。思索那面貌令斯萬疲憊，他遮住雙眼大喊：「願上帝保佑！」一如那些竭力捕捉外在現實世界或不朽心靈之難題的人，同意頌念祈禱，舒緩一下他們疲乏的大腦。但掛念不在身邊之人的想法始終縈繞，無法消溶於斯萬最簡單的日常活動中——午餐，收信，出門，就寢——夾雜在做這些事時沒有她相伴的哀傷之中，如同布魯教堂內那些菲利博爾二世名字的字首，由於對他難以忘懷，奧地利的瑪格麗特便處處以自己名字的字首將之纏繞[98]。某些日子，他不待在家裡，而是去附近一家餐廳吃午餐，以前他十分欣賞那餐廳供應的美味佳餚，現在去，卻只是為了某種既神祕又荒誕的理由，世人稱之為浪漫；因為這餐廳（現在還在）的店名和奧黛特住處的街名相同：拉佩魯斯[99]。有幾次，她短暫出城去了，回來

97 騰德雷地圖（Carte de Tendre），一張虛構的愛情國度地圖，由法國十七世紀幾位貴族根據史居里女爵（Madeleine de Scudéry）的歷史小說《克雷莉 Clélie》發想手繪，藉由「騰德雷」這個國家中的三座城市地貌隱喻愛情中的種種行為，行動及生活模式。

98 布魯教堂（Eglise de Brou）位於法國東部布雷斯堡（Bourg-en-Bresse）附近的哥德火焰式教堂，由奧地利的瑪格麗特（Margurite d'Autriche,1480-1530）為紀念夫婿薩伏依公爵（Philibert de Savoie, 1480-1504）而建造。稱號「美男子」的公爵在兩人結婚後三年及去世。以兩人名字字首（MP）相連的象徵圖案在教堂的石雕和彩繪玻璃上處處可見。

99 Lapérouse，這家餐廳至今仍在巴黎第六區：51, quai des Grands-Augustins。奧黛特的住所則在 rue La Pérouse。

巴黎好幾天後才想到要告訴他。而且她不像過去那樣謹慎提防地抓取一小部分真相來遮掩，只告訴他說她是搭早上的火車回來，現在才剛到。都是些謊話，至少對奧黛特而言，那些話並不真實、不可靠，因為，在她抵達車站的回憶敘述中，缺少真話該有的根據；她在說出這些話時，自己都無法想像話中的畫面，那與她在謊稱的下車時刻做的事截然不同，有所矛盾。但在斯萬的想法中則恰恰相反，這些話不會遭遇任何阻礙，而是牢不可動地鑲進了如此毋庸置疑的真相，以至於若有朋友說他正是搭那班火車前來，但車上卻未見奧黛特，他也會深信是朋友弄錯了日期時刻，因為他的說法與奧黛特那些話有所抵觸。奧黛特的話，只有在他一開始便質疑時，聽起來才像謊言。要他相信她在說謊，事先的懷疑是必要條件。此外，也是充分條件。那時，奧黛特所言似乎全都有問題。聽她提起一個姓氏，那肯定是她的某個情人，一旦這個假設成型，斯萬便要憂傷好幾個星期。有一次，他甚至和一家偵探社接洽，以求得知那個唯有出門去旅行才能喘口氣的不知名人士的住址和作息時間，最後聽說那人是奧黛特的一位叔父，去世已有二十年。

雖然她通常不准他在公開場合上前找她，說那會引人閒話，偶爾，某個他和奧黛特都受邀的晚會上——像是在福什維爾家裡，畫家家裡，或是某個部長的慈善舞會——他與她同時在場。他看見她，卻不敢留下，只怕觸怒她，怕自己就像在窺探她與別人享樂，而那樂趣——他獨自回家，焦躁地準備就寢時，正如幾年之後，在貢布雷，他來家裡晚餐的那些晚上的我——在他看來似乎永無止盡，因為他未曾見到盡頭。另有一、兩次，他在那樣的夜晚嘗到了喜悅，若不是擔憂戛然而止的反作用力太過猛烈，那樣的喜悅會令人想稱其為內心平靜的喜悅，因它即是一場撫慰：他去了畫家在自家舉辦的社交盛宴，正準備離開，將蛻變為光鮮亮麗又陌生的奧黛特留在眾多男人當中，她流露的眼神和歡快並不是為了他，看在那些男人眼中，那似乎吐露著某種快感，可能會在那兒或別處品嘗到（或許在『脫線派舞會』[100]上，想到她接著就要過去，他不禁顫抖），這比肉體的結合更令斯萬嫉妒，因為這更令他難以想像；他已準備走出畫室，忽然被幾句話喊住（打斷了宴會那令他畏懼的結尾，還他一個清白乾淨的結束，讓奧黛特的歸來不再是無法設想的可怕事件，變得甜蜜而熟悉，伸手可及，如同他日常生活的一小部分；在他的馬車裡，奧黛特親自褪下過度光鮮亮麗和歡快的外表，表示那不過是暫時穿戴上去的變裝，那正是為了他，而非為了什麼神祕的樂趣，況且，她已厭倦那種打扮），奧黛特眼見他已走到門口，朝他喊來幾句：「您不等我五分鐘嗎？我要走了，我們一起回去，請您送我回我家。」

的確，有一天，福什維爾要求斯萬同時也送他一程，但是由於抵達奧黛特家門口時，他還要求也要一同進去，奧黛特便指著斯萬回說：「啊！這就得看那位先生答不答應了，請您去問他。算了，想進來就進來吧，不過別待太久，我可先告訴您了，他喜歡靜靜跟我聊天，而且他來的時

100 脫線派舞會（Bal des Incohérents），「脫線派」是一群反學院派幽默畫家，由儒勒・雷維（Jule Lévy）領頭，在一八八二年到一八八八年間展出作品，分別在一八八五年三月及一八九一年一月舉辦過知名的舞會。

候不太喜歡有其他訪客。啊！那個人呀！要是您像我一樣了解他就好了，可不是嗎？*my love*，只有我最了解您了，對不對？」

更令斯萬感動的，或許是看她當著福什維爾的面這麼和他說話，不僅說出了她的溫柔愛意，她的情有獨鐘，也不乏一些批評，例如：「我敢說，您一定還沒回應您的朋友週日是否要過去晚餐。假如您不想去就別去了，但至少要有禮貌。」或者，「您是否把您那篇關於維梅爾的研究評論擱在這兒，打算明天再稍微趕點進度？真是懶惰呢！我呢，我可要鞭策您工作！」這證明了奧黛特始終清楚他在上流社交圈裡的受邀狀況和藝術方面的研究，他們確實擁有兩人共享的生活。而且，說這些時，從她對他展現的笑容深處，他感覺得出她完全屬於他。

所以在那些時刻，在她為他們調製橘子水之際，忽然間，好比有塊反射鏡一開始沒調整好，在牆面上形成一片片奇幻的大黑影，游移物件周圍，接著又相互交疊，消失不見，化為物件本身，斯萬對奧黛特的所有可怕負面想法盡數煙消雲散，而後聚焦於他眼前那副迷人的軀體。他突然恍惚，懷疑在這吊燈下，在奧黛特家度過的這一個小時，或許不是假造的一個小時，不是專為他假造（用以遮掩那件既駭人又誘人的事，也就是他不停思索、卻又無法清楚想像奧黛特真實生活中的一個小時，奧黛特在他不在時所過的一小時），包含舞台劇的道具，和一箱箱的水果，竟可能是奧黛特生活中確實存在的一個小時；要是他沒來，她也可能將同一張沙發推到福什維爾面前，為他倒上一杯一模一樣的橘子水，而不是某種莫名的橘子飲料；還有，奧黛特所在的世界也不是那令人害怕又超自然的另一個世界，那個他得費時在當中找到她的位置、而且或許只存在於他的想像中的世界，而是真實現世，沒有散發任何特別的愁緒，包含這張他即將能就著書寫的桌案，以及這杯他得以品嘗的飲料；他凝望這一切事物，滿懷好奇、讚嘆與感激，畢竟，若說這些物品吸收了他的癡夢，讓他得以從中解脫，相反地，它們卻也因而充實豐富，讓他看到明顯有感的實現可能，引他關心，在他目光所及之處具體成型，同時撫慰他的心靈。啊！倘若命運允許他與奧黛特共享一個住所，讓她家就是他家，讓他問僕人午餐吃什麼的時候，得到的回應會是奧黛特選好的菜式，讓奧黛特想在早晨去布洛涅森林大道散步時，身為好丈夫的他會扛起義務，儘管無意出門也陪她前往，她覺得太熱便替她拿脫下的大衣，或是晚餐後她想薄衣睡袍留在家中，而他被迫待在她身旁，做她想做的事，那麼，斯萬生活中所有看似無趣至極的瑣事小物，只因同時也屬於奧黛特過著的生活，即便最家常不過——如同承載那麼多夢想、體現那麼深欲望的這盞燈，這杯橘子水，這張扶手沙發——也將搖身變得柔情滿溢，款款神祕。

然而，他也疑心自己如此緬懷惋惜的是一份平靜，一份對他的愛情恐怕並無助益的寧靜氛圍。當奧黛特對他來說不再是一個永遠不在、令他掛懷、加以揣想的女人，當他對她的感覺不再是奏鳴曲樂句激發出的那股謎樣不安，而是憐愛與感激，當他們之間建立起正常關係，終結了他的瘋狂與哀傷，那麼，在他眼中，奧黛特生活裡那些行事想必就會顯得沒什麼意思——就像他以往多次臆想的那樣，例如透過信封讀她寫給福什維爾的信那天。他以那樣睿智的透徹眼光審視自己的痛苦，近乎將那痛苦接種在自己身上，加以研究；他告訴自己，待這苦病痊癒之後，奧黛特會做出什麼事，他都將不再在乎。但在病態之中，說真的，一如畏懼死亡，他也擔憂那樣的痊癒時刻，恐怕那其實是現在所有的一切之死。

度過那些安然無事的夜晚之後，斯萬平息了疑慮平息；他衷心讚美奧黛特，隔天一大早便請人將最漂亮的珠寶首飾往她家送，因為前一夜裡那種種善意激發出他的感激，或想見到它們再次上演的欲望，或許也激發出了一股需要宣洩的至極愛意。

但是，其他時候，痛苦再度纏繞，他想像奧黛特成了福什維爾的情婦，而且，在他未受邀的夏圖餐宴前一天，布洛涅森林中，那對男女就窩在維爾迪蘭家的藍道馬車裡[101]，看著他帶著那副連馬車夫都注意到的絕望神情，苦求奧黛特和他回巴黎不成，只得孤單又落寞地自行回家；在她將他指給福什維爾看，並說：「哎呀！你看看他氣成那樣！」之時，眼中應該也閃著那晶亮、狡黠、低垂又陰險的目光，就和將薩尼耶特趕出維爾迪蘭家時一模一樣。

於是斯萬開始討厭她。「只是，我也太笨了，」他心想，「竟然用自己的錢去替別人的快樂買單。再怎麼樣，她總也該注意點，別需索無度，畢竟我往後大可什麼都不給。總之，暫時先放棄多餘的好心吧！想想，不過就是昨天，她說想去拜魯特音樂節[102]，我還傻傻提議在那附近為我們倆租下一座巴伐利亞國王的漂亮城堡。此外，她也沒表現得有多高興，一直沒說好還是不好；偉大的上帝啊！但願她最後決定拒絕！連聽十五天的華格納，但身旁的她就像有顆蘋果擺在眼前的一條魚，根本興趣缺缺，這還真是令人愉快！」而他的恨，一如他的愛，需要展現，付諸行動，他自得其樂地將負面想像推演得更遠，因為，真多虧那些他算在奧黛特頭上的忘恩負義事蹟，他對她更討厭了，而倘若——他正試圖如此作想——那些都是真的，他可就有了懲罰她的機會，可將越燒越烈的滿腔怒火發洩在她身上。因此，他甚至猜想自己將會收到一封來信，她會在信中向他要錢，好拿去租下拜魯特附近那座城堡，但又告訴他他不能一起去，因為她已經承諾邀請福什維爾和維爾迪蘭夫婦同行。啊！他真希望她有這個膽量！那他會多麼開心！他可以斷然拒絕，編撰報復性的回應，他可以稱心如意地用詞選字，高聲說出，彷彿當真收到了那封信一般！

但那正是隔天發生的事。她寫信給他，說維爾迪蘭夫婦和他們的朋友對前往現場欣賞這些華格納作品興致勃勃，要是他願意把這筆錢寄給她，常受他們款待的她便終於有幸能回邀他們一次。至於他，她隻字未提，言下之意是有他們在，他就被排除在外。

於是，前一晚，他字字斟酌、但不敢冀望能派上用場，那語不驚人死不休的回應，他可以開心地叫人傳話給她。可嘆啊！他清楚感到，以她擁有的錢財，或者應該說她能輕易籌到的錢財，

101 一種四輪敞篷載人馬車，豪華的城市型馬車，車殼較低，行人可以看見車中的乘客，十八世紀在德國的藍道（Landau in Pflaz）發明，因而得名。

102 拜魯特音樂節（Bayreuther Festspiele），在德國拜魯特節日劇院所舉行的音樂節，專門演出華格納的歌劇作品，一般在每年的七月二十五日至八月二十八日間舉行。第一屆音樂節在一八七六年，演出的是《尼伯龍根的指環》。

既然她想這麼做，也夠她在拜魯特租屋了，這個連巴哈和克拉比頌[103]都分不清楚的女人。但無論如何，她在那兒可得省吃儉用些。手頭拮据時，不能過得像是他這次已寄給她幾張千元大鈔，不能每晚在城堡裡安排那些精緻宵夜，不能結束之後或許還一時興起——她至今可能還沒有過這種念頭——倒在福什維爾的懷裡。至少，這趟令人嫌惡的旅行出錢的不是他斯萬！——啊！要是能阻止她就好了！要是她能在出發前扭傷腳，要是該載她去車站的馬車夫同意把她送到某地軟禁一段時間就好了，付車夫多少錢都沒關係！有默契地對福什維爾一笑，眼波流轉，盈盈閃耀，這個忘恩負義的女人即是這四十八個小時以來斯萬眼中的奧黛特。

但這樣的她向來不會維持太久。過沒幾天，閃亮狡詐的眼神逐漸黯淡，褪去欺人的成分，那個對福什維爾說「你看看他氣成那樣！」令他深惡痛絕的奧黛特形象淡去，消失無蹤。於是，一點一滴地，另一個奧黛特的面孔重新顯現，散發溫和的光芒，同樣對福什維爾露出笑臉，卻是一抹對斯萬而言滿懷柔情的微笑，那時她說：「別待太久，因為那位先生，他想跟我共處的時候，不太喜歡我有其他訪客。啊！那個人呀！要是您像我一樣了解他就好了！」這副笑容，她也用來感謝斯萬細膩的體貼表現，給予極高評價，或答謝他，為了在她每每遇上嚴重事態、只相信他一人時，向她提供的建議。

於是，對這樣的奧黛特，他質問自己怎能寫下這麼一封侮辱人的信，一封想必她至今都不曾相信他竟寫得出的信，而且必然會使他從當初以善意和忠心贏得她的敬重而取得的，那高高在上、獨一無二的排名跌落。在她心目中，他將變得不再珍貴，畢竟她之所以愛他，正是為了那些她在福什維爾或任何人身上都找不到的優點。因為這些優點，奧黛特才會那麼常對他展現他在嫉妒時不屑一顧的親切，因為那並非渴望的記號，甚至證明她對於他，毋寧是喜愛，而非情愛；但隨著疑慮自動鬆懈，尤其在閱讀藝術書籍或與友人交談之類的消遣過後，他本能地卸下了防備，不再那麼執意要求雙方皆互相付出熱情。

如今，歷經這番搖擺後，奧黛特自然重回原點，回到斯萬因嫉妒而暫且推拒的那個位置，回到他覺得她迷人的角度，她在他心目中滿懷柔情，目光順從，顯得那麼漂亮，他情不自禁地湊上嘴，尋求她的雙唇，彷彿她就在面前，能讓他擁入懷中；他感激她那令人愉悅又善良的眼神，彷彿她確實流露出那樣的目光，而非只是他的想像為了滿足欲望所描繪出來。

他一定對她造成了不知何等的痛苦！當然，他確實找到諸多怨恨她的合理理由，但若非他那麼愛她，那一切都不足以令他心生此恨。他過去不也曾對別的女人深惡痛絕？然而今天的他願意為她們效勞，再無憤怒，因為他對她們已不再有愛。如果有一天他對奧黛特也同樣冷漠，他會明白，那純粹是他的妒意才讓他覺得在她那份渴望中有某種可憎、不可原諒的成分，然而那其實如此自然，出於一點孩子氣，還有某些善解人意的心思，既然眼前有個機會，她便渴望能輪到她向

103　克拉比頌（Louis Clapisson, 1808-1866），法國喜歌劇及通俗羅曼曲作曲家，著名的古樂器收藏家。

維爾迪蘭夫婦盡些禮數，充當一次女主人。

他回頭抱持這個觀點——與他的愛戀與嫉妒對立，而他出於某種理智上的持平，也為考量各種可能性，偶爾會設身處地抱持的觀點——試著重新評判奧黛特，當做自己並未愛上她，彷彿她對他來說也與別的女人無異，假設奧黛特的生活並未趁他一離開就變了個樣，背著他與別人暗通款曲，陰謀策劃，有損於他。

為什麼要相信她會在那兒跟福什維爾或其他人享受令人妒羨的樂趣，那種她在他身邊從未享受過、而且全由他的妒意捏造出的樂趣？無論在拜魯特還是巴黎，福什維爾要是會想到他，只會視他為一個在奧黛特生命中極具分量之人，一個當他們倆在她家遇上，福什維爾也不得不讓位的人。倘若福什維爾和她不顧斯萬反對，春風滿面地一起去了那裡，那恐怕也是斯萬自找的，因為他努力阻止卻仍枉然；然而，要是當初他就贊成她的計畫，況且那計畫倒也不無道理，那麼，她看起來會像是聽從他的意見才去的，感覺上像是被他派去，是他替她安排好了住所，那麼，接待以往那麼常招待她的那些人，她從中得到愉悅，要感激的人就會是斯萬。

而且——與其使她和他爭吵離開，連再見一面也不肯——他若是把這筆錢寄給她，鼓勵她進行這趟旅程，並替她打點一切，讓旅行愉快，那麼她會開開心心，充滿感激地飛奔而來，那麼他也就能與她見面，他已一個星期不曾品嘗如此喜悅，這是任何事都無法取代的。因為斯萬一旦得以無憂無慮地想像她的模樣，便又能看見她笑容中的善意，想將她從別人那兒奪過來的欲望便不再因嫉妒而混淆他的愛，這份愛尤其又化為一種品味，偏好奧黛特這個人帶給他的種種感受，以及如同欣賞一幕戲或探討一種現象那樣的樂趣：探究她何時抬起哪種眼神，某種笑容的形成，說話當中的某種語調。這份樂趣別具一格，最終在他心中生出一股對她的需求，唯有她現身或親筆書信才能紓解。這需求超脫利益，具有藝術性，違反常理，幾乎與標記斯萬人生新階段特色的另一種需求不相上下；如今接替先前那些年裡的枯燥與沮喪而來的，是一種性靈的過度飽滿，他卻無法進一步得知內心世界這出乎意料的充實感從何而來，好比一個體弱之人從某個時刻突然開始強壯、豐腴了起來，似乎朝徹底痊癒的方向邁進了好一段時間——這另一種需求也在現實世界之外發展，那就是必須聽到並聽出弦外之音。

因此，透過他病態不安的化學作用，在愛中萌生嫉妒之後，他對奧黛特復又心生溫柔與憐憫。她又變回了那個迷人、善良的奧黛特。他為自己曾經待她嚴苛而內疚。他希望她來到他身邊，在那之前，他想為她謀得一些樂趣，以便見到感激之情揉擰她的臉，擠捏出她的笑容。同時，奧黛特確信幾天之後一定會看到他過來，與以往一樣溫柔順從，向她求和，於是她養成了習慣，不再害怕惹他不快，甚至會故意激怒他，在日子過得舒坦的時候拒絕他最重視的幾項恩惠。

也許她不知道，兩人爭吵當下，當他告訴她不會寄錢給她，一心要刺傷她時，他對她其實是多麼真誠。也許她更不知道，在其他情況下，為了兩人關係的未來著想，就算不是對她，至少面對自己，他是多麼真誠；為了讓奧黛特知道他沒有她也能活下去，斷然分手的可能始終存在，他決定多拉長一段時間，刻意不去她家。

有時，數天過後，她沒給他帶來新煩惱，而且，既知隨後的拜訪絕不可能帶給她多大的喜悅，反而更可能換來些許悲傷，終止現有的平靜，他於是寫信給她，說他很忙，先前說好的那幾天都抽不出一天能去看她。然而，她的一封來信，與他寫的信正好錯身，偏偏就請他挪改一次約會時間。他猜想原因，懷疑及痛苦再度襲來。在當時那新一波激動不安的狀態下，他再也無法遵守先前相對冷靜時下定的決心，隨後每一天皆奔赴她家，非要見到她不可。就算她沒有主動先來信，而只是回信的一方，也足以令他再也受不了見不到她。因為，與斯萬的盤算相反，奧黛特的不謀而合徹底打亂了他的想法。正如那些擁有某件事物之人，為了知道要是暫時不再擁有那東西會如何，便把那事物從思慮中排除，其餘則維持它還在時的原狀。然而一件事物之缺不僅如此而已，那不單是某部分缺空，其他各個部分也會盡數受到動搖，是一種無法從舊有狀態預見的新情況。

不過在某些時候卻又相反——奧黛特正準備出發去旅行——某次小爭小吵之後，他選擇了一個藉口，決心在她回來之前不給她寫信，也不再見她，藉此營造兩人激烈不和的模樣，企圖從中得到好處；或許她會以為兩人真要分手了，總之此趟旅行無可避免會是最長的分離，他不過是讓那分離稍微提早開始而已。他已能想見奧黛特因為沒再得到他的來訪或來信而憂心忡忡，愁眉苦臉，而她那副模樣平息了他的妒意，讓他輕鬆擺脫了見她的習慣。想必，某些時刻，多虧甘心分離的三個漫長星期阻隔，他的決心抵擋住了奧黛特，精神氣力緊撐至極點，懷著愉悅的心情檢視奧黛特回來後就能再相見的想法：但這迫不及待的心情那麼微弱，令他不禁自問，難道不想將如此簡單的禁欲期延長一倍。不過才三天，這比以前常在見不到奧黛特的情況下度過的時日短得多，那時也不像現在這樣已經過一番深思熟慮。然而，他卻感到些微不順心，或身體不太舒坦——這促使他將現在視為一個特殊時刻，獨立於規則之外，此時此刻，智慧同意迎接愉悅帶來的撫慰，讓意志歇息，直到努力重新產生效用——暫停意志力的行動，停止施壓；或者，不需到這樣的地步，只是回想起他忘了問奧黛特的一項訊息，她是否已決定好想將馬車重新漆成什麼顏色，或者某一檔股票的價格，她想入手的是普通股還是特別股（讓她看到沒有她，他也活得好好的，這確實十分帥氣，但在此之後馬車要是尚待重漆或股票沒配股利，那他豈不就弄巧成拙了！）彷彿一條拉緊、但突然鬆開的橡皮筋，或是趁氣磊開蓋之際溢洩出來的空氣，再見她，這念頭原本被擋在遙遠之處，瞬間跳回了眼前當下，落進立即可能發生的範圍。

那念頭回來了，不再遭遇任何阻力，而且如此難以抵禦，必須與奧黛特持續分離的那十五天逐日逼近時，斯萬並沒有多麼難受，不比等上十分鐘、待他的車夫將馬車備妥，才能載他去她家來得煎熬。這十分鐘，他在陣陣焦急與狂喜中度過，為了能對她慷慨揮霍溫柔，這個再見到她的念頭在他腦中百轉千迴；這個意念，在他以為早已遠逝之際，如此突然地再度襲來，重新逼近，進入他最即時的意識。因這念頭再也不會遭遇立即反抗以阻撓它的欲望，自從證明了自己能輕易承受——至少他是這麼相信——斯萬便再也沒有這樣的欲望，他不再認為延遲一次分離的試驗有何不妥，因為現在他很確定，只要真的想嘗試，他便會直接執行。同時也因為再跟她見面這個念頭大張旗鼓地回歸，在他看來倒像是一樁新鮮事，一種誘惑，帶有毒性，這一切雖已被習慣鈍化，卻在剝奪受限中重新得到淬煉，而被剝奪的不是三天，而是十五天（畢竟，為防範未然，這棄守的天數應如實計算），而且從此前本可算是令人期待、卻又可輕易犧牲的樂趣中生出一份意外的幸福，令人無力對抗。總之，由於斯萬對奧黛特見他音信全無可能會如何作想、如何反應皆一無所知，見她之念重新歸來時又已被美化，他因而將發現一個令人振奮的新大陸：一個幾乎完全陌生的奧黛特。

然而，如同當初認為斯萬拒絕金援只是裝模作樣，她在他就馬車重新上漆或股價所提出的詢問中只看見藉口。因為她並沒有逐一就各個階段推想他經歷的重重危機，而且，依她自己的看法，不去理解其機制，只相信她提前得知之事，相信那個必然、必來、而且永遠相同的結局。依斯萬的角度評判，奧黛特的看法並不完整——但或許也因而更深入——想必他覺得自己不被奧黛特瞭解，就像一個嗎啡成癮者或結核病患，這兩種人皆深信自己的改善被打斷，一個是因為就快要根除那根深柢固的頑習之際遭遇到外來事件，另一則是因為最後身體即將痊癒時卻又突感不適，他們覺得自己不被醫生瞭解，醫生不像他們那樣看重這些所謂的偶然，依他之見，那都只是各種偽裝，披著墮落及病態的外衣，重新讓病人自知還有病。事實上，墮落與病痛何曾稍停，那始終壓迫著患者，無法可解；然而病人哄騙自己，做著自律或痊癒的夢。因此，斯萬的愛達到了這樣的程度：醫生，就某些疾病而論，甚且是最有膽識的外科醫師，也會自忖，去除一位病人的墮落或切去他的病根是否依然明智，甚至是否依然可行。

當然，斯萬沒有直接意識到這份愛的廣闊。當他試著量測時，偶爾會覺得那似乎有所縮減，縮減到幾近烏有。比方說，興味的乏善可陳，幾乎有如在愛上奧黛特以前，她那些誇張表情，了無生氣的膚色，讓他產生的嫌惡感，在某些日子再度湧上心頭。「說實話，還是有些微妙的進步，」他隔天對自己說，「仔細看清楚後，我昨晚在她床上幾乎感受不到絲毫愉悅，真奇怪，我甚至覺得她好醜。」當然，他是實話實說，然而他的愛遠遠延伸到了肉體慾望之外的領域。在那當中，奧黛特這個人已不再占有多大地位。當他的目光觸及案前奧黛特的照片，或是當她過來見他時，他幾乎無法將那血肉之軀或相紙上的身形等同於常駐自己心中那個痛苦、又揮之不去的煩惱。他吃驚地對自己說：「是她！」彷彿有人突然取出我們體內的某種病灶，攤現在我們面前，但我們覺得那並不像是我們承受的苦痛。「她？」他試問自己那是什麼；因為那像愛、像死，而非世人說了又說、如此空洞的事物，讓我們更深入探詢其神祕性格，就怕摸不著其真實面貌。而斯萬之愛這種病變得如此多樣，與斯萬所有的習性，所有的行徑，思想，健康，睡眠，生活，甚至他所渴望的死後景況，如此緊密糾纏，與他如此融為一體，要從他身上根除此病，不可能不將他幾乎破壞殆盡：一如外科用語，他的愛已非手術能治療。

由於這樁愛情，斯萬已和所有興趣嚴重脫節，以至於在偶然機緣下重返上流社交圈時，他暗自忖度，心想這些交遊關係就像奧黛特大概也不懂得精確評估出價值的一只寶石鑲座，能稍微提升他在她眼中的價值（其實這本來倒也是真的，若非那些關係因這樁愛情而被貶低；對奧黛特而言，凡是觸及這樁愛情的事物皆身價大跌，因為那似乎明示了這一切並不珍貴），除了周遭盡是她不認識的人，他在現場因而有些悶悶不樂之外，他在上流圈中還感受到超然的樂趣，就像他能從一本小說或一幅描繪悠閒階級消遣娛樂的畫作中領略到的；就像他在自家喜歡思考居家生活的運作，他優雅的衣帽服飾及優雅的家僕，妥當的證券投資；就像閱讀聖西蒙這位他最喜歡的作家之一；讀凡爾賽宮的日常行事機制、德．曼特農夫人[104]的餐宴菜單，或是盧利[105]斤斤計較的貪吝與奢豪。只是，這超脫並不徹底，斯萬品嘗著的這份新樂趣，其存在價值是為了暫時移情，轉移到在他自我之中，愛與悲仍然陌生未識的稀罕角落。論及此事，我的姑婆慣以「小斯萬」一語來形容的人格特質，正是現在他自己最喜歡的那種，只是那卻與他身為夏爾勒．斯萬最獨特的人格明顯有別。有一天，為了帕爾瑪親王夫人的生日（她常能間接令奧黛特高興，因為他能透過她拿到觀賞盛會演出或周年慶典的席位），他想送點水果過去，但不太知道怎麼訂購，於是拜託母親的一位表姊妹代勞；那位長輩很高興能為他辦件事，便寫信給他，告訴他那些水果並非購自同一個地方，葡萄來自克拉珀特的舖子，是這家的特產；草莓來自裘雷家，梨子則來自舍維家，比別處的漂亮云云[106]，「每樣水果都經我親自一個個挑選檢查」。的確，他從親王夫人的感謝函判斷得出草莓的香甜與梨子的熟軟。但那句「每樣水果都經我親自一個個挑選檢查」尤其撫慰了他的苦惱，將他的意識帶進一個他鮮少探訪的區域，儘管那本專屬於他，是他以一個富有、善良的布爾喬亞家族繼承人身分所擁有，代代相傳，熟知各種「體面名店」，身懷妥善採辦的技藝。

的確，太久了，他早已忘記自己是「小斯萬」，所以，在暫時變回那個身分時，他感受到的是比平常其他時候更刺激的樂趣，而平時那些樂趣他已厭倦。在布爾喬亞眼中，他依然是那個「小斯萬」；若說他們表現出的親切殷勤不如貴族那麼強烈（但倒是令人更為開心，因為他們的殷勤當中至少從不缺乏敬重），就算親王殿下來函向他提議參加王公貴族的娛樂，卻也無法如他父執輩老友家中舉辦婚禮，寫信請他來當證婚人，或是單純邀他觀禮那般令他喜悅。他父母親的友人當中有幾位和他依然保有聯繫，繼續見面——像是我的外公，在那前一年，便曾邀他來參加我母親的婚禮——其他幾位長輩對他雖然認識不深，但無不認為對於好友的兒子，這已逝的老斯萬名正言順的繼承人，理應以禮相待。

104　德．曼特農夫人（Marquise de Maintenon, 1638-1719）路易十四的第二任妻子。

105　盧利（Jean-Baptiste Lully, 1632-1687），法國巴洛克作曲家，路易十四的宮廷樂官。盧利開創了法國歌劇，發展了大經文歌和法國序曲，對當時的歐洲音樂產生巨大影響。

106　Louis Crapote、Jauret、Chevet 這三家商鋪是十九世紀巴黎大戶人家公認最雅緻高級的店家。

但是，由於他與上流社交圈的朋友已培養出親密的舊交情，某種程度上，他們也已是他的族人、僕人和家人之屬。認真考量這些體面的友誼，他感受到那種無需費心便能得到的支持，那種輕鬆舒適，一如凝視得自家族繼承的良田沃地，華美銀器，漂亮桌巾的感受。倘若他在家中痼疾突發，貼身僕人連忙去找的自然會是沙特爾公爵[107]，羅伊斯親王[108]，盧森堡公爵[109]，夏呂斯男爵等人，這個想法令他寬慰安心，好比我們家的老法蘭索瓦絲得知她下葬時能以專屬於她的細緻布巾裹身，而那布巾會繡有她的姓名字首，完好，未經縫補（或者補得極為精細，這反而更令人對縫補女工的手藝敬佩有加），那樣一條裹屍布的意象常令她得到某種滿足感，或許稱不上享逸有福，但至少對得起自己。不過，問題在於，由於斯萬在涉及奧黛特的所有行動與思考中，總是被自己不願承認的感覺左右和宰制，覺得比起隨便什麼人，比起維爾迪蘭家最無趣的信徒，他對她而言或許還算珍貴，但真正見起面來卻沒那麼愉快，而他的社交圈則是視他為卓越超群之人，費盡心思要吸引他注意，沒能與他照面便深感遺憾，於是他復又相信有一種比較快樂的人生存在，對那種生活幾乎心動，如同一個臥床數月、節制飲食的病人，瞥見了報上一份官方午餐的菜單或是西西里島巡航之旅的廣告。

若說斯萬得找藉口不去拜訪上流社交圈的朋友，那麼他拚命向奧黛特抱歉請求原諒則是為了多去造訪。此外，每次造訪都要花錢（但每到月底，只因為他稍微消耗了她的耐性，又經常去找她，便思忖寄四千法郎給她是否足夠），還得編造理由，物色一樣禮物，打探一則她需要的資訊，還要打點正要去她家、並堅持要載他一程的夏呂斯先生。若什麼也找不到，他便請夏呂斯先生快去她家，並要在交談中裝作自發性地告訴她，說他突然想起自己有話要告訴斯萬，請她好心立刻邀他過來；只是斯萬通常是白白地癡等，夏呂斯先生當晚會告訴他那方法不奏效。所以，現在她經常不現身，即使在巴黎，明明人就在城裡，也甚少見他；同樣是這個她，在對他仍有愛時卻總是說：「我一直有空。」「別人的想法關我什麼事？」而今斯萬每次想見她，她便要顧慮適當與否，或藉口稱說忙碌。當他提及會去參加一場慈善晚會、開幕儀式或戲劇首演，那場合她也會在，她便說他這是刻意要張揚兩人的關係，說他把她當成了妓女。甚至，為了盡量別淪落到處處皆不能與她會面，又知道她認識我的叔公阿道爾夫，十分交好，而斯萬自己也是叔公的朋友，於是有一天他到叔公位於貝勒夏斯街的小公寓去見他，央請他運用他對奧黛特的影響力。由於她在向斯萬提起我叔公時總是泛起一副詩意的表情，說：「啊！他呀，他可不像你。他對我的友誼是那麼美好，那麼高尚，那麼可喜！他不會那麼不尊重我，想在所有公開場合跟我一起露面。」

107　沙特爾公爵（Duc de Chartres, 1840-1910），法國王儲斐迪南．菲利普（Ferdinand Philippe d'Orléans, 1810-1842，亦即奧爾良公爵）的次子，與前文的巴黎伯爵為兄弟。

108　羅伊斯親王（Prince de Reuss, 1846-1902）。羅伊斯親王國是神聖羅馬帝國傳承下來的一個族系，位於德國北部圖林根地區，分為羅伊斯長系及羅伊斯幼系，一九一八年後隨德意志帝國覆亡。

109　可能是指〈斯萬之愛〉背景時期，在一八九〇年到一九〇五年間的盧森堡大公 Adolphe de Nassau。

斯萬一時尷尬，不知在對我叔公談起她時，該用什麼語氣壯大自己的聲勢。他先是強調奧黛特先天的優異，陳述她超乎常人、有如天使這項公理，揭示她無法言喻的美德，而這種觀念無法從經驗取得。「我想跟您談談。您曉得奧黛特在所有女人當中是多麼出類拔萃，多麼可愛，多像是天使。但您也清楚巴黎的生活是怎麼回事。不是所有人都跟您和我一樣透徹了解奧黛特。於是有些人覺得我在扮演一個有點可笑的角色；上劇院時，她甚至不許我跟她在劇院外會面。她對您這麼信任，您能否為我在她面前說幾句好話，請她放心，對於我的招呼對她可能造成的損害，她想得太嚴重了。」

我叔公建議斯萬稍微維持現狀，別跟奧黛特見面，日後她只有更愛他的份；然後建議奧黛特就讓斯萬在任何他屬意的地方和她碰面。幾天後，奧黛特告訴斯萬，她對我叔公很失望，他就跟所有男人沒兩樣，竟試圖強暴她。斯萬立刻想去向我叔公下戰帖，奧黛特安撫了他；但他日後再遇見我叔公時，拒絕跟他握手。與我叔公阿道爾夫不和令他尤其遺憾，先前他之所以偶爾與我叔公見面，並能完全信任、毫無保留地和他閒談，是希望能從他那兒釐清一些有關奧黛特過去在尼斯生活的傳言。阿道爾夫叔公一向會在那兒過冬。斯萬認為，他可能就是在當地認識奧黛特的。他面前的某人不小心透露出某個男人可能曾與奧黛特有過一段情，就那麼寥寥幾句，即令斯萬的內心天翻地覆。那些事，在得知以前，應是他最害怕了解、也最不可能相信的，一旦得知，便永遠與他的悲傷融為一體；他承認這些事實，再也無法理解事情怎可能不是那樣。只是每件事都在他對情人的看法上留下了不可抹滅的修正痕跡。有一次，他甚至相信自己已經了悟，奧黛特輕浮的習性，以往他從沒想過，實則是眾所皆知之事，在巴登－巴登和尼斯這兩座她過去常會待上數個月的城裡，她早已享有某種艷名。斯萬試圖接近某些尋歡客，以便探詢，但又顧慮他們知道他認識奧黛特，再說，他也怕此舉會令他們又想起奧黛特，繼而開始追尋她的芳蹤。此前沒有任何事能像探聽巴登－巴登或尼斯那多采多姿的生活那樣讓他覺得如此枯燥乏味，知道奧黛特也許曾在這些享樂之城裡赴宴狂歡，他卻大抵永遠無法得知，那究竟只是為了滿足現在多虧有了他、她才不再煩惱的金錢需求，抑或是因為她有可能再次發作的放縱任性；現在，他帶著無能為力、盲目又暈頭轉向的焦慮，傾身俯向無底深淵，他在總統七年任期[110]的前幾年即被吞沒其中；那些年裡，人們在尼斯的英國人散步道上過冬，在巴登－巴登的椴樹下度夏，他覺得那些年有某種痛苦、但又輝煌的深度，宛如一位詩人所能賦予的深度；而傳聞若是有助他了解奧黛特的笑容或眼神中——如此誠懇，又如此單純——的某種含義，他會先重建當時蔚藍海岸地區的種種流言蜚語，投入其中的熱情會更勝查詢十五世紀佛羅倫斯留存的文獻，試圖更深入波提切利的春神、美麗的凡娜[111]以及維納斯等畫作人物靈魂的美學家。他經常凝視她，默默無語，逕自出神；她對

110 一八七三年，馬克馬洪（見前冊注20）當選法國第三共和總統，當年通過法案，將總統任期延至七年。

111 凡娜是指波提切利畫作《維納斯與恩典諸女神向少女獻禮 Vénus et les Grâces offrant des présents à une jeune fille》中的一名年輕女子，此畫現藏於羅浮宮。

他說：「你看起來好悲傷！」沒多久之前，在他的想法中，她從一個堪稱他認識的女性當中最善良的女子，成了被人包養的女人；相反地，從那時起，他也曾從尋歡客和勾引女人的情聖們也許再熟悉不過的那個奧黛特．德．克雷西身上，再度見到那張偶爾流露出極其溫柔表情的臉，重溫她那樣有情的天性。他心想：「在尼斯，奧黛特．德．克雷西人盡皆知又怎樣？那些流傳的聲名就算是真的，也全是別人的看法。」斯萬心想，這則謠傳——即便真實無誤——也是外界冠在奧黛特身上，而非她本有的某種頑劣、害人的性格；他又想，這個曾經誤入歧途的女子實則慈眉善目，會對他人的苦痛滿懷悲憫，而她那順從的身軀他曾摟過、抱過、撫弄過，是個有朝一日若是他能讓自己對她而言不可或缺，便能全面占有的女人。她就在那兒，往往已經倦累，折磨斯萬的未知事物帶來的急躁又喜悅的煩憂暫時從她臉上一掃而空。她撥開頭髮，額頭及臉孔因而更顯寬闊，於是，某種純粹發自人性的想法，某種善意，如同在休憩或內省時刻，沉潛自處之人心中都存有的善意，突然間皆從她眼中迸發而出，彷彿一道燦黃光芒。她整張臉頓時容光煥發，宛如一片原本籠罩在厚雲下的灰暗鄉野，在夕陽西沉之際，雲層忽散，瞬間脫胎換骨。彼時彼刻，奧黛特心之所向的人生，她看似如夢般嚮往的那個未來，斯萬似乎能與她共享，似乎並無不利的波瀾興起，未留餘波盪漾。那樣的時刻變得如此珍稀，但並非全然無用。斯萬藉著回憶重新連結起這些片段，消除其中間隔，如用黃金澆鑄，打造出一個善良且嫻靜的奧黛特，後來（詳見本套作品後半部[112]），為了她，他做出各種犧牲，若換成另一個奧黛特便享用不到。但那樣的時刻多麼罕見，現在他又那麼難見到她！就連他們夜裡的約會，她也是拖到最後一分鐘才告訴他能否相見，因為她覺得反正他隨時都有空，所以她想先確認沒有其他人要過來。她稱說被迫得等一位對她而言最重要的人回應，而且，即使她都讓斯萬過來了，屬於兩人的夜晚也已開始，這時忽然有朋友邀奧黛特前去劇院會合，或是共進宵夜，她也會興高采烈地一躍而起，急忙更衣。眼見她逐漸打扮妥當，每個動作都逼斯萬更接近該告別她的時刻，那個她情不自禁想脫逃出走的時刻；她終於穿戴完畢，視線最後再一次深深投入鏡中，目光因專注而炯炯有神。她往唇上添了些許口紅，夾好額前的一綹髮絲，差人取來她那件綴著金色流蘇穗的天藍色晚宴大衣。斯萬的神色如此悲傷，她忍不住不耐煩地擺擺手說：「我留你待到最後一分鐘，而這就是你答謝我的方式。我還以為自己心腸真好呢！也好，下回我就知道了！」偶爾，斯萬冒著觸怒她的風險，擅自打聽奧黛特去了哪裡，他還妄想與福什維爾結盟，或許能從他那兒探得消息。此外，知道她和誰共度夜晚之後，他總能從自己的人脈當中，找到某個人認識、即便只是間接認識和她約會的那個男人，而且輕易得到種種情報。當他寫信給某個朋友，請他幫忙釐清某個細節時，他不必再提問那些得不到答案的問題，查問的疲累已轉嫁給了別人，斯萬如釋重負。的確，儘管握有某些情報，斯萬依然毫無進展。光是知道，也未必就能阻止，但我們至少掌握了已知之事，即便不是掌握在手裡，至少也

112　此為普魯斯特自己在原作品當中的加注。

是在想法裡，能在思緒中隨心所欲安排，這令我們產生錯覺，以為自己擁有某種能夠掌控它的能力。每當得知和奧黛特在一起的是德．夏呂斯先生，他便十分高興。斯萬知道，德．夏呂斯先生和奧黛特之間不可能發生什麼，德．夏呂斯先生會跟她出去，都是看在對他的友誼情分上，而且還會把奧黛特做了什麼一一詳敘給他聽，毫不為難。有幾次，她斬釘截鐵地對斯萬宣告，某天晚上她絕對無法和他見面，看似對那晚的出遊如此重視，所以斯萬真的認為德．夏呂斯先生有空去陪她是一件相當重要的事情。隔天，他不敢對德．夏呂斯先生多做提問，便故意煩他，假裝聽不懂他一開始所給的答案，非要他提供最新狀況不可，而每聽到一則新動態，他便釋懷一些，因為他很快就知道，奧黛特是以最純良的娛樂填滿夜晚。「怎麼回事，親愛的梅梅[113]，我不太懂……你們在出了她家之後沒先去格雷萬蠟像館[114]，而是去了別的地方？不是這樣？噢！可真有意思！您不曉得您把我逗得多開心，親愛的梅梅。但她怎麼會想到接著去黑貓夜總會[115]這美妙的點子？這的確是她會出的主意……不是這樣？是您的提議？這可怪了。總之，這點子不錯，那兒應該有很多她認識的人吧？不是這樣？她沒跟任何人說話？這可真不尋常！所以只有你們倆待在那裡？我彷彿從這裡就能想見那畫面。您心地真好，親愛的梅梅，我愛您。」斯萬覺得放下了心中的大石。他曾和不相干的人閒聊，沒怎麼用心聽人家說，偶爾卻有幾句話飄進了他耳裡（比方：「我昨天看見德．克雷西夫人跟一位我不認識的先生在一起。」），那些話立即刺進斯萬心裡，凝固、硬化、深深嵌入，撕裂了他的心，再也挪不走；相反地，另一些話語則溫和動聽：「她誰都不認識，沒跟任何人說話！」這些字句多麼容易入耳，流暢，輕鬆，讓人得以透一口氣！然而，過了一會兒，他心想，奧黛特大概是對他的無趣相當厭煩，才會寧可選擇那些樂趣，捨棄他的陪伴。雖說她讓他放了心，但那些娛樂之無聊卻也令他難受，宛如遭到背叛。

甚至在無法得知她去了哪裡的時候，他若要平息當下的焦慮，僅需奧黛特在場；待在她身旁的甜蜜感受是唯一的特效藥（一種多次治療、長期服用後反而會加重病情的特效藥，但至少能暫時緩解痛苦），若是奧黛特同意，只要他能在她出門時留在她家，癡癡等她歸來便已足夠，那寬慰的時刻將能形成混淆，與先前因為某種魔法、某種邪惡的咒語，他相信格外特別的那些時刻混為一體。可是她不答應，他只好返回自己家，路上勉強自己構思種種計畫，不再對奧黛特念念不忘；他甚至曾在更衣時反覆思考，生出一些頗為愉悅的想法，他滿懷希望，打算隔天就去欣賞一件藝術傑作，上床關燈就寢。但是，一準備入睡，停下早已成了習慣、就連自己都沒意識到的自尋煩惱，就在一陣冷顫的同時，他不禁哽咽。他甚至不想知道原因，他擦乾眼淚，笑著對自己說：「這可真迷人，我竟成了個神經病。」而後便無法不心灰意冷地想到，隔天又得重新開始四處打聽奧黛特做了什麼，為了試圖見她一面，而把各方有力人士牽扯進來。此舉永無止息、一成

113 Mémé，親密的朋友們對夏呂斯男爵的暱稱，來自其本名帕拉梅德．德．蓋爾芒特（Palamède de Guermantes）。

114 格雷萬蠟像館（Musée Grévin），創立於一八八二年，位於巴黎第九區的蠟像館。

115 黑貓夜總會（Le Chat Noir），一八八一年創立，位於蒙馬特，是許多藝術家，音樂家，交際花，上流人士經常光顧的表演場所。

不變、又毫無成果的必要，對他而言是殘酷的，以至於某天他發現自己小腹隆起，竟然由衷欣喜，心想或許長了顆致命腫瘤，以後再也不必瞎操忙了，他將由病痛主宰，任其玩弄，直至人生盡頭近在眼前。若說在那時期，他嘴上雖然不說，但確實常常渴望死去，那倒也不是為了逃避那痛苦難當，而是因為能做的努力太單調。

他本想好好活著，直到有朝一日不再愛她，屆時，她將沒有理由對他撒謊，他終於能從她口中得知，在他去找她的那一日午後，她究竟有沒有和福什維爾上床。常有那麼幾天，疑心她愛著別人，使得他不再自問關於福什維爾的問題，幾乎漠不關心，就像痼疾的各種發作新模式，似乎讓我們暫且自先前的病情中解脫。有些日子，他甚至完全不受疑心病折磨，以為自己痊癒了。然而隔天睡醒後，他感覺到同樣的地方泛著同樣的疼，那是前一天白日他已在不同印象的激流中將之沖淡的苦痛。然而疼痛的部位並無變動。喚醒斯萬的甚至就是這一陣劇痛。

這些如此重要、他每天縈繞心頭的事情（即使他已有豐富經歷，不難知道那其中永遠除了享樂還是享樂），由於奧黛特不給他絲毫相關訊息，他無法持續多做想像，腦子一直空轉；於是，他伸出手指，像擦拭他的鏡片那樣揉揉疲憊的雙眼，全面停止思考。然而，在這片茫茫未知中殘留著部分牽掛，時不時再現，透過她，隱約牽扯到某種對遠親或昔日友人的道義，因為唯獨那些人，她常向他提起，說是他們妨礙了她與他見面，而在斯萬看來，他們構成了奧黛特生活中固定、且必要的班底。她偶爾會對他說「那一天，我跟閨蜜要去賽馬場[116]。」基於她當時說這話的語氣，加上他因身體不適因而心想：「也許奧黛特會願意來我家。」倘若他猛然想起這天恰巧就是那一天，便會告訴自己：「啊！不用了，不必請她過來，我早該想到，她今天要和閨蜜去賽馬場劇院。我還是把力氣保留給可能的事情吧，何必耗神去提議一件不會被接受、甚至會提前被拒絕的事。」而且這促使奧黛特去賽馬場劇院、斯萬只得如此低頭認可的義務，在他看來不只無可避免，當中承載的必要性似乎還讓多少與他有關的一切變得合情合理。要是奧黛特走在街上接受了一名路人的招呼致意，因而引發斯萬嫉妒，她在回答他的提問時，總把那陌生人的存在與兩、三項她常向他提及的重大義務之一綁在一起；比如她會說：「那位是在我閨蜜包廂裡的一位先生，就是和我一起去賽馬場劇院的那個閨中蜜友。」如此解釋平息了斯萬的疑心，他確實覺得那位女性好友除了奧黛特之外也會邀別人進到她的包廂，這倒也在所難免；不過，斯萬從來沒試圖或成功地想像出那些賓客的模樣。啊！他多希望認識那位去賽馬場劇院的女性友人啊，多希望她能帶他和奧黛特一起去！他多想用自己的所有人脈去換取任何一個常和奧黛特見面的人，哪怕是美甲師或女店員都好。他願意為她們效力，比為皇后效力還賣命。她們掌握了奧黛特的種種生活作息，那不正是一種能有效緩解他痛苦的解方？他會多麼欣喜地奔往奧黛特維持如此來往的平凡

116 賽馬場（L’Hippodrome），昔日巴黎著名的露天表演場地，一八四五年設於星形廣場（今日的戴高樂廣場），歷經幾度搬遷，直至一九〇〇年萬國博覽會後定址於蒙馬特。擁有極寬廣的表演廳，可進行室內或半露天演出。一九一一年後改為電影院，一九七三年拆除。

小女子家中度過整天，她們的關係有時是源於利益考量，有時真的單純。他會多麼願意選擇奧黛特不肯帶他去的那棟髒亂、卻令他羨慕的屋子的六樓做為自宅，倘若他已與那位歇業的裁縫姑娘住在那裡，他會故意假裝自己是那女孩的戀人，這麼一來幾乎天天都能迎接奧黛特來訪。在那些堪稱平民區的地段，生存是多麼簡樸、卑賤，但又多麼溫暖，充盈著祥和與幸福，要他在那兒生活到天荒地老，他也會答應。

又有幾次，和斯萬會面時，她看見有個斯萬不認識的人朝她走來；斯萬這時注意到奧黛特臉上流露出當初他去找她、而福什維爾剛好在她家中那時也有的哀愁。但那是個罕見的情況，因為，如今在她不顧諸事繁忙，拋卻上流社會的目光，仍與斯萬相見的日子裡，她的態度多是泰然自若；相較於兩人結識初期，在他身邊，甚或遠不在他身邊時的緊張憂懼，如今這是極大的對比，也許正是一種下意識的反撲或自然的反應。當初，在給他的信裡，她是這麼起頭：「我親愛的朋友，我的手顫抖得如此劇烈，幾乎無法下筆」（至少她還裝一裝，這股激動當中應該仍有些許真誠，她才會有意繼續假裝下去）。斯萬彼時還能取悅她。人永遠只會為自己、為自己喜愛的人而顫抖。當我們的幸福不再掌握於他們手中，那麼待在他們身旁能享受到何等的安祥、自在與果敢啊！如今和他說話、寫信時，奧黛特已不再編造字句讓自己幻想相信斯萬屬於她，她不再藉那些話語營造機會，在和他有關的事情上說「我的」，「屬於我的」，「您是我的財產，是我倆友情的芬芳，我要將之留存。」她不再藉機和他談及未來，甚至談及死亡，彷彿他們倆生死與共。彼時，無論他說什麼，她總是滿心讚嘆地回說：「您呀，您永遠和所有人不一樣。」她注視他微禿、瘦長的頭臉，了解斯萬成就的人對此是這麼想的：「真要說起來，他的長相不是人人都說帥，但堪稱風雅：看看那攏高的髮型，那單眼鏡片，那笑容！」比起渴望成為他的情婦，奧黛特或許更是好奇想了解這個人。彼時她常說：

「我要是能知道這腦袋裡裝了些什麼就好了！」

現在，無論斯萬說什麼，她都用一種時而惱怒、時而寬容的語氣回應：

「啊！所以你永遠不會和大家一樣！」

她看著這顆因為煩憂而稍稍衰老了些的腦袋（但現在，如同讀完節目單後即發現一首交響樂曲的主旨，以及看出某人是誰家的孩子，只因與其父母是舊識，多虧這樣的才華，所有人都這麼想：「說起來，他也不是真的很醜，但就是滑稽可笑；看看那單眼鏡片，那攏高的髮型，那笑容！」同時在猜測的想像中劃出一條無形的界線，不過才相隔幾個月，就已清楚劃分一顆戀人的腦袋和一顆戴綠帽的腦袋），她說：

「啊！要是我能改變這顆腦袋，把裡邊的東西變得肯講講道理該多好！」

但凡奧黛特對他的態度稍有可疑之處，他總還是決定相信自己想信的；他立即抓住那句話，熱切回應。

「如果妳真想要，可以這麼做。」他對她說。

於是他試著讓她知道，撫慰他，指使他，叫他做事，皆可是高貴正當的任務，別的女人可是個個求之不得，但在她們手中，確實得補充一句，在他看來，這高貴的任務會成為一種魯莽而且無可忍受的僭越，侵奪了他的自由。他心想，「若不是她對我仍有愛意，就不會想改變我。為了改變我，她得更常和我見面。」因此，他在她對他的責怪中，宛如利害關係的證據，找到了一種或許是愛的證明；事實上，她現在也罕於責怪了，斯萬只得把她禁止他做的種種事情視為那樣的證明。有一天，她直言不喜歡他的馬車夫，說那車夫可能在挑唆他，要讓他看她不順眼，總之，這車夫對他的態度並不如她希望的那般守時謙恭。她感覺得出斯萬渴望聽到她說「來我家時別再派他駕車」，彷彿想要一個吻那樣地渴望。她心情不錯，於是就這麼對他說了；他的心境頓時柔和起來。晚上，他與德．夏呂斯先生閒聊，斯萬和他可以公然甜蜜地談論奧黛特（因為無論他說什麼，就算談話對象不認識她，或多或少總也會牽扯到這個女人），他說：

「但我相信她是愛我的；她待我那麼好，對於我做的事，絕對不會漠然無感。」

倘若在去她家時，他的車上順道載了一個半途會下車的朋友，而那人對他說：

「怎麼，駕駛座上的不是羅雷丹[117]？」

斯萬回應他時是懷著多麼哀傷的喜悅：

「唉！可不是嗎。以後再告訴你，我去拉．佩魯斯街時不能派羅雷丹駕車。奧黛特不喜歡我用羅雷丹，她覺得他對我態度不敬。你還能怎麼辦呢？女人嘛，你也知道！我知道這恐怕會惹得她很不高興。是啊！要是真派雷米來，可就又有我好看的了！」

奧黛特如今用這些冷漠、心不在焉、令人惱火的新招數對待斯萬，他當然痛苦，然而他不知道自己在受苦，因為奧黛特的手法是循序漸進逐日對他漸漸冷感，斯萬只有拿如今的她與最初的她比較一番，才探測得出這之間俱已成型的變化有多深。這轉變即是深層而隱祕的傷口，令他日夜難安，一旦感覺思緒稍微有點太朝她貼近，他便猛然轉念，以免過於痛苦。他籠統地告訴自己：「奧黛特曾經更愛我。」但他永遠沒再見到那樣的時光重現。一如他書房裡有一座他設法不去多看的矮櫃，進出門時總特意繞開，因為其中一個抽屜裡鎖著他初次送她回家那晚她送給他的菊花，還有幾封信，信中她寫道：「若是您把心也忘在這兒了，我可不會讓您來拿回去。」還有「無論白天還是晚上的幾點鐘，只要您需要我，給我個訊息，就支配我的生活吧！」一如他心中有塊地方，永遠不讓性靈接近，若需繞開就順著理智思考繞開，以免正面經過：那是往昔快樂時日的記憶存活之處。

然而他的重重小心，謹慎防範，某天晚上在上流社交圈潰了堤。

那晚去的是聖厄維爾特侯爵夫人家，是當年她所舉辦的最後一場晚會。她在聚會上請賓客聆聽幾位藝術家的演奏，他們日後會為她的慈善音樂會效力。先前幾場斯萬本想場場都參加，但無

117 羅雷丹（Lorédan），也就是雷米。因為斯萬認為他五官神似羅雷丹總督（見注28），故有時會以此名另稱雷米。

法下定決心，正當他穿衣打扮準備前往這一場晚宴時，德．夏呂斯男爵來訪，提議陪他一起到侯爵夫人家，認為自己的陪伴能助斯萬稍微不至於那麼無聊，在那兒也比較不會難過。但斯萬卻回應他：

「我十分樂意與您同行，這一點您毋庸置疑。但您能為我提供的最大樂趣，是去和奧黛特見面。您也清楚您對她有多麼好的影響。我想，她今晚在去以往慣用的那位裁縫姑娘家之前都不會出門；而且，您若是能陪她去那地方，她一定會很高興。請您盡量排遣她的煩惱，也給她講點道理。您能否安排一件能討她歡心，而且我們三個人明天也能一起做的事？也請您為這個夏天做個規劃，不知她是否有很想做的事？比方說，我們三個一起搭船旅行？至於今晚，我想我是見不到她了；要是她現在想見我，或是您找到了解決之道，只要派人給我捎個信，要是午夜之前就送去聖厄維爾特侯爵夫人家，午夜過後就送來我家。感謝您為我所做的一切，您知道我有多愛您。」

男爵承諾，在駕車送他到聖厄維爾特宅邸大門口後，就去進行他希望的拜訪。抵達時，想到德．夏呂斯先生晚上會去拉．佩魯斯街，斯萬便恢復了平靜的心情，卻也陷入一種對所有與奧黛特無關之事漠不關心的淡淡哀愁，尤其是上流圈相關的事物；因為這份淡漠，那些事物不再是我們意志所向，故而得以顯現其本來面貌，因此增添了一股魅力。從他步下馬車起，首先映入眼簾的是這個家族的女主人們號稱在節慶的日子為賓客搬演的一齣家僕日常縮影，力求在服裝和布景上的真實感。斯萬興味盎然地看著巴爾扎克筆下「虎兒小廝」[118]的後繼們跑腿聽差，陪同散步的常務跟班穿靴戴帽待在宅邸正門外，或立在行車大道的泥地上，或站在馬廄前方，眾園丁應該也會被安排在花圃入口處。以前他始終有一項特殊愛好，就是在活生生的真人與美術館裡的畫像之間找尋能夠類比之處，這個傾向如今仍然作用，但更為具體，也更加全面；既然他現在已脫離了這個圈子，整個上流社會就宛如一系列畫作呈現在他眼前。衣帽間裡，昔時，在他是上流社交界一分子那時，他裹著長大衣進去、身著燕尾服出來，卻不知那當中發生什麼事，因為在衣帽間的短暫時間裡，他的思緒或還停留在方才離開的那場派對上，或已在人家即將把他介紹給眾人的這場派對裡；現在是他首度注意到一批高大帥氣的侍僕零散分布著，打扮正式，無所事事，有的橫亙在長椅上，有的躺在箱櫃上，打著瞌睡，被一個如此遲來的不速之客驚醒，於是抬起他們獵犬般堅挺的高貴側臉，連忙起身，集合，圍著他排成一圈。

其中一人，外表特別凶猛，頗像文藝復興時期某些表現酷刑的畫作中的劊子手，一臉不由分說的表情，朝他走來，接過他的衣物。但柔軟的紗線手套中和了他鋼鐵般的冷酷眼神，掩蓋得那麼好，以至於他在靠近斯萬時，似乎流露出了對這名訪客的輕視及對他禮帽的尊重。他小心翼翼接過帽子，精準估量出帽圍，那份周到當中透露著某種仔細與體貼，幾乎令人感動，難為了他那

118 法國波旁復辟時期，文人之間常用 le Tigre 一詞稱呼長得嬌小漂亮的童僕。普魯斯特在《仿作與雜作 Pastiches et mélanges》中即提及巴爾扎克《人間喜劇》中的「虎兒」。

副粗獷的強健體格。接著，他將禮帽遞給一名助手，這助手是新來的，舉止害羞，神情惶恐，焦躁的目光四處掃射，表現出一頭剛被捕獲、有待馴服的野獸的那種激動不安。

幾步之外，立著一名穿著制服的大個兒，他若有所思，動也不動，雕像一般，無甚作用，有如在曼特尼亞[119]最喧鬧的幾幅畫中可見到的那名純屬裝飾的戰士，倚著盾牌發呆，然而身旁有人急急忙忙，有人割喉廝殺；此人脫離他那群連忙朝斯萬圍上來的同袍，似乎堅決漠視這幅景象，以他凶殘的灰綠色眼睛茫然地看著，彷彿看的是《諸聖嬰孩殉道》，或《殉難前的聖雅各》的場景。他似乎正屬於這支業已消失的族群——也許，這族群始終只存在於聖芝諾聖殿的祭壇屏風或隱修教堂的壁畫裡；在那些地方，斯萬曾與該族近距離接觸，而他們仍在那兒出神癡夢——源自一種和大師在帕多瓦所繪的某個人物或杜勒[120]的某個薩克森人像共同繁衍而生的古代雕像。他天生一頭紅色卷髮，但以髮蠟膠黏服貼，如曼托瓦的畫家[121]持續研究的希臘雕像那般做大面積處理，若說在雕像作品中只表現人類，這位畫家倒也懂得從各種簡單的形狀中汲取多變的豐富資源，彷彿師法整個生氣盎然的大自然；那樣一頭髮型，透過滑順的波浪，加上急促彎曲的捲度，或用髮辮編成的三重花冠，看來既像一把海草，一窩白鴿，又像一束風信子，或一隻盤結的蟒蛇。

另有其他幾位，同樣高大魁梧，分站在一座雄偉樓梯的台階上，在他們的點綴和大理石像般的穩重不動之下，或許也可效仿威尼斯總督宮裡的那一座，命名為「巨人階梯」[122]。斯萬走上階梯，哀傷地想到奧黛特從沒來過。啊！相反地，若他能爬上歐業裁縫小姑娘家那些黑漆漆、臭兮兮，令人膽戰心驚、驚險得要命的樓層，走到「六樓」，那該多令人喜悅！他會非常樂於支付比包下歌劇院前台包廂一整週更高昂的入場費，在奧黛特前來的晚上與她共度，甚至她沒來的日子也行，只為談談她的事，跟他不在時她慣常見面的人相處，也因為，在他看來，那些人似乎藏著他情婦生活當中某種最自然、最難以觸及也最神祕之事。歐業裁縫小姑娘那座髒臭不堪卻又令他嚮往的樓梯裡，由於沒有別的樓梯可用，每到傍晚，只見家家戶戶門前擺著一只髒的牛奶空罐，就擺在門墊上；而斯萬此刻所走的豪華雄偉、卻又令他鄙視的階梯，左右兩側，各個樓層，守衛室的窗或某間寓所的門在牆上形成的每個框洞前，門房，管家，庫房（那些平常百姓，週間其餘日子在個別領域裡多少另謀營生，夜裡像小商家那樣在自家用餐，說不定明天就會去服侍一位醫生或企業家之類的布爾喬亞），全神貫注，不搞砸人家在讓他們穿上這身鮮艷制服之前所囑咐的

---

119 曼特尼亞（Andrea Mantegna, 1431-1506）北義文藝復興時期名畫家。《諸聖嬰孩殉道 Le massacre des Innocents》及《殉難前的聖雅各 Le martyre de saint-Jacques》皆是他繪於帕多瓦隱修教堂（Chiesa degli Ermitiani）中，描述聖雅各及基督的溼壁畫，部分在二戰轟炸中摧毀。聖芝諾聖殿（Basilica di San Zeno）位於維洛納，仍保有部分曼特尼亞繪製的祭壇畫。

120 杜勒（Albrecht Dürer, 1471-1528），德國中世紀末期、文藝復興時期著名藝術理論家，深受曼特尼亞影響。

121 指的即是曼特尼亞，從一四五九年到一五〇六年去世以前，畫家曾在曼托瓦（Mantova）作畫，並在公爵宮留下名作《婚禮房 La chambre des époux》。

122 位於威尼斯總督宮，「巨人」之稱來自該階梯頂上雄偉的戰神及海神雕像。

事項，只是這一身制服穿來並不自在，也只在極少數幾個空檔穿一會兒，他們各自站在門拱下，光鮮氣派的外表底下透著尋常百姓的純樸，有如一尊尊安置神龕中的聖人像。還有一名高大的瑞士侍衛，穿著如同守的是教堂大門，每有賓客經過，便以長杖敲擊石板地。斯萬沿著階梯來到高處，一名僕人跟在他身後，面色蒼白，後腦處綁了個小馬尾，有如哥雅[123]畫筆下的聖器管理員或是帳目公證人；斯萬經過一張書桌，侍從們如同坐在大帳本前的公證人，站起身，登錄他的姓氏。接著他穿越一間小衣帽間——像是屋主為了凸顯單件藝術作品而布置的某些廳室，刻意簡樸素淨，空無別物，並以作品命名——衣帽間的入口處，宛如展出切里尼[124]某件珍貴的哨兵雕像似的，只見一名跑腿聽差身軀微向前彎，紅色頸甲上昂揚著一張更紅的臉，從他猛烈、警覺、激狂的眼神中散發陣陣如炬光芒，靦腆與熱情，穿透了張掛在聆聽音樂的沙龍前方的歐比松壁毯[125]，帶著軍人的一絲不苟或某種超自然的信念——警鐘之寓意，等待的化身，開戰部署之紀念——以彷如天使或瞭望兵之姿，從城堡主塔或大教堂上，暗中監伺敵人現身或最後審判那一刻來臨。斯萬只等著進入演奏廳，一名持有鎖鏈的執行官彎腰鞠躬，替他開了門，彷彿要將城市之鑰頒發給他。但他想到了若是奧黛特允許、他此刻本可去的那幢屋子，那記憶中隱約瞥見門墊上的空牛奶罐，揪得他心頭一緊。

掛毯背後，賓客百態接續家僕諸相，斯萬很快又感受到男性的醜陋。這種相貌之醜他明明再清楚不過，卻又感覺新鮮，因後來那些人的長相——對他來說不再是實用的特徵，不是用來辨識至此之前曾代表一堆值得追求的樂趣、該避免的麻煩，或是應回敬一番的某人——僅根據美觀原則協調，著重於線條各自的獨特性。斯萬置身在這些男人之間，就連當中許多人所戴的單眼鏡片（以往，他頂多能說他們都戴著單眼鏡）此刻在他看來也不再表示一種人人共有的習性，而是片片皆有其獨特之處。也許是因為他將正在入口處交談的弗洛貝維爾將軍與布列歐特侯爵看成不過是兩個畫中人物，而這兩人一直以來都是他有用的朋友，引薦他進了賽馬俱樂部，還曾在幾次決鬥中協助過他；將軍的單眼鏡夾在上下眼皮之間，在他那張俗氣、留有傷疤，而且得意洋洋的臉上，宛如一枚炸彈碎片，在額頭中央挖成塞克普洛斯巨人般的獨眼，這在斯萬看來就像一塊猙獰的傷口，得之或許榮耀，展露卻不得體；至於德．布列歐特先生，為呼應晚會的氣氛，除了珍珠灰手套，「吉布斯高帽」[126]及白領帶，還以單眼鏡取代常見的夾鼻雙眼鏡（斯萬自己也這麼做），進出上流社交圈時，緊貼著鏡片反面，彷彿顯微鏡下的自然課標本切片，眼神無限微小又滿溢和善，對天花板之高闊，宴會之華美，節目之有趣，以及涼盤冷飲之精緻不停微笑。

123 哥雅（Francisco Josn de Goya y Lucientes, 1764-1828），西班牙浪漫主義畫派畫家，西班牙皇室宮廷畫家。

124 切里尼（Benvenuto Cellini, 1500-1571）位義大利文藝復興時期的金匠、畫家、雕塑家、戰士和音樂家。

125 歐比松（Aubusson），法國中部城市，以地毯而聞名，被稱為「法國地毯之都」。

126 Gibus，歌劇院帽，也稱為 Chapeau claque，是一種可藉彈簧系統折疊收起的高頂禮帽，最初用於較不寬敞的場所，例如劇院和歌劇院，通常由黑色緞布製成。

「呦，您來了，好幾輩子沒見到您了！」將軍對斯萬說，同時注意到他臉上疲憊無神，推想他或許是因為患了重病才和上流社會疏遠，便又補上一句：「您現在氣色很好，知道吧！」這時，只聽德．布列歐特先生問道：

「怎麼，是您呀，我親愛的朋友，您跑來這裡做什麼？」他問的是一名上流圈的小說家，才剛將單眼鏡片架上眼角，那是他唯一的心理偵查及無情分析的器官；此人一臉鄭重，神祕兮兮，捲著喉舌音回應：

「我來觀察。」

福瑞斯特爾侯爵的單眼鏡十分小巧，完全沒有邊框，嵌著鏡片的那隻眼睛彷彿莫名多出一塊材質講究的軟骨，只得不斷痛苦抽搐，使得侯爵臉上流露出一種微妙的哀傷感，讓女人認為他是個能為愛而悲痛欲絕之人。但德．聖康德先生的單眼鏡圍著一圈粗環，宛如木星，是臉上的重心，以它為準，隨時調整，輕顫的紅鼻子和下唇豐厚、又愛挖苦人的嘴擠出各種怪表情，只為趕上圓鏡片後方連珠炮般迸發的敏捷思路，眼見自己比起世上最美的眼神更受附庸風雅的墮落少婦們青睞，讓她們憧憬刻意營造的藝術魅力與一種細膩的快感；而戴著單眼鏡的德．帕蘭西先生則是晃著鯉魚般的圓眼大頭，在宴會上緩緩游移，下巴不時鬆開，彷彿尋找著行進方向，像是隨身只帶了一塊來自他家中水族缸玻璃的碎片，這碎片偶然、而且或許純為象徵，意在表現整體，使得對喬托在帕多瓦所繪的《美德》與《邪念》欣賞不已的斯萬想起了那個不義的化身[127]；畫中，在那化身身旁的帶葉樹枝，正隱喻他藏身的森林。

在德・聖厄維爾特夫人的盛邀之下，斯萬上前去聆聽一位長笛手吹奏一段《奧菲斯》[128]。他站在角落，可惜從那兒只能看到兩位上了年紀的貴婦併肩齊坐：康布列梅耶侯爵夫人與福朗克托子爵夫人，因為這兩人是表親，晚宴上一起打發時間，拿著她們的手提包，女兒跟在身後，彷彿人在車站似地互相尋找著對方，而且唯有用扇子或手帕占得兩個相鄰的座位才放心。德・康布列梅耶侯爵夫人的人脈極為疏淺，因此特別高興能有個伴；德・福朗克托夫人反之卻頗有名望，她覺得，讓所有這些光鮮亮麗的朋友們瞧瞧，比起他們，她寧可和一位共有青春回憶卻黯淡無聞的老貴婦相陪，此舉可是既優雅又特立獨行。斯萬充滿愁緒的眼神帶著嘲諷，看著她們專注聆聽接續長笛奏起的鋼琴間奏曲（是李斯特的《向鳥兒佈道的聖方濟》），緊隨著藝術能手令人目眩神迷的技法。德・福朗克托夫人焦躁性急，目光狂亂，彷彿樂手靈活遊走其上的琴鍵化為了連串高空鞦韆，而他很可能會從八十公尺高處跌落，她因而不時對身旁的女伴投以不可置信的驚訝目光，表示：「真教人不敢相信，想不到竟然有人能彈到這等程度。」德・康布列梅耶夫人則表現出受過扎實音樂教育的仕女模樣，搖頭晃腦打著拍子，化為節拍器的單擺，在雙肩之間擺盪的幅

127　在帕多瓦的壁畫《不義 L'Injuste》上，喬托畫的是一個坐著的老人，前景有幾顆小樹，象徵一片森林。

128　應是葛路克（Christophe Willibald Gluck, 1414-1787）的歌劇《奧菲斯與歐莉蒂絲 Orphée et Eurydice》第二幕中的長笛獨奏曲《精靈之舞》。

度與速度變化之大（加上那樣茫然無助的眼神，如同痛苦到了再也不自覺、也不尋求克制的地步，只說：『您要我怎麼辦！』），使得她的單鑽首飾隨時會勾到上衣開襟，她又不得不扶正髮間的黑葡萄串髮飾，卻也沒有因此停下加速的動作。坐在德‧福朗克托夫人另一邊、但稍微前面一點的，是加拉東侯爵夫人，她滿腦子正盤旋著她最愛想的事：與蓋爾芒特家的聯姻。這樁聯姻在上流社會是件盛事，對她本人十分光彩，卻也引來一點羞辱；那家族中最卓越的幾個人刻意對她稍有疏遠，或許是因為她麻煩無趣，或是凶惡潑辣，或因為她出身較低，或者根本毫無理由。每當她不認識在她身邊的人，就像此時的德‧福朗克托夫人，她便憋得難受，因為無法展現她與蓋爾芒特家的親戚關係，不能像拜占庭教堂裡的馬賽克鑲嵌畫中那樣明顯可見的字樣：一個接著一個，直排拼寫，鑲刻在某位聖人旁邊，彷彿那聖人親口說出。此時，她忽然想到，打從六年前的婚事之後，自己就從沒接過表妹洛姆親王夫人的邀請或來訪了。這個念頭使得她一身怒氣，卻也滿心驕傲；由於她每每得向那些訝異怎麼沒在德‧洛姆夫人家看到她的人解釋，稱說她要是去了，恐怕會有遇見瑪蒂爾德公主[129]的風險——那麼，她那極度正統派的家族可是永遠不會原諒她的——說到最後就連自己也相信，這的確就是她不去表妹家的原因。然而，她記得自己曾多次問德‧洛姆夫人，該怎麼做才能見她一面，只是這記憶卻很模糊，而且她又喃喃自語，刻意淡忘這段有點恥辱的回憶：「總不能叫我先去示好，我可比她大上二十歲呀！」多虧這些心裡話的力量，她昂然將雙肩用力向後，挺起胸膛，後腦勺幾乎要與地面平行，令人聯想到一隻帶著全副羽毛上桌供食的威武雉雞被「重新裝上」的頭。倒不是因為她天生身形矮短圓胖，活像是個女漢子，而是種種凌辱把她整得就像懸崖邊那種天生歪斜的樹木，不得不反仰朝後生長，以保持平衡。她遭受的待遇與其他蓋爾芒特家的人不完全對等，為了安慰自己，她只得不斷告訴自己，她之所以鮮少與他們見面，既是因為原則難改，也是為了保住尊嚴。到後來，這種想法逐漸形塑了她的軀體，在她身上產生一種翩翩風度，看在布爾喬亞女性眼中，那是一種貴族的記號，偶爾還催生一絲稍縱即逝的欲望，驚擾圈內男人們疲憊的目光。若是分析德．加拉東夫人的交談對話，記錄每個詞語使用的頻率多寡，會發現一種編碼語言的關鍵，從中可得知，沒有任何說法的出現次數之多——即便是一般最常用的——比得上「在我蓋爾芒特表親家」，「在我蓋爾芒特姑媽家」，「艾爾澤亞．德．蓋爾芒特的健康狀況」，「我蓋爾芒特表妹專屬的樂池包廂」。當人家跟她談起一位顯赫的人物，她會答說，雖然她並不認識本人，卻曾在她蓋爾芒特姑媽家遇見過上千次，但回應的語氣如此冰冷，聲音那麼沉悶，顯然她本人之所以不認識他，都要歸因於所有那些不可撼動、擇善固執的原則，讓她雙肩向後倚靠，如同體操老師訓練時所用的梯架，幫助您伸展擴胸。

129　瑪蒂爾德公主（Princesse Mathilde, 1820-1904），法國皇帝拿破崙胞弟傑洛姆．波拿巴的女兒，她主持的沙龍接待當時藝文界最傑出的人士，如龔固爾兄弟，福樓拜等等。

話說，人們沒料到會在德·聖厄維爾夫人家看見的洛姆親王夫人，此時正巧大駕光臨。為了表示她無意在一個她屈尊光臨的沙龍凸顯自己地位尊貴，即使進門時根本不需在人群中闢開一條路，也無需讓路給任何人，她卻還是縮起肩膀走過，刻意待在大廳最後面，看上去適得其所，有如一位國王，因未告知當局便自行來到此處，因而乖乖在劇院門口排隊，並且收斂目光——以免像是在提示自己的存在，要求眾人關注——她僅凝視地毯上某個圖案，或自己身上的裙子，站在她覺得最不起眼的地方（她知道一旦德·聖厄維爾特夫人發現她，便會一聲歡呼將她從那裡拉出來），就在她不認識的德·康布列梅耶夫人旁邊。她看著身邊這位癡迷於音樂的女士，但並不仿效。倒不是因為洛姆親王夫人好不容易來到德·聖厄維爾特夫人家待個五分鐘，為了加倍彰顯她對侯爵夫人的禮遇，才希望盡可能表現得和藹可親，而是出於天性，她最厭惡她所謂的「浮誇之舉」，堅持示意「沒必要」屈服，當眾違背她平常活動的小圈子之「格調」；但另一方面，那類舉動每每卻也令她印象深刻，興起仿效之念，卻又伴隨著膽怯，那是即使最有自信的人置身在一個新圈子的氛圍之中也會生出的膽怯，哪怕那圈子的階層還較為低下。她開始懷疑，這麼大動作打著拍子，難道是在聆聽這首樂曲時不可或缺的？而這首曲子的水準或許與她此前所聽的音樂水準不符，節制行動會不會構成她既不了解樂曲、又對女主人失禮的證據？於是，她採取「不均等分配的折衷作法」表達這矛盾的感受，時而整理一下肩章，或確認一頭金髮上那讓造型更顯簡單俐落又迷人的珊瑚或玫瑰色琺瑯鑲鑽小珠，一面冷冷地好奇檢視身旁那位熱情洋溢的女士，時而用她的扇子打一會兒節拍，但為了不至於棄守自主性，還故意錯開拍點。鋼琴家奏畢李斯特的樂曲，開始彈起一首蕭邦的前奏曲；德．康布列梅耶夫人對德．福朗克托夫人微微一笑，行家的滿足感與被勾起的往昔令那笑容更顯溫柔。她年輕時曾學習沿著蜿蜒的漫長稜線輕撫蕭邦的樂句，如此自由不拘，柔順自如，容易探知；首先，他的樂句總遠離起點，朝另一個方向往外探尋，遠離先前本可冀望伸指觸及的那一點，而如此隨性不羈的偏離幅度，只為求回來時更——那回程更加深思熟慮，更加精準地，宛如擊響一塊水晶，共鳴直至轟然——猛擊您的心坎。

生活在外省一個人脈甚少的家庭，幾乎不去參加舞會，她沉醉於莊園宅院的孤獨之中，緩下或加快想像出來的一對對舞伴之腳步，如摘除片片花瓣般，令他們暫時離開舞池，去聽松林中的風聲，在湖畔，她驀然看見一個與那些不過是凡夫俗子的夢中情人皆不同、身材修長的年輕男子，他的嗓音如歌聲似地有些輕飄、奇特、虛幻，還戴著一雙白手套。而今，這種樂風過時的美感似乎已黯然失色，多年來不再受到行家賞識，失去了光采及魅力，甚至那些品味低劣的人從中頂多也只能得到一種未說出口的庸俗樂趣。德．康布列梅耶夫人暗中朝後瞄了一眼。她知道她那年輕的媳婦瞧不起蕭邦（她連和聲及希臘文都精通，對婆家充滿敬意，唯獨涉及性靈之事，她自有獨到見解），每每聽人彈奏，便覺得煎熬難耐。但德．康布列梅耶夫人遠在這位華格納派的監視範圍之外，媳婦正在較遠處和一群年紀相近的年輕人一起，於是她便放心品嘗陣陣美妙的感受。洛姆親王夫人亦然。沒有音樂天分的她十五年前曾隨聖哲曼區的一位鋼琴教師學琴，那是一位天賦極佳的女性，但晚年生活潦倒，年屆七十又重操舊業，為早年學生的女兒和孫女們授課。如今這位老師早已逝世，但她的演奏方法，美麗的音色，偶爾還會從她學生們的指尖下重生，即使那是個在別人眼中看來發展最平庸、放棄了音樂、幾乎沒再掀開過琴蓋的女孩。因此德．洛姆夫人還能搖頭晃腦，以內行人的姿態恰如其分地賞析鋼琴家彈奏這首她熟知在心的前奏曲。一段樂句才剛彈奏出來，她的唇邊便哼起結尾。她喃喃自語：「依舊令人迷醉」，特別強調「醉」字，那發音帶有細膩的特質，她感到如此浪漫而噘起的雙唇就像一朵美麗的花，她本能地搭配眼神調和，在那當下流露出一種善感而又迷茫的目光。而德．加拉東夫人此時卻還正心想自己能遇見洛姆親王夫人的機會少之又少，實在可惱，因為她一直想藉著刻意不回禮，給她一個教訓。她不知道表妹其實就在現場。德．福朗克托夫人這時頭一晃，她發現了她，於是立刻撥開眾人，急忙朝親王夫人走去，但又一心渴望保持高傲冰冷的神色，以便提醒大家，在那人府上有可能一鼻子碰上瑪蒂爾德公主，而她並不想和這樣的人有所牽連，而且也沒必要迎上前去，因為她與她不是「活在同一個時代的人」。不過，她想藉一些話來平衡自己這副不苟言笑的高傲表情，以言語證明她的手段合情合理，並且強迫親王夫人和她交談。於是，一來到表妹跟前，德．加拉東夫人便擺起嚴肅的臉，伸出手來相握，彷彿由不得對方不接招似地張口便問：「妳丈夫過得如何？」那語氣之擔憂，好似親王生了重病。親王夫人用她獨特的笑法大笑起來，既讓別人知道她正在嘲笑某人，同時也因為嘴巴周圍的臉部線條集中，生動的雙唇襯上晶亮的眼眸，讓自己顯得更漂亮，她回應道：

「好得不得了！」

說完又笑了一陣。然而德．加拉東夫人挺直了腰桿，臉色更加冰冷，仍舊擔心親王的身體狀況，對表妹說：

「歐莉安娜[130]（德．洛姆夫人這時一臉驚訝，帶著嘲笑意味望向別處，彷彿那兒有個隱形的第三者，而她要他作證：她從未允許德．加拉東夫人直呼她的閨名），我非常堅持請妳明晚到我家來聽一曲莫札特的單簧管五重奏。我希望聽聽妳的評析。」

此舉不像是在發送邀請，倒像是要求人家提供服務，一定要知道親王夫人對莫札特那首五重奏的看法，彷彿那是一道拼盤，出自一位新廚娘之手，而聽一位美食家對此人的才華有何意見，對德．加拉東夫人而言十分可貴。

「但我聽過這首五重奏，現在就能告訴妳……我很喜歡！」

「妳知道，我丈夫身體不太好，他的肝……要是能見到妳，他一定會高興得不得了。」德．加拉東夫人又回駁說；這麼一來，她就讓親王夫人擔上了發揮慈善精神的義務，非得現身她家的晚宴不可。

130 Oriane，洛姆親王夫人，蓋爾芒特公爵夫人的名字。

親王夫人不喜歡對人直說不想去他們家。她每天都在寫信表達遺憾——由於婆婆無預警來訪，因為姊夫邀請，得去看歌劇，去郊遊——遺憾被剝奪了機會，不能去一個其實她根本不想去的晚間聚會。她因而讓許多人歡天喜地，相信她是他們的人脈，以為她樂意造訪，只是親王家臨時有事，受了阻撓才作罷，而眼見自己的晚會竟能與那件事共爭親王夫人玉駕，他們感到受寵若驚。再者，蓋爾芒特這個小圈子機靈活潑，存留了某種機智才情，摒除陳腔濫調，不守成規，得到梅里美[131]的真傳——且在梅哈克與阿萊維的劇作之後即難得一見——她身為其中一分子，甚至將這種才情套用到了社交關係上，轉移到她的禮節表現，盡可能實際，精準，去接近微小的真理。她不長篇大論地向一位女主人闡述想去她家晚會之意願，她認為更可親的做法，是向對方列舉幾件會左右她能否前往的小事。

「聽著，我來告訴妳，」她對德．加拉東夫人說，「明天晚上，我得去一位女性友人家，她在很早之前便跟我約好這一天了。要是她帶我們去看戲，即使我誠心願意到府上造訪，也不可能過去妳家。但我們若是會一直待在她家，由於我知道當晚只有我和她兩人，那就能提早離開。」

「對了，妳看見妳的朋友斯萬先生了嗎？」

「這倒沒有，夏爾勒這個可人兒，我不知道他在這裡，那我可得想辦法讓他看見我。」

「他甚至連這個聖厄維爾特老太婆的家都來了，可真好笑！噢！我知道他很聰明，」她補上一句，言外之意是他詭計多端，「但也沒關係，這只不過是兩位大主教的姊妹和弟媳的家裡來了個猶太人！」

「說來慚愧，我不覺得這有何突兀。」洛姆親王夫人說。

「我知道他改了信仰，連他父母和祖父母也都改了[132]。不過，聽說，正式改換宗教的人其實比別人還更依戀原來的信仰，改宗不過是掩人耳目，真是這樣嗎？」

「我對這方面的事一無所知。」

鋼琴師準備了兩首蕭邦，前奏曲之後，便立即彈起波蘭舞曲。不過自從德．加拉東夫人告訴表妹斯萬也在場，此時就算蕭邦復活，親身彈奏他所有的作品，也吸引不了德．洛姆夫人的注意了。人若分為兩類，另外那類人對不認識的人之好奇，到了她這類人身上會轉換成對認識的人之興味盎然。如同許多聖哲曼區的女性，在一個地方遇見她圈子裡的某個人，而且她對那人其實也沒有任何特別想說的事，那人的存在卻會獨占她所有的注意力，令她罔顧其他一切。從那一刻起，抱著斯萬會注意到她的期望，親王夫人簡直就像一隻被馴養的白老鼠，任憑人遞來一塊方糖

131 梅里美（Prosper Mérimée, 1803-1870），法國現實主義作家，小說《卡門》後獲比才改編為同名歌劇，而該歌劇的歌詞創作，即是梅哈克（Henry Meilhac, 1830-1897）及阿萊維（Ludovic Halévy, 1834-1908）。

132 根據一七九一年的同化政策，在法猶太人亦被視為正規法蘭西國民。雖然從第二帝國時期開始出現為維護原有信仰而避免與異教徒通婚的傾向，但到了第三共和時期，這類富裕的傳統猶太家庭已經式微。普魯斯特母親家則是例外。他本人、弟弟及父親皆受洗成為天主教徒，唯獨母親並無改宗。

接著卻又抽手拿走，她時時轉頭，那臉上寫滿千百種心有靈犀，卻和對蕭邦波蘭舞曲的感受全然無關，她只望向斯萬所在的方位，若是他換了位子，她的笑容便宛如被磁吸一般，也即刻隨之移動。

「歐莉安娜，妳別生氣，」德．加拉東夫人又說，她永遠忍不住犧牲掉自己最大的社交前途以及有朝一日要教上流圈刮目相看的期望，只為滿足當下心中暗藏的一時之快，口出令人不悅之語，「有人宣稱，這位斯萬先生是個請不到家裡來作客的人，這是真的嗎？」

「哎呀……妳應該很清楚這是真的，」洛姆親王夫人回應，「既然妳都邀過他不下五十次，他從來沒去過。」

她離開尷尬得無地自容的表姊，再度大笑，招來聆聽音樂的人們斜眼，卻也吸引到德．聖厄維爾特夫人的注意；她基於禮貌，留守在鋼琴附近，這時才發現洛姆親王夫人。見到她，德．聖厄維爾特夫人欣喜極了，因為她以為親王夫人還在蓋爾芒特照料生病的公公。

「哎呀，這是怎麼回事，親王夫人，您竟然大駕光臨？」

「是呀，我待在一個小角落，聽到很美妙的東西。」

「怎麼，您已經來了好一段時間！」

「是啊，很長一段時間，但我卻覺得很短，說它漫長，是因為我見不到您。」

德．聖厄維爾特夫人將她的單人沙發讓座給親王夫人，後者回應：

「千萬別這樣！何必如此？我隨便坐哪兒都好！」

同時，為了彰顯身為貴婦的自己一切從簡，她刻意選了一張沒有靠背的小軟凳：

「您看，這張軟凳完全符合我的需求，能讓我挺直腰桿。噢！我的天，我又發出噪音了，大家又要出聲噓我了。」

然而，鋼琴師將速度加快一倍，音樂的悸動達到最高潮，一名僕人正持著托盤送飲料，湯匙碰得乒乓作響，然後，一如每週上演的，德．聖厄維爾特夫人連忙揮手趕他走開，但他根本沒看見。一位新嫁娘，曾被告誡少婦不該露出厭倦無感的表情，於是保持著愉悅的笑容，目光尋覓著女主人，透過眼神向她表達感激，感謝她「惦記著她」，邀她參加如此盛會。然而，儘管她比德．福朗克托夫人平靜許多，在聆聽這首曲子之際卻也不是安心無憂；但她擔心的不是鋼琴師，而是鋼琴：那琴台上有根蠟燭，每彈到極強音就抖震一下，這就算沒讓燈罩起火，恐怕也會在紅木上留下痕跡。最後，她再也忍不住，於是跨了兩階登上放置鋼琴的平台，匆匆忙忙想拿下燭盤，但手才正要觸及底座，最後一個和弦響起，樂曲終了，鋼琴師站起身。這個年輕女子自發的大膽舉動，造成她和樂手混亂地短暫同台，卻在眾人心目中普遍留下良好印象。

「親王夫人，您注意到那個人做了什麼嗎，？」弗洛貝維爾將軍剛離開德．聖厄維爾特夫人，前來向洛姆親王夫人致意，同時問她。「真奇怪，所以她也是位藝術家？」

「不是吧？那是德．康布列梅耶家的一位少夫人。」親王夫人貿然回答，隨即又熱切地補充，「我這是把從人家那兒聽到的轉述給您，我自己對她的身分毫無概念，是有人在我後面這麼說，她們是德．聖厄維爾特夫人在鄉間的鄰居，但我不相信有人認識，想必是『鄉下來的人』！再說，不知道您是否常在這個優秀的社交圈子出入，我可不曉得眼前這些奇特人士的大名。您認為，這些人在德．聖厄維爾特夫人這些晚宴以外過的是什麼生活？夫人應該是趁著聘請樂師，借座椅和訂飲料時一併把他們給叫過來的吧。不得不承認，這些『貝洛瓦家的客人』[133]表現得可真精彩。她真的有勇氣週週租聘他們過來？真是太誇張了！」

「啊！不過，康布列梅耶可是個真實存在的古老姓氏。」將軍說。

「我不覺得古老有什麼問題，」親王夫人冷冷地回應，「但無論如何，聽起來就是不順耳。」她特別強調「順耳」兩字，彷彿加了隱形的引號，那是蓋爾芒特幫在說話時特有的小小裝腔作勢。

「您這麼覺得？她可真是秀色可餐，」將軍的視線始終沒離開德．康布列梅耶少夫人。「您的看法不一樣嗎，親王夫人？」

「她太出風頭了。我覺得，一個這麼年輕的女人有這種表現，實在令人不舒服，因為我相信她跟我不是同一個時代的人。」德．洛姆夫人回答（加拉東家族及蓋爾芒特家族兩邊都這麼說）。

但眼見德．弗洛貝維爾先生仍舊盯著德．康布列梅耶少夫人不放，親王夫人一方面針對那個少婦，一方面又顧及將軍，便半惡意又半好心地說：「不舒服……是替她丈夫說的！真可惜我不認識她，否則就能介紹給您，既然您心裡這麼拋不下她。」親王夫人說。其實，她要是真的認識那少婦，大抵也不會做什麼。「我可得跟您道晚安了，因為今天是我一個女性朋友的命名日，我得過去祝賀。」她的語氣謙遜而真誠，把她要去的那個上流社會聚會矮化成一場簡單無趣的儀式，但非去不可，心意感人。「而且我得在那兒跟巴贊碰頭；我在這裡的這段時間，他去見了一些朋友；我相信您都認識，他們的姓氏跟一座橋同名，是耶拿家族的人[134]。

「這起初可是一場勝利的名稱啊！親王夫人。」將軍說，「對一個像我這樣的老軍人而言，還能怎麼說呢？」他摘下單眼鏡片擦拭，彷彿在換繃帶似的，親王夫人本能地轉頭迴避目光；將軍則一面補充，「這群帝國時期的貴族，當然是另一回事。不過，再怎麼說，就他們的表現，那是個非常出色的族群，都像英雄一般奮戰過。」

「我對英雄可是充滿敬意的，」親王夫人的語氣帶有些許諷刺，「我沒跟巴贊一起去那位耶拿親王夫人家，絕對不是因為這個理由，純粹是因為我不認識她。巴贊認識他們，很珍惜他們

133 貝洛瓦家的客人（invités de chez Belloir）暗諷客人階級較低下。貝洛瓦（La Maison Belloir et Vazelle）是當時巴黎承辦酒席宴會的商號，為活動提供餐食，出租座椅。這種租來的座椅多是供較低階的賓客使用，因為貴賓有扶手椅可坐。

134 巴黎有一座耶拿橋，是為紀念拿破崙一八〇六年在德國的耶拿（Jéna）戰勝普魯士而建造。在本書故事中，耶拿家族是帝國時期的貴族，頗受其他高階貴族輕視。

噢！不，不是您可能想像的那樣，不是搭訕調情，我沒有立場反對！再說，但願這招在我想反對的時候能派上用場！」她語帶幽怨又說，因為大家都知道，打從洛姆親王娶了他這位美麗迷人的表妹隔天起，便不斷出軌背叛她。「不過實情並非如此，那些都是他的舊識，他能從中得利，我覺得很好。首先，我跟您說，光是他告訴我的那些人的宅邸……想像一下，傢俱全都是『帝國時期』風格！」

「親王夫人，這是當然的，因為那是他們祖輩留下來的傢俱。」

「不是我說呀，那些東西也沒有因此就比較不難看。他們沒有漂亮的東西，這我很理解，但至少也別用可笑的東西呀。您能怎麼辦？那些雕著天鵝頭的抽屜櫃，根本活像是浴缸，這種風格恐怖極了，我沒見過比那更招搖、更布爾喬亞的了。」

「我相信他們還是有漂亮的東西，那張著名的拼花鑲嵌細工桌應該還在，那桌上曾經簽署一項條約，就是……」

「啊！不過，從歷史的角度來看，他們確實是有些有意思的東西，可真不是我說。不過，那不能說是美……畢竟還是十分恐怖！像這樣的東西，我也有一些，是巴贊從孟特斯鳩家[135]繼承來的，不過都收在蓋爾芒特家的閣樓裡，不讓任何人看見。況且，其實，根本不是這個問題，要是我認識他們，我會盡快和巴贊一起趕去他們家，即便被他們家的人面獅身像和銅器包圍也無所謂，可是……我不認識他們啊！我這個人呢，小時候，人家總告訴我，去不認識的人家裡是一件很不禮貌的事。」她用一種稚氣的口吻說，「所以，我遵從人家的教導。您能想像嗎？那些老實人，要是看見一個不認識的人進到他們家裡會怎麼樣？他們大概會用非常不好的方式接待我！」親王夫人說。

出於女人的嬌俏天性，她碧藍色的目光直盯著將軍，流露一種夢幻而溫柔的表情，使得因這番推測而萌生的笑容更顯嫵媚動人。

「啊！親王夫人，您明知道他們必然會喜不自勝……」

「才不呢！為什麼？」她反問，極為迅敏，或許是為了不顯示自知那是因為她是全法國最崇高的貴婦之一，也或許是樂於聽見此話從將軍口中說出。「為什麼？您怎麼知道？這對他們來說也許是最可厭之事。我不知道，但若是由我評斷，要見那麼多認識的人已經夠煩了，我相信，如果還要見一些我不認識的人，『即使有英雄事蹟』，恐怕也要發瘋呢。此外，您也曉得，除非是像您這樣的老朋友，我們知道您沒有這個問題，否則我真不知道英雄主義在上流社會是否方便走到哪兒就帶到哪兒。舉辦晚餐宴會已經常讓我心煩，要是還得讓斯巴達克斯[136]挽著我的胳臂入

135 孟特斯鳩（Montesquiou），法國西南加斯科涅地方（Gascogne）的一支古老貴族，在拿破崙帝制時期頗受重用。夏呂斯男爵這個人物的原型——與普魯斯特亦師亦友亦敵的羅貝爾·德·孟特斯鳩（Robert de Montesquiou, 1855-1921）即是其後代，他身兼作家，詩人，評論家，更是知名的貴公子（dandy），在當時的巴黎藝文界十分活躍，引領普魯斯特進入上流社會各沙龍。

136 斯巴達克斯（Spartacus, 120-71 BC）是一名色雷斯角鬥士，曾與高盧人一起領導反抗羅馬共和國統治的斯巴達克斯起義。

席……不，說真的，我絕對不會找維辛傑托里克斯來湊數當第十四個客人[137]。我覺得我會把他留待盛大的晚宴。而且既然我不會給……」

「唉啊！親王夫人，您真不愧是蓋爾芒特家的成員。蓋爾芒特家的才情，您確實頗得真傳！」

「人人都說蓋爾芒特家的才情，我卻從來不懂此話怎講。所以，您還認識其他這樣的人？」她發出一陣歡暢的笑聲補充說道；她臉部的線條凝聚，結合生動的表情脈絡，眼眸晶亮，燃著一道熱情的愉悅之光，唯有讚美她的才情或美貌之詞，才能讓它們如此綻放，儘管這話出自親王夫人自己之口。「您瞧，斯萬來了，正在跟您的康布列梅耶女士打招呼呢；他就在那兒……在聖厄維爾特老夫人旁邊，您沒看見嗎?!快去請他替您引介，快呀！他打算離開了！」

「您可有注意到他的臉色有多難看？」將軍說。

「我親愛的夏爾勒！啊！他總算過來了，我都要猜他是不是不想見我了呢！」

斯萬非常喜歡洛姆親王夫人，而且見到親王夫人會令他想起蓋爾芒特，鄰近貢布雷的領地，那片他那麼喜愛、但為了不離奧黛特太遠，因而再也沒回去的地方。他使出各種辭令，半藝術氣質，半風流倜儻，他深諳如何討親王夫人歡心，而且說得順口自然，一時重回故舊社交圈——此外也是想為自己抒發對鄉村的思念：

「啊！」他不對著哪個特定對象說著，以便正和他交談的德·聖厄維爾特夫人及他想與之交談的德．洛姆夫人都能聽見，「迷人的親王夫人大駕光臨！您看，為了聆賞李斯特的《阿西西的聖方濟》，她還特地從蓋爾芒特趕來，行色匆匆，就像一隻漂亮的山雀，只能從梅樹和山楂樹啄取幾顆小果子戴在頭上；甚至還有幾滴小露珠，一點白霜，這恐怕要令伯爵夫人冷得直打哆嗦了。這真漂亮，我親愛的親王夫人。」

「怎麼著？親王夫人竟是特地從蓋爾芒特趕過來的？這太客氣了！我都不知道，真不好意思！」德．聖厄維爾特夫人不識斯萬的逗趣天才，天真地直嚷嚷，同時還細看親王夫人的髮飾，「真的耶！這是在模仿……該怎麼說呢，不是栗子，不，噢！這點子真是俏皮！不過，親王夫人怎麼會知道我的曲目安排?!這些樂手甚至連我都沒先告知呢。」

當身邊是他慣用獻殷勤的言辭應對的女性時，斯萬習慣說些許多上流社會的人聽不懂的微妙典故，此刻他懶得對德．聖厄維爾特夫人多做解釋，只拿隱喻跟她打啞謎。至於親王夫人則是放聲大笑，因為斯萬的才思備受她的小圈子讚賞，也因為每次聽到他對自己的讚美，她總不禁覺得斯萬優雅至極，難以抵擋他的風趣魅力。

「好極了！夏爾勒，我這些小山楂要是能博得您喜歡，那我就開心了！您為什麼要跟那位康

---

137 維辛傑托里克斯（Vercingetorix, 82-46 BC），高盧阿維爾尼人的部落首領，曾領導高盧人對羅馬統治的最後反抗。第十四個客人，暗指餐宴要避開「十三」這個西方迷信中的不祥數字，因而多找一位客人來湊數。

布列梅耶打招呼？她也是您在鄉下的鄰居？」

德‧聖厄維爾特夫人看親王夫人與斯萬似乎聊得起勁，便逕自走開。

「親王夫人，您也是她的鄰居呢！」

「我？所以這些人到處都有鄉間別墅?!我真想跟他們一樣啊！」

「不是康布列梅耶家，而是她的娘家：她是貢布雷的勒葛朗丹家的小姐。不知您是否知道自己是貢布雷伯爵夫人，當地的教務會還需付您一份租金？」

「我不知道教務會該付我什麼租金，但我知道我每年都會被本堂神父借走一百法郎，這些都無所謂。總之，這些康布列梅耶家的人可真冠了個驚人的姓氏。尾音及時收住，但結束得真糟糕！」她嬉笑著說。

「開頭也沒好到那兒去。」斯萬回應。

「那兩個字縮寫起來，的確……！」[138]「像是某個非常憤怒、卻又要講究得體的人，不敢一口氣把第一個字整個說完。」

「既然他看來忍不住要開始第二個字，不如把第一個字好好講完後打住才對。親愛的夏爾勒，我們開的這玩笑趣味可真迷人。話說，這陣子老是見不到您，真教人煩惱！」她語帶撒嬌地又說，「我真的很喜歡和您聊天。您想想，我甚至可能沒辦法讓弗洛貝維爾那個笨蛋懂得康布列梅耶這個姓有何驚人之處。您得承認，生活實在是件糟糕透頂的事情，我只有在和您見面時才能暫停煩憂。」

想必這並非真話。但斯萬與親王夫人評斷小事的態度都一樣，結果——或其實該說因此——兩人的表達方式極為類似，甚至連發音都差不多。這種相似度並不明顯，因為兩人的嗓音南轅北轍。但要是能透過想像，剔除包覆斯萬話語的聲音，還有阻礙聲音穿透而出的鬍子，便能明白他們倆用的是同樣的陳述，同樣的轉折技巧，那皆是蓋爾芒特小圈子的小把戲。在重大的事情上，斯萬和親王夫人的想法則是毫無交集。但自從斯萬變得如此憂鬱，總感到那種落淚前的微微輕顫，他需要談談自己的哀愁，一如殺人兇手需要訴說自己犯下的罪。聽到親王夫人說，生活是件糟糕透頂的事，他從中感受到了溫柔善意，彷彿她對他談的是奧黛特。

「噢！對，生活是件糟糕透頂的事。我們應該要常見面才是，我親愛的朋友。跟您相處之所以窩心，就因為您不是個嬉笑度日的人。我們可以找個晚上聚聚。」

「我也這麼覺得。您何不過來蓋爾芒特一趟？我婆婆一定會欣喜若狂。一般評價都說那片風景很醜，告訴您吧，但我卻不討厭。我最怕那些『如詩如畫』的地方了。」

「我也這麼覺得。那裡的風景令人讚賞，」斯萬回應，「對我而言，在這時節簡直美得過

138　隱射法國康布羅納將軍（Cambronne, 1770-1842）的事蹟。據說，滑鐵盧戰役時僅剩他指揮的軍團寧死不降。他對勸降的英軍罵出「Merde」（原意為糞便，罵人去吃屎）這個字眼，從此聲名大噪。斯萬和洛姆親王夫人開玩笑說康布列梅耶（Cambremer）這個姓氏是由 Cambronne 及 Merde 二字縮略組成。

分，生動得過分；那是個令人幸福快樂的地方。也許是因為我曾經在那兒生活過，萬事萬物在我眼中都是那麼有意義！只待一陣風起，麥浪搖曳，我總覺得彷彿某人就要蒞臨，而我會收到一則消息；還有那些水畔小屋……我恐怕會很不幸福快樂！」

「噢！親愛的夏爾勒，當心哪，那個恐怖的洪皮雍夫人剛剛看見我了，你快掩護我，告訴我她最近發生什麼事，我記憶都模糊了，她究竟是把女兒給嫁了出去，還是替她的情夫找到了對象，我都搞糊塗了，也許兩者都有……還是她讓這兩人結了婚！啊！不，我想起來了，是她被她的親王給休了……您快假裝和我說話，別讓那個貝蕾妮絲過來邀我晚餐。況且，我也得走了。聽著，親愛的夏爾勒，好不容易跟您見上一面，您不想被我抓去帕爾瑪親王夫人家嗎？她肯定會高興極了，而且巴贊也會在那兒和我相會。要不是從梅梅那兒得到您的消息……您想想，我就再也見不到您了！」

斯萬拒絕了；他先前已告訴德・夏呂斯先生，說他離開德・聖厄維爾特夫人家之後便會直接回家，不會自尋煩惱，冒著風險去帕爾瑪親王夫人那兒，就怕這麼做會錯過他整晚一直在期待哪個家僕能來轉交給他的口信，或許，他能在自家門房那兒收到這口信。「這個可憐的斯萬，」那晚，德・洛姆夫人對丈夫說，「人依然親切，看起來卻很不快樂。您會見到他的，因為他答應最近會找一天過來晚餐。其實啊，我覺得這還真可笑，像他那麼聰明絕頂的人，竟然會為了那種女人痛苦神傷，況且那女人根本就乏善可陳，人家都說她是個笨女人。」她多說了幾句，表現出未被愛沖昏頭之人的智慧，認為一個有才情的男人只該為一個值得的人不快樂；那驚訝的程度，幾乎就像是得知人竟然會因為弧菌那般微小的生物而受霍亂之苦。

斯萬想離開，但就在終於準備溜掉之際，弗洛貝維爾將軍卻過來請他幫忙，說是想認識德．康布列梅耶夫人。他不得不隨他回沙龍尋覓佳人芳蹤。

「我說呀，斯萬，我覺得與那個女人共結連理總比被蠻族屠殺好，您說呢？」

「被蠻族屠殺」這幾個字狠狠刺痛了斯萬的心，他立刻覺得需要和將軍繼續談談：

「啊！」斯萬對他說，「許多美麗的生命曾因此結束……如您所知……那位骨灰被杜蒙．德．于維爾帶回來的航海家，拉佩魯斯[139]……（斯萬頓時興奮起來，彷彿剛才談到了奧黛特[140]）。拉佩魯斯性格高貴，令我十分感興趣。」他一臉哀傷地說。

「啊！拉佩魯斯，的確是！」將軍說，「他可是大名鼎鼎，有一條街就以他命名。」

「您有認識的人住在拉．佩魯斯街？」斯萬激動地問。

「我只認識德．尚利沃夫人，她是那位正直的肖斯皮耶的姊姊。她前幾天才為我們營造了一

139 拉佩魯斯（Jean François de Galaup, comte de Lapérouse, 1741-1788），法國海軍軍官、探險家，奉路易十六之命，一七八五年開始帶領科學家船隊探勘世界。他的船隊後來在駛往索羅門群島的航程中遭土著殺害。一八二八年，法國探險家德．于維爾（Jules Sébastien César Dumont d'Urville, 1790-1842）在所羅門群島當地找到遇難船骸，後將拉佩魯斯的骨灰帶回法國。

140 因為奧黛特就住在拉．佩魯斯街。

個精彩的喜劇之夜。您看著吧，那個沙龍有朝一日會變得非常優雅！」

「啊！她住在拉．佩魯斯街呀。真不錯，那是條漂亮的小街，那麼蒼涼。」

「才不呢，因為您有好一陣子沒去了，才這麼認為。那一區已不再蒼涼，開始處處建起樓房。」

斯萬總算把德．弗洛貝維爾先生介紹給德．康布列梅耶夫人，由於這是她初次聽到將軍的名姓，便淺淺露出驚喜的微笑；其實，要是人家在她面前從來沒提過別的姓氏，她也會如此，因為她不認識新家族的舊識，每次有人被帶過來，她便以為那是夫家舊識，心想自己應該要懂得隨機應變，表現出嫁進門後曾多次聽說的樣子，遲疑地伸出手，藉此證明她需要克服自己已養成的拘謹，讓發自內心的親切戰勝那份矜持。而且她的公婆，她依然相信他們是全法國最顯赫的望族，他們總宣稱她是一位天使，讓兒子將她娶進家門，為的更是有意顯露令他們折服的是她的德行，而非她的萬貫家產。

「夫人，看得出來，您有音樂家的心靈。」將軍對她說，不經意地影射燭盤那段插曲。

演奏重新開場，斯萬明白自己在這段節目結束前是走不開了。被圍困在蠢笨可笑得令他驚訝的這群人當中，他倍感煎熬，因為，他們不懂他的愛，就算知道，也無能關心在意，只能當成幼稚的行為莞爾看待，或視之為瘋狂舉動，感到惋惜；他們對他展現出這段愛情是一種僅存在他心中的主觀狀態，沒有任何外在條件能讓他肯定那段愛的真實性；他分外痛苦，連樂器聲響都刺激他想吶喊出聲，因為在這個奧黛特永遠不會來的場所，他的流放一再延長，在這裡，沒有人、沒有任何事物認識她，她徹底缺席。

但是，忽然這麼一下，彷彿她走進來似地，這樣的現身方式對他造成極為劇烈的痛楚，以至於他得捂住心臟。因為小提琴爬升到高音領域，徘徊不去，彷彿意欲等待，而那等待不斷延長，但琴音不斷，激昂之中，已瞥見那等待的對象逐漸靠近，使出絕望的拚搏，試圖持續，直到他到來，在音絕之前迎接他，用最後的力氣，再一會兒，替他保持來路暢通，讓他順利通過，彷彿盡力撐住一道門，不讓門板落下。斯萬還沒來得及告訴自己：「是凡特伊奏鳴曲的小樂句，快別聽！」所有奧黛特迷戀他那時的吉光片羽，直到今日之前他都好好埋在內心深處，不現痕跡，被戀愛時刻突如其來的迴光返照矇騙的那一切回憶，此時全都甦醒過來，而且展翅高飛，對他此刻的不幸毫不留情，迷亂地朝他高歌那早已遺忘的幸福主旋律。

不是「曾經幸福的時光」、「曾經被愛的時光」之類的抽象說法，這類句子直到剛才他都還常掛在嘴邊，不痛不癢，因為他的智性封閉的那些往日，充其量只是沒有保存任何質地的片段；他再次遭逢的，是被這失落的幸福永遠凍結住的所有特質，以及稍縱即逝的精華；一切重現腦海：她拋進他馬車裡的菊花，花瓣捲曲，柔白如雪，他一路持著抵在唇邊——「金屋」餐廳的地址，以凸版字樣印在他所讀的那紙信上：「提筆寫信給您，我的手抖得好厲害」——她皺起的眉頭，彼時她表情哀求地對他說：「您不會許久之後才跟我聯絡吧？」他聞到理髮師燙髮鐵捲棒的氣味，羅雷丹去接小女工時，就是這東西拉撐了他的「毛刷頭」[141]；那個春天那麼常下的急陣雨；月光下，冷冽中，他乘著維多利亞式馬車回家，慣有的思路，四季的印象，肌膚的反應，這一切經緯交織，在隨後連續幾週鋪展成一張形式相同的網，他的軀體再度困陷其中。這一刻，他領略到了憑愛過活的人享受到的樂趣，好奇心得到充沛的滿足。他本以為能就此打住，不至於非得嘗到痛苦的滋味，因為現在，相較於令奧黛特的魅力如一圈模糊光暈般擴展開來的巨大恐怖，與那份不能時時刻刻得知她做了什麼、無法隨時隨地永遠擁有她的強烈焦慮，她那魅力本身實在是小巫見大巫。可嘆啊！他想起她嚷嚷時的腔調：「但我隨時都可以和您見面，我一直有空！」那個她，後來再也不是這樣了！她對他的生活曾有過的興趣與好奇，他賜予她的熱情渴望——當初反而被他視為避之唯恐不及的麻煩之源——讓她走進他的人生；曾經，她不得不再三懇求，他才願意讓她帶著去維爾迪蘭家；他只讓她每個月來家裡一次那時，她又是多麼需要不斷求說，說她夢想能日日相見，那會是多美妙的習慣，他才答應讓步，那時她在他眼中不過是個枯燥乏味的麻煩，日後她卻開始厭煩，最終恩斷義絕，還成為他眼中難以克服又痛苦的需求！第三次見面時，由於她一再地問：「您為何不讓我再更常過來呢？」他大笑，略帶調情意味地回說：「因為怕要受苦。」真不知這是否一語成讖。如今，唉！她偶爾還會從某家餐廳或酒店用印有店家名號的紙張寫信給他，然而字字句句卻有如烈火烙印，令他更加心急如焚。「這信是從伍伊蒙酒店[142]寫來的？她去那兒能做什麼！是跟誰去？發生什麼事？」他想起守夜人捻熄了義大利人大道上一盞盞的煤氣燈，那時他在不抱任何希望下，在幢幢遊魂暗影之中和她重逢；對他而言，那一夜彷彿近乎超自然，的確也是——彼時，他甚至不需自問，這樣四處尋找她、找到她，是否會惹得她不悅，因為他確信她最大的喜悅莫過於見到他，跟他回家——那一夜確實屬於一個神祕的世界，那世界的入口一旦封上，就永遠回不去了。面對這重回記憶的幸福，斯萬動也不動，他看見一個不幸的人，頓時心生憐憫，由於沒能立即認出那是誰，他不得不垂下眼睛，以免別人看見他熱淚盈眶：那人，就是他自己。

頓悟當下，憐憫之心驟然停止，但他嫉妒起曾被她愛過的另一個自己，嫉妒以前他常不痛不癢地掛在嘴邊、那些「也許是她愛的人」，既然現在的他已用菊花的花瓣以及金屋的名號換來了「愛」這個模糊的概念，那花瓣和紙箋充滿愛意，然而概念之中卻無愛情。接著，痛苦變得太過激烈，他伸手撫過額頭，任由單眼鏡片掉落，順手擦起鏡片。此刻，要是他看見自己這副模樣，想必會在依眼鏡款式辨識人的系列再添一筆；他挪開那片眼鏡，一如揮走惱人的愁緒，在被淚眼朦朧了的鏡片上，試圖用手帕拭去煩惱。

小提琴的旋律中——聽者若是沒看見樂器，便無法將耳中所聞與其意象相連，而那意象是會

---

141 「brosse」，將前方頭髮梳高，露出額頭的男性髮型。

142 伍伊蒙酒店（Hôtel Vouillemont），位於巴黎協和廣場附近的 15 rue Boissy d'Anglas，當時許多巴黎乃至世界各國的貴族名流多在此出入，包括那不勒斯國王及王后，奧匈帝國約瑟夫一世之皇后茜茜公主等。

改變音色的——有幾種聲調抑揚在他聽來就和某些次女低音如此相同，恍惚間，還以為有一名女歌手加入演出。抬起眼，只見如中國寶盒般珍貴的琴身，但一時間仍被人魚淒絕的呼喚所騙；偶爾也以為聽見一隻遭囚的精靈在被施了魔法、輕顫不已、高深莫測的共鳴箱深處掙扎著，宛如鎮封在聖水池裡的魔鬼；最終，偶爾，空氣中彷彿飄過一個超自然、純粹的生物，緩緩舒展著肉眼不能見的訊息。

樂手彷彿根本不是在演奏小樂句，更像是在遵行這段樂句要求的儀式，好讓它顯靈，施下所需的咒語，以取得些許時間，延長召靈效力；斯萬，他再也看不見這段曲魂，因為祂屬於紫外線的世界；如同品味著因走向祂而暫時失明這種變形的新體驗，斯萬感覺到祂的存在，宛如一位女神，守護著他的愛，守護他愛情的祕密，而且為了穿越人群來到他面前，將他帶開以便私語，她喬裝化為如此的聲響之相。她輕盈、和緩地經過，呢喃如一陣芳香，對他傾訴要說的話，而他一字一句仔細凝聽，眼睜睜地見這些話語迅速飛散，遺憾不已；他的雙唇不由自主地輕吻，就在這和諧又易逝的音樂形體行經之際。他不再自覺遭到放逐，形單影隻，因為這位女神前來對他訴說，輕聲對他說起奧黛特。畢竟他已不再如先前那樣，總覺得小樂句對他和奧黛特一無所知；因為樂句女神是那麼常見證兩人的喜悅！而她也的確常向他警示兩人關係的脆弱。當初，他甚至在她的笑容和清晰透徹的語調中，隱約料到了幾分痛苦；如今，他覺得其中蘊含的更像是放下之善美，幾近欣喜。她昔時對他訴說的那些愁緒，他未受其影響，但眼見她微笑著拖曳在身後，隨她的路線蜿蜒曲折，行進匆匆，這些愁緒如今變成了他的，他不敢期盼能有解脫之日，她卻似乎一如既往，對他的幸福做出開示：「這有什麼？這一切都不算什麼。」斯萬在思緒中對這位凡特伊初次生出一股溫柔與悲憫，不知這位弟兄是何許人也，高尚不凡，應該也曾歷經無數辛酸；他的人生是什麼模樣？究竟是什麼樣的苦痛，讓他從中淬煉出這股神的力量，這無窮無盡的創作能量？當小樂句對他講述他那些苦痛的虛無，斯萬感受到在那樂曲的智慧裡吐露著溫柔，而同樣的智慧，剛才，自覺在認為他的愛情是無傷大雅的胡鬧的那些冷漠的人們臉上讀到時，他卻難以忍受。而小樂句卻相反，無論它對這些短暫的心靈狀態可能持何種意見，卻不像那所有的人，它總能從中察見些什麼，雖不如正面積極的人生那樣冠冕堂皇，反而更加優越，以至於光是那一點點，就值得費心表現。內心傷悲的這種魅力，這段樂句試圖模擬、再造，甚至重現其本質，然而這部分偏偏難以言傳，在所有感受不到的人眼中更是微不足道。這一己之悲的魅力本質，小樂句捕捉到了，它使其現形可見，以至於令同一群現場聽眾——只要略有音樂素養——都能認可它的價值，品味其神妙的甘美；然而那些人日後在生活中眼見身邊種種特別的愛戀萌生時，卻又不知賞識。想必，小樂句為這類魅力編上的密碼無法以理性分析。但這一年多來，至少曾有一段時日，斯萬心生對音樂的愛戀，而這份愛對他揭露了他相當豐富的心靈；他將樂曲的動機視為真實的思想概念，屬於另一世界，另一層次，被幽暗籠罩，未知，智性無從滲入，但一則則的概念倒也清晰可辨，各有其價值與意義，不盡相等。在維爾迪蘭家那次晚會之後，他自己曾請人重現小樂句，試圖釐清這段動機如何以一陣香氣之形、一次愛撫之姿，將他從四面八方包圍、裹住；他因此明白了：這摻雜著蜷縮與冷顫之感的溫柔印象，正來自組成樂句的那五個音符之間的微弱差距，以及其中兩兩不斷的相互呼喚。但事實上，他知道自己這麼做並不是在針對樂句本身去理解，而是僅僅著重單純的價值，以方便自己的智性思考，換下初次聽見這首奏鳴曲時即已感知的神祕本質，而那次初聞是在認識維爾迪蘭夫婦以前的某一夜。他知道他對鋼琴的記憶更是錯亂了他對音樂的布局看待，開展在音樂家眼前的領域不是一列小家子氣的七音琴鍵，而是一組不可估量、幾乎全然未知的鍵盤，僅在這裡、那裡間隔著未經探索的濃厚暗霧；柔和的，熱情的，勇敢的，莊嚴的，組成這張鍵盤幾百萬次觸鍵中的幾次，每一次皆與其他次截然不同，宛如一個宇宙與另一個宇宙的差異；幾位偉大的藝術家造福了我們，在那當中發現這樣的觸鍵，喚醒我們去對應他們的發現，藉此向你我展現，我們的心靈，這片遼闊的黑夜，無從進入，充滿挫折，被我們視為空幻及虛無，其實當中暗藏著多少寶藏，多少變化。凡特伊就是這樣的音樂家。儘管對理性而言，他的小樂句裹覆著一層晦暗的外衣，卻令人感受到當中內容如此扎實，如此清晰；樂曲賦予這內涵那麼新鮮、那麼獨創的力量，凡是聽過的人皆會將之存留心中，與智性平起平坐。斯萬將這段小樂句比做一種愛情與幸福的概念，立即知道它何以獨特，一如當《克萊芙親王夫人》[143]或《荷內》[144]等名字浮現腦海，便知其妙處所在。甚至在沒有掛懷小樂句的時刻裡，這段曲子仍潛存在他的神智當中，一如某些其他的獨特概念，像是亮光，聲響，立體感，肉慾之歡，皆是我們的內在領域擁有的財富，多元多樣，光鮮亮麗。也許我們會失去這些，也許它們會自行消逝，倘若我們又重返虛無。但只要活著，就別無他法，只能將之當成真實的物件，就好比我們也不能質疑在臥房中那些變形物品前點亮的燈光；它使黑暗躲逃，深藏回憶之中。因此，就像《崔斯坦》[145]的主題為我們呈現了某種情感上的領會，凡特伊的小樂句也兼納了凡人終將一死的處境，具有某種頗為動人的人性。這段樂曲的命運牽繫到未來，連結了我們的本心，是性靈最特殊、最與眾不同的裝飾。或許虛無才是真的，我們的夢完全不存在，但這麼一來，我們會感到，這些樂句，這些因夢想而存在的概念，必然也是一場空。我們終將朽滅，但我們握有人質：接替機運的，正是這些神妙的俘虜；有了它們的陪伴，死亡具有某種性質，沒那麼苦澀，沒那麼不光彩，也許也沒那麼真實。

所以斯萬沒有錯，他相信這首奏鳴曲的小樂句是真實的存在。確實，這段曲子以這個角度看

143 《克萊芙親王夫人 La Princesse de Clève》，一六七八年出版的法國小說，講述一位年輕的已婚女子與公爵的悲劇愛情故事，被視為現代典型心理學小說的始祖，作者咸認是拉法葉特夫人（Madame de La Fayette, 1634-1693）。

144 《荷內 René》，法國文豪夏朵布里昂（François-René, Vicomte de Chateaubriand, 1768-1848）的小說，被視為法國浪漫主義小說之先河。

145 華格納的歌劇《崔斯坦與伊索德 Tristan und Isolde》被視為古典－浪漫樂派的終結、新音樂的開山之作。普魯斯特非常欣賞華格納，多次在書信中讚揚其音樂因為非理性，所以更接近人性。

待充滿人性、卻屬於超自然造物的層次，我們從未見過；然而，儘管如此，這樣的造物，當某個前去不可見世界探索的人竟能捕捉到一個，而且將之從他能抵達的神妙境界帶回，在這凡塵俗世上方閃耀片刻，我們會欣喜若狂地辨認出來。這便是凡特伊為小樂句所做的事。斯萬感覺到，這位作曲者善用樂器特性，即是為了揭開這段樂句的面紗，讓它能為世人所見，追隨，尊敬其設計，而那設計之手是如此溫柔，謹慎，細膩，而且又如此自信，使樂音時時變化：為表現暗影而漸逝，在必須沿著路線果斷畫出輪廓時又再度變得強烈。斯萬相信這小樂句真實存在，有一項千真萬確的證據：那就是，若是凡特伊功力較差，難以看出其形態並加以表現，試圖隱瞞視力缺陷或手誤失靈，而在這裡一點、那裡一點地添入了他本身的觀點，但凡稍微細心的愛樂者都會立即察覺有詐。

小樂句消失了。斯萬知道它會在最終樂章的結尾處再現，就在維爾迪蘭夫人的那位鋼琴師總是跳過不彈的長段落之後。那段落當中有許多令人激賞的樂思，斯萬初次聆聽時未能明辨，如今頗有感受，就好像在他記憶大宅的更衣室裡，那些想法一下子褪去了新創作品別無二致的裝扮。斯萬凝神細聽所有進入小樂句結構的零散主題，它們彷彿一則必要結論的種種前提；此刻他正在參與樂句的生成。「噢！如此天才的膽識！」他心想，「也許和拉瓦節[146]、安培[147]都不相上下；實驗家凡特伊的膽識正在發掘一股未知力量的祕密法則，穿越未經探索的領域，讓他深信有存在、但肉眼卻永遠看不見的隱形馬車正駛往唯一可能的目標！」斯萬在最終樂章的開頭處聽見的鋼琴與小提琴相互對話是多麼美妙！除去人類的文字遠遠不似一般可能以為的那樣，會令奇幻異想全面主宰，反而是將之消滅；口說之語從來不是如此執拗的必要，並未真的呈現問之肯切與答之明確。起初，鋼琴獨奏唉唉唧唧，宛如被同伴遺棄的小鳥；小提琴聞聲回應，彷彿來自一棵鄰近的大樹。正如世界初創之始，地球上僅有此二物，或者該說那世界將其餘一切盡數隔絕在外，那世界是由某個造物者依其邏輯建構而成，永遠只有他們倆：即為這首奏鳴曲。不見蹤影，但聞呻吟，鋼琴聲接著溫柔重覆著的是一隻鳥，是小樂句尚不完整的心靈，還是一位仙子的哀怨？琴音啼喊，如此突然，小提琴手只得匆忙拉弓迎對。妙不可言的鳥兒！小提琴手似乎想對牠施以魔法，馴服牠，捕捉牠，鳥兒卻已進入他的心靈，奏起的小樂句已令小提琴手確實被附身的軀體像靈媒般激動起來。斯萬知道這段樂句就要再次傾訴了。他徹底一分為二，以至於等待就要與樂句正面相逢的那一刻，他不由得哽咽，好比一行優美詩句或一則悲傷的消息在我們身上引發的哽咽，這並非發生於我們獨處之際，而是在將之轉告朋友之時，在他們身上，我們看到的自己像是另一個人，而這個他者可能產生的情緒令我們心有不忍。小樂句再度現身，但這次它僅懸在半空，也只短暫演奏一會兒，宛如靜止，靜待音絕。然而斯萬完全沒錯過如此短暫的延遲。那樂句

146　拉瓦節（Antoine-Laurent de Lavoisier, 1743-1794），法國貴族，近代化學之父，命名氫與氧，提出「元素」的定義，進而制訂出第一個現代化學元素表。

147　安培（André-Marie Ampère, 1775-1836），法國物理學家，古典電磁學的創始者之一。電流的單位「安培」即是以他的姓氏命名。

仍在，宛如一顆撐著未破的七彩泡泡。如一道彩虹，彩光漸弱，低落，接著復又升起，而後在滅逝之前熱烈綻放，前所未見地激昂：除了至此所顯露的兩種顏色，它又另添絢麗的彩弦，光譜中所有的色彩，而且振弦高歌。斯萬不敢稍動，而且希望其他人也能保持安靜，彷彿絲毫動靜都可能破壞這幅美妙又脆弱、幾近消散的超自然幻象。其實，沒有人想到要說話。只消一位缺席者，也許是已逝之人（斯萬不知道凡特伊是否仍在人世）呼出難以言喻的話語，迴盪在那些祭司主持的典禮上，便足以捕捉三百人的注意力，而以這種方式召靈的講台即可成就一場超自然的祭典，堪稱最高貴的祭壇。因此，當小樂句終究瓦解，零碎漂散在隨後取而代之的樂曲動機中時，若說斯萬原先對以天真聞名的蒙特里安德伯爵夫人在奏鳴曲尚未結束便湊近他、坦率說出她的感受頗為惱怒，這時卻也不禁微笑，或許還在她的遣辭用字中發現了她自己不知道的深層意義。伯爵夫人對樂手的精湛技藝大感驚艷，對斯萬嚷著：「太精彩了，我從未見過如此強大的……」但她顧忌自己把話說得太滿，於是修正了最初的說法，補上保守的一句：「如此強大……打從桌靈轉以來從未見過！」

自從這次晚會後，斯萬開始領悟到奧黛特對他曾有過的感情將永遠不再，他希冀的幸福也再無實現的可能。在她偶然對他還算客氣、溫柔的那些日子，若是她表現出幾分關心，他便記下那些看似稍有回心轉意的虛偽表象，帶著那態度軟化卻令人起疑的關懷，那絕望的喜悅，如同有些人，照顧一個身患絕症、來日不多的朋友，小題大作，欣喜地轉述給別人聽：「他昨天自己算了帳，結果反而是他揪出我們加錯了一個地方；他高高興興吃了一顆蛋，要是消化良好，明天會試著給他一份肉排。」儘管他們知道，這些在必然一死前夕根本毫無意義。想必斯萬確定，要是現在的生活遠離奧黛特，對他而言，她終將會變得可有可無，那麼他甚至會很高興她永遠離開巴黎；屆時他約莫會有勇氣留下，但現在，他沒有勇氣離開。

他常有離開的想法。既然他現在重拾了對維梅爾的研究，可能就需要再回海牙、德勒斯登和布朗史維克去看看，至少幾天也好。他深信，莫瑞泰斯皇家美術館在戈德史密特拍賣會上以為是尼古拉斯．馬斯所繪而買下的《黛安娜的梳妝》，其實是出自維梅爾之手[149]。他真希望能在現場鑽研那幅畫作，好鞏固自己的看法。不過，在奧黛特人在巴黎時離開，甚至在她不在時離開——因為在感官刺激尚未習慣緩解的新場所，人會喚醒疼痛，一再受苦——這計畫對他來說如此殘忍，他覺得自己之所以還能不斷這麼想著，只因為他知道自己絕對不會付諸行動。不過，旅行的

148 桌靈轉（Tables tournantes）在十九世紀歐洲相當盛行，類似碟仙或通靈板（Ouija），參與者圍坐在桌旁，將手置於桌上，等待桌子轉動。桌子會朝桌靈選中的字母傾斜，進而拼出單詞和句子。文豪雨果曾沉迷其中，與因溺水而早逝的女兒通靈。

149 一八七六年，在巴黎舉行的戈德史密特拍賣會（Neville D. Goldschmid）上，位於荷蘭海牙的莫瑞泰斯皇家美術館（Mauritshuis）以一萬法郎買下《黛安娜的梳妝 Toilette de Diane》。由於一記假簽名，館方誤以為該畫是尼古拉．馬斯（Nicolaes Maes, 1634-1693）之作。這幅畫在一九〇七年後獲認定為維梅爾所繪。十九世紀末，維梅爾的畫作中《台夫特眺望》屬莫瑞泰斯皇家美術館館藏，德國的德勒斯登和布朗史維克（Brunswick）兩地則分別收藏了《窗邊讀信的少女》以及《拿酒杯的少女》。

念頭依然在睡夢中再度萌生，而且得以實現——雖然斯萬忘了這場旅行根本不可能成真。某天，他夢見自己啟程離開一年。他在車門口傾身探向月台上一個哭著向他道別的年輕人，斯萬試著說服他一起離開。火車搖搖晃晃，焦慮讓他為之驚醒，他想起自己沒有離開，當晚，隔天，以及幾乎每一天，都可以見到奧黛特。於是，夢中驚魂猶未定，他慶幸自己有種種特殊條件因而得以自主，多虧這些機會，他才能留在奧黛特身邊，讓她允許偶爾相見；他整理分析這一切優勢：他的境況——財富，她對他的財富太過依賴，所以不至於鬧到要分手（甚至，據說還暗中打著要讓斯萬娶她的如意算盤）——德．夏呂斯先生的友誼，說實話，夏呂斯從來沒能讓他從奧黛特那兒得到多少好處，但給了他溫暖，讓斯萬覺得奧黛特確實把這位她十分敬重的共同友人對他的讚賞有加聽了進去——最後，甚至要算上他的聰明才智，他充分運用這才智，每天策劃一項新計謀，好讓自己的出現對奧黛特而言即使稱不上愉快，至少也仍有必要——他揣想，自己若是少了這一切會如何，要是他跟其他那麼多人一樣，貧窮，卑微，生活困頓，不得不接受所有苦勞，或是得依附親戚配偶度日，那麼他便有可能得離開奧黛特，那場驚惶甫定的夢境就有可能成真；於是他告誡自己：「人總是身在福中不知福，我們從來沒有自以為的那麼不幸。」但他算了算，這樣的存在已經持續好幾年了，他能冀望的無非是能永遠這麼地持續下去，他會犧牲掉研究工作，享樂，朋友，最終賠上整個人生，日復一日地等待一場無法為他帶來絲毫快樂的約會；他懷疑自己是否弄錯了，曾經讓這場關係順利發展、沒讓他們分手的一切，難道沒破壞他的命運？渴望發生的事件，難道不是他那麼慶幸只在夢境發生之事：動身離開？他告訴自己：人總是身在禍中不知禍，我們從來沒有自以為的那麼幸福。

有時，他希望她不帶痛苦地死於一場意外，畢竟她一天到晚人都在外面，在路上，在馬車大道上。由於她總是平安無事地歸來，他不禁讚嘆，人身竟是如此柔韌又堅強，能不斷化解周遭所有災厄（自從他暗中的渴望開始推算，斯萬發現，這樣的災厄不勝其數），讓人每天都能恣意撒謊，尋歡享樂，而且大致還不遭懲罰。斯萬清楚感受到自己的心是那麼貼近穆罕默德二世，就是那幅他喜愛、出自貝里尼之手的肖像畫中人物，體會到他是如何瘋狂愛上眾多妻妾當中的一名，進而刺死她，而根據那位威尼斯傳記家[150]如實的記載，他這麼做，是為了找回神智的自由。然後，斯萬惱恨自己只想到自己，覺得自己承受的痛苦不值得絲毫同情，因為他自己也是如此輕賤奧黛特的性命。

既然無法一去不回地與她分手，當初若是在未曾分離的情況下和她見面，他的痛苦至少終能平息，愛火或許得以熄滅。既然她不想就此永別巴黎，他希望她也永遠不要離開他。由於知道她每年唯一一次長期離城是在八月和九月，他至少能夠提前好幾個月，從容地在整段將至的時光中

150　指著有《土耳其歷史 Historia turchesca》的喬凡尼・瑪利亞・安吉歐列羅（Giovanni Maria Angiolello, 1451-1525）。該書中即描述了穆罕默德二世的這項作為。

慢慢消化這苦澀的念頭。那是他預先攬在身上、由與現今性質相同的日子所組成的光陰，透明而冰冷地，在他懷著傷悲的神智中流淌，但未對他造成過度激烈的苦痛。不過，這內在的未來，這條無色且暢流無阻的時間之河，剛被奧黛特刺進斯萬心中的一句話觸及，那宛如一塊玄冰，凍住它，凝固水流，完全結冰；斯萬突然感覺自己被一團巨大且牢不可破的東西塞滿，重壓他內在世界的每一面牆，直至爆裂：奧黛特瞇笑的眼睛透露狡詐，觀察著他，對他說：「福什維爾安排了一趟華麗的旅行，五旬節[151]出發，他要去埃及。」斯萬當下立刻明白這句話的意思是「我在五旬節要和福什維爾去埃及。」事實上，斯萬幾天後對她說：「是這樣的，關於妳跟我說過的那趟要和福什維爾一起去的旅行……」她當真粗枝大葉地回說：「對，親愛的，我們十九號出發，會寄張金字塔的風景照給你。」他因而很想知道她是不是福什維爾的情婦，想對她本人提問。他曉得，她這麼迷信，有些偽誓不敢發的，既然他如今已失去所有被愛過的希望，此前一直令他忍氣吞聲、怕詢問時激怒奧黛特，使得她討厭自己的憂懼也已不復存在了。

有一天，他收到一封匿名信，告訴他奧黛特曾是無數男人的情婦（信中列舉了幾個人，包括福什維爾，德．布列歐特先生和那個畫家），也是無數女人的愛人，而且還常出入妓院。想到朋友當中竟然有人會寫這封信給他，他頭疼不已（因為信中某些細節透露出寫信者非常熟悉斯萬的生活）。他苦思這人可能是誰。但對於別人不為人知的舉動，那些與他們的言論無明顯相關的行為，他從不曾起疑。他想知道，究竟是該把這魯莽行徑發源地所在的未知範疇定位在德．夏呂斯先生，德．洛姆先生，還是德．歐爾桑先生的外在特質上，因為這幾個人無一曾在他面前贊同過匿名信，而且他們的話中滿是對這種行為的斥責和反對，他看不出有何理由能把這項惡行歸咎到其中某人而非另外一人的本性上。德．夏呂斯先生的腦子天生有點毛病，但極其善良溫柔；德．洛姆先生的個性則是有點疏離淡漠，但思想健全而且正直。至於德．歐爾桑先生，斯萬從未遇過這樣的人，即使遭遇最悲慘的境況，見到他時，話語仍如此感人，舉止這般低調合宜，斯萬因此無法理解眾人何以在德．歐爾桑先生與一位富有的女性的私情中，把他設定成一個粗俗露骨的角色，斯萬每每想到德．歐爾桑先生，總是不得不把那個與他諸多體貼之舉的明確事實相違的惡名拋在腦後。一陣子過後，斯萬覺得自己的思路越發渾沌，便改想其他事情，好藉此找回一點靈光。而後，他鼓起勇氣，回頭檢視這些思考。但這麼一來，既然無法懷疑任何人，他只好懷疑所有人。畢竟，德．夏呂斯先生喜歡他，心地善良，但他是個精神病患，明天也許會因為得知他罹病而為他哭泣，今天卻出於嫉妒和憤怒，衝動之下就突然起了念頭要傷害他。其實，所有人之中就屬這類最糟。顯然，洛姆親王遠遠不及德．夏呂斯那麼喜歡斯萬，但也正因為如此，他對斯萬並不像夏呂斯那樣敏感；再說，他無疑本性冷淡，既做不出什麼大事，卻也不至於會有卑鄙之舉。斯萬後悔自己此生只和這樣的人交好。接著，他又想到，阻止人傷害旁人的是善心，而他其

151　五旬節（Pentecôte），基督教的聖靈降臨節的日期則定在復活節後第五十天。

實只能回應與他類似的天性，例如，就心意而言，德．夏呂斯先生的天性。光是想到那行為會令斯萬難過，應該便會引起他的反感。不過，面對一個冷漠無感、這另一種類型的人，例如洛姆親王，要如何預料本質迥異的動機可能會導致他做出何等行徑？心意即是一切，而德．夏呂斯即是個有心之人。德．歐爾桑先生也不乏好心，他與斯萬的關係雖然和諧，卻無甚親密，這交情來自兩人時常想法一致，頗有話可聊，對斯萬而言，這也算是一種休息，可暫離德．夏呂斯那股炙烈的好感，那可能化為激情的行動，可能好，也可能壞。若說有誰讓斯萬始終覺得自己獲得理解，並被悉心愛護，那就是德．歐爾桑先生。沒錯，但他過的那種不光彩的生活該怎麼說？斯萬後悔以前不曾慎思，經常開玩笑說自己唯有在一群惡棍之中，才能強烈感受到前所未有的同理心與尊重。「這也不是全無道理，」現在他心想，「常人只要一評判周圍的人，針對的無非就是他們的行為。只有行為才算數，我們所說所想的則毫無意義。夏呂斯和洛姆可能有這樣或那樣的缺點，但都是正直之人。歐爾桑也許沒有那些缺點，但並不誠實。他有可能又幹了一次壞事。」斯萬接著懷疑起雷米；的確，這個人應該只有煽動別人寫信的份，但斯萬一時之間覺得這條線索正確無誤。首先，羅雷丹確實有理由對奧黛特記恨。再說，要如何不去猜想，這些家僕由於生活條件不如我們，可能會加油添醋把我們的財產和缺點想像成是他們嫉妒又鄙視的鉅富和惡行，注定會做出我們上流人士不會做的舉動？斯萬也懷疑我的外公。他每每請我外公幫忙，外公不都一向拒絕嗎？再加上他的布爾喬亞思想，他很可能認為這麼做是為了斯萬好。斯萬還懷疑貝戈特、畫家、維爾迪蘭夫婦，過程中還再次讚嘆起上流人士不和這些藝術圈子往來的睿智，因為那圈子的確可能會發生這樣的事，他們甚至還會間接承認，美其名說那是個逗趣的玩笑；但他想起這群波希米亞的率直特性，將之對照一種權宜投機的度日方式，如同貴族因缺錢，需求奢侈和貪圖享樂而過著的那種幾乎等同於詐欺的生活。總之，這封匿名信證明了在他認識的人當中，竟有一人如此居心不良，但他卻還是看不出包藏這壞心眼的本性——他人無法探索——何以應來自溫柔的男人而非冷漠的男人，何以只存在藝術家身上而非布爾喬亞身上，何以存在崇高的領主身上而非僕役身上。該用什麼標準來評判他人？其實，在他認識的人當中沒有一個做不出卑劣之事。難道應該全部斷絕來往？他的神智開始朦朧；三番兩次伸手撫摸額頭，拿出手帕擦拭單眼鏡片，茫然心想，反正，跟他不相上下的人也一直和德．夏呂斯先生、洛姆親王和其他朋友交往；他告訴自己，就算無法斷言這幾位做不出卑劣之事，但這至少表示，與未必做不出那種事的人往來也是生活中的必然，人人都得順從吧。於是他繼續與所有他曾懷疑過的朋友握手，內心純粹帶著保留，唯恐企圖要讓他絕望的或許就是他們。至於那封信的實質內容，他並不擔心，因為當中對奧黛特的羅列指控，無一跟真實沾得上邊。斯萬與許多人一樣，懶得動腦，缺乏新意。如同普世真理，他很清楚，人的生活充滿矛盾對立，但對每個獨立個體，他總將對方生活中他不知的那部分，全想像成和他熟悉的那部分別無二致。他藉由人家告訴他的這些，想像他們沒說的那些。奧黛特在他身邊那些時刻，若兩人一起談論某種粗心莽撞的行徑，或從別人那兒得到的某種魯莽感受，她總加以譴責，依據的論點與斯萬自幼從父母那兒聽到、而且至今仍然謹記遵行的教誨如出一轍；接著，她便去修剪花草，飲一杯茶，關心斯萬的研究工作。於是斯萬將這些習性延伸到了奧黛特其餘的生活，當他有意推想奧黛特不在他身邊時的景況，便不斷重複她那些舉動。若是先前有人向他描述她是個什麼樣的女人，甚或說，她跟了他那麼久，心卻始終在另一個男人身上，他應該會心痛不已，因為，在他看來，這番畫面的確頗為真實。但說她出入妓院老鴇家，跟女人狂歡作樂，過著下賤女子的邪淫生活，這是多麼荒唐不著邊際！感謝上帝，他想像中的菊花，一杯杯的茶，還有充滿道德感的義憤填膺，決不可能讓那樣的事有成真的餘地。只是，他時不時地會心存惡意，故意讓奧黛特知道有人曾向他透露了她的所有作為，而且，刻意利用某個偶然聽得、無關緊要但真實的細節，彷彿他在眾多細節中唯獨漏了那一小部分的口風，藉此好讓奧黛特明白，他早已在偶然間完整拼湊出了她的生活全貌，藏於心中；他誘導她起疑去猜想他知道一些事，其實他根本不知道，甚至未曾有過疑心，畢竟他常求奧黛特莫竄改事實，只是為了讓奧黛特將她的所做所為全告訴他，無論他知情與否。想必，就像他告訴奧黛特的，他喜歡真誠，但他喜歡的真誠要像一個能將他情婦的生活一五一十告訴他的老鴇。他對真誠的喜愛並不是沒有利益私心，這因而未能使他變成更好的人。他珍惜的真相是奧黛特願意告訴他的真相；但他自己為了得到這樣的真相，卻不怕藉助謊言，是他不斷對奧黛特形容說是會帶著全人類墮落的謊言。總之，他說謊的程度與奧黛特不相上下，因為，他比較不幸，也更自私。而她，聽見斯萬這樣對她描述她做過的事，她注視著他，一臉猜疑，不顧一切怒氣沖沖，總之就是不願示弱，不想流露慚愧的模樣。

有一天，那是在持續最久的那段平靜時期，彼時他還能好好度日，不受嫉妒襲心；那天他接受了邀請，晚上要和洛姆親王夫人一同去看戲。翻開報紙查詢戲碼時，岱奧多．巴利葉的《大理石女》[152]這個標題殘酷地映入眼簾，令他為之一驚，以至於往後一退，撇過頭去。由於「大理石」一詞經常出現眼前，他早已失去辨識能力，而今此字現身的新位置，彷彿被聚光燈照亮，它突然變得清晰可見，這立即令他回想起奧黛特告訴過他的那段往事：她曾偕伴和維爾迪蘭夫人去工業宮參觀，夫人在那兒對她說：「當心喔！我可是知道怎麼讓妳別這麼硬邦邦的，妳也不是大理石做的呢！」當初奧黛特向他說明那不過是句玩笑話，他也沒當一回事。然而，現在他對她的信任已不比當時。而且那封匿名信正也提及了這類型的情愛。他不敢抬眼讀報，遂將報紙攤開，翻過一頁，避免見到「大理石女」這幾個字，開始機械化地讀起各省新聞。英吉利海峽地區有一場暴風雨，在迪耶普、卡堡、伯茲瓦爾[153]等地造成災情。他的身子立刻又往後一縮。

伯茲瓦爾這個名字讓他聯想到同地區的另一個地方，伯茲維爾，而這個地名以連結號與另一

152　《大理石女 Les filles de marbre》，是巴利葉（Théodore Barrière）與提布斯特（Lambert Thiboust）於一八五三年創作的輕歌舞劇。十九世紀，「大理石女」一詞是指鐵石心腸的交際花。

153　Dieppe、Cabourg、Beuzeval，皆是諾曼地濱海的市鎮。

個地名合而為一，也就是布列歐特[154]。他常在地圖上見到這個地名，但這回倒是首度注意到那地方與他的朋友德．布列歐特先生同名，而匿名信裡正指稱他是奧黛特的情人。無論如何，對德．布列歐特先生的指控並非空穴來風；但與維爾迪蘭夫人有關的那些是絕對不可能的。奧黛特雖然偶爾會撒謊，卻也無法因此斷定她從來不說真話，而在她和維爾迪蘭夫人交談，而後又親口轉述給他聽的話語裡，斯萬辨識出了女性之間那種無聊又危險的玩笑，由於涉世未深，又不知險惡，這些話語顯示了她們的天真無邪，而且——例如就像奧黛特——會開這種玩笑的女性絕不可能對另一個女人有柔情萬千之感。然而，相反地，當她否認轉述中無意間在斯萬內心衍生出的一時懷疑，她那惱羞成怒的模樣，就他對她的理解，倒是完全符合他這名情婦的品味與脾性。但此時此刻，由於某種嫉妒心的啟發，好比還只會用一個韻腳的詩人或僅有一次觀察經驗的學者靈光乍現，從而得到造就他們整體強大未來的妙思或定律，斯萬首度想起兩年前奧黛特曾對他說的一句話：「噢！維爾迪蘭夫人這陣子只對我好，我是她的心頭之愛，她吻我，要我陪她逛街，要我對她以『你』互稱。」當時他萬萬沒想到，這句話與奧黛特用來佯裝自己有惡癖而對他說的荒唐話竟有關聯，只當那是誠摯友誼的證明。現在，關於維爾迪蘭夫人那份柔情蜜意的回憶突然湧上，連結起記憶中她那品味低劣的談吐。他的想法再也無法將這兩者分開，還看見它們混進了現實之中。柔情讓那些玩笑話有了某種正經而且鄭重的成分，反之，因為這些玩笑，柔情也喪失了無邪純真。他前去奧黛特家，坐得離她遠遠的。他不敢吻她，不知道在她心中，在自己身上，一個吻喚醒的會是親暱的情感，還是憤怒。他靜默無語，眼睜睜看著兩人的愛死去。霎時，他下定決心。

「奧黛特，」他對她說，「親愛的，我知道自己惹人厭，但有些事情我還是得問問妳。還記得那時我對妳和維爾迪蘭夫人的事是怎麼想的嗎？不管是和她，還是和別的女人，告訴我，那到底是不是真的。」

她嘟起嘴，搖搖頭；面對有人邀問：「您要不要來看騎兵遊行？您會不會參加閱兵？」人們常會用這種表情回應，表示自己不會去，覺得這些事很無趣。但對尚未到來之事如此習慣性的搖頭，因而卻在對已發生之事的否認中摻雜了些許不確定。況且，這動作背後代表的只是一些個人因素，沒有譴責之意，也並非在道德上無法接受。眼見奧黛特這麼搖頭否認，斯萬明白，事情或許是真的了。

「我已經告訴過你，你明明很清楚。」她既憤慨又難過。

「對，我知道，但妳真的確定嗎？別跟我說：『你明明很清楚』，告訴我：『我從來沒跟任何女人做過那種事』。」

她像是複誦似地，一副諷刺的口吻，彷彿只想敷衍他：

154 布列歐特（Beuzeville-Bréauté）位於諾曼地內陸，是巴黎聖拉扎爾－勒哈佛鐵路（Ligne de Paris-Saint-Lazare au Havre）線上的站名。

「我從來沒跟任何女人做過那種事。」

「可以對我用妳那面拉蓋聖母的鍊章發誓嗎？」

斯萬知道，奧黛特不會對這面鍊章起偽誓。

「啊！你真讓我難過！」她嚷了起來，驀然躲開他咄咄逼人的質問。「你有完沒完？今天是怎麼了？所以你是鐵了心要我討厭你，憎恨你？這下可好，我正想跟你恢復以前那樣的好日子，但這就是你的報答！」

然而，他不放過她，像個外科醫師，只是等著打斷開刀的痙攣結束，但沒有放棄手術：

「妳錯了，別以為我對妳有絲毫埋怨，奧黛特，」他那裝出來的溫柔語氣說服力十足，「我一向都只跟妳說我知道的事，而且自始至終，我知道的都比我說出的還詳細。但只要妳一句發誓，就能化解那些讓我恨妳的事，因為那都是別人來向我告密揭發的。我對妳的憤怒並非來自妳的行為，我原諒妳的一切作為，因為我愛你；但妳的口是心非，那可笑的虛情假意，使妳冥頑不靈，一再否認那些我已經知道的事情。看著妳支持我，對我信誓旦旦，可是我明知那都是假的，妳這是要我怎麼繼續愛妳？奧黛特，此時此刻對你我都是折磨，這凌遲就別再繼續下去了。妳若是願意，一秒就能結束，就能永遠解脫。用妳的鍊章起誓，告訴我，妳究竟有沒有做過那些事。有，還是沒有？」

「我什麼都不知道！」她怒氣沖沖地大喊，「也許是很久以前，在我根本不知道自己在做什麼的情況下，可能有過兩三次！」

斯萬早就設想過所有可能。所以，事實這玩意兒與可能的狀況根本毫無關係，就像我們突然挨受的一刀與罩頂烏雲的微微移動也不相干，既然那句「兩三次」活生生地在他心上刻下一個十字。「兩三次」，真奇怪，不過就是幾個字，幾個吐在空中的字，遠遠隔著一段距離，竟能如此撕裂他的心，彷彿當真刺了進去，竟能讓人苦痛難當，彷彿已喝下肚的毒藥。斯萬不禁想起他在德·聖厄維爾特夫人家聽見的那句說法：「這是我打從桌靈轉以來見過最強大的。」斯萬現在感受到的痛苦，與他原本以為的天差地遠。這不僅是因為連在最全面的戒心下，他也鮮少如此深入地想像痛苦，更因為即使他曾經想像，那痛感總仍模糊，不明確，並未夾雜那股從「兩三次」這幾個字逸出的格外恐怖，沒有那份特殊的殘忍，有別於他曾從某種初次染上的疾病體驗到的任何疼痛。然而這個奧黛特，這所有痛苦的源頭，在他心目中的親愛程度卻未見稍減，反而更加珍貴，彷彿痛苦越是厲害，鎮定劑的價格便越發高漲，而解毒之藥唯這個女人握有。他想如同對待突然發現加重的疾病那般，更加悉心去照護她。他希望她剛才說曾做過「兩三次」的那件糟糕事不會再發生。為此，他必須看緊奧黛特。常言道，向朋友告發他情婦的過錯，只會讓他和她更親近，因為他不會相信那些話，但要是信了，不知還會更親近到什麼程度！「但是，」斯萬問自己，「如何才能成功保護她？」他或許能把她從某個女人手中救出來，但其他女人還有何止幾百個。於是他頓時領悟到當初發生在他身上的事情多麼荒唐：在維爾迪蘭家那晚，他找不到奧黛特，於是開始渴望占有另一個人，但這是絕不可能的。斯萬的心靈彷彿剛遭受蠻族部落大舉入侵，所幸，在這新添的痛苦之下存在著他固有的天性，更古老，更溫和，而且默默辛勤，如同受傷器官的細胞，立即準備修復壞損的組織，例如痳痺肢體的肌肉，正試圖恢復運作。他靈魂中那些較古老、較原始的住民，瞬間使出斯萬所有的氣力，暗暗進行這修補工作，讓一個大病初癒或剛動完手術之人有得到休息的幻覺。但這次不比平常，這種精疲力竭造成的放鬆感並非出現在他腦內，而是在他心裡。然而，生命中曾存在過的一切皆有再生的傾向，如一頭即將斷氣的獸，在一陣看似就要結束的抽搐中又一記驀然驚跳，在斯萬一度得以倖免的心上，同樣的痛苦畫下了同樣的十字。他想起那些灑滿月光的夜晚，斜躺在載著他前往拉．佩魯斯街的維多利亞式馬車中，他沉溺在一個熱戀男子醞釀激情的快感中，不知日後這必將生出毒果。但這整個想法持續不過一秒，就這一秒，他把手按在心上，調整呼吸，勉強微笑，以掩飾他所受的折磨。他已隨即繼續展開提問。畢竟，妒火特意盡了連敵人多半也不願盡的努力，對他如此狠狠打擊了一番，讓他嘗到生平前所未有的痛苦，但這妒意還嫌他不夠痛苦，執意要他受更深的傷。凶神一般，嫉妒刺激斯萬，將他推至萬劫不復之地。然而，他的折磨起初若是未曾加劇，那並非他的錯，都該歸咎於奧黛特。

「親愛的，」他對她說，「都結束了。是我認識的人嗎？」

「當然不是，我向你發誓！而且，我想我說得誇張了些，其實沒到那種地步。」

他微微一笑，又說：

「能怎麼辦呢？雖說一點兒也沒關係，只可惜妳沒辦法告訴我那人的名字。讓我得知那人的模樣，便能永遠避免我再去掛懷。我這麼說都是為了妳著想，因為那麼一來我就不會再煩妳了。得知事情的樣貌是多麼令人平心靜氣啊！最糟的莫過於無法想像。只是妳已經這麼好心配合，我也不想再勞累妳了。誠心感謝妳帶給我的一切美好。結束了。再問這一句就好：『那是多久以前的事？』」

「噢！夏爾勒！難道你看不出來我都快被你給逼死了?!那些全都是陳年往事了，我根本沒再想過，可是你簡直就像是硬要把那些念頭灌回我腦子裡似的。別白費工夫了！」她說，語帶不自知的愚蠢，而且心懷惡意。

「噢！我只想知道那是不是在我認識妳之後的事。但那也是再自然不過。就在這裡嗎？妳要不要告訴我大概是哪天晚上，好讓我想想那晚我在做什麼？妳很清楚，妳不可能想不起來是跟誰在一起，奧黛特，我心愛的。」

「我根本就不知道，我想是有個晚上在布洛涅森林，你後來到島上跟我們會合，那晚你先在洛姆親王夫人家用過晚餐。」她很高興能提出確切的細節，證明自己誠實無欺。「鄰桌有一位我很久沒見的女性。她對我說：『我們去小岩石後面欣賞湖光月色吧！』我先是打了個呵欠，回說：『不，我累了，待在這兒很好。』她信誓旦旦稱說從沒見過那樣的月色。我對她說：『妳真是愛說笑！』我很清楚她究竟想做什麼。」

奧黛特幾乎是笑著敘述這些，若非覺得這再自然不過，不然就是因為她認為這麼做能減輕事情的嚴重性，或是能不至於丟臉。眼見斯萬臉上的表情，她的語氣頓時一變：

「你真可悲，就喜歡折磨我，逼我說謊，我說謊不就是為了圖個清靜嗎？你卻以此為樂！」

後來這一記對斯萬的打擊比前一記還更凶猛。他萬萬沒料到竟然是這麼近期的事，他被蒙蔽的雙眼竟然沒發現；事情竟然不是發生在他沒經歷過的過去，而是在他記憶猶新的那些晚上，他已經和奧黛特一起生活，他以為自己熟悉所有過程，現在回溯，卻得知其中暗藏令人難以忍受的欺瞞。那些夜晚突然坍陷出一個如此巨大的裂口，也就是森林島上的那個時刻。奧黛特雖無聰明靈巧，倒是有股天然不做作的魅力。她詳加敘述，表情十足地臨摹那一晚的場景，如此單純自然。斯萬呼吸急促：奧黛特的呵欠，那塊小岩石，歷歷在目。他聽見她的回應——「妳真是愛說笑！」那話中，唉，滿是欣喜！他感覺得出，她對那天晚上的事不會再多透露什麼了，此時已不必期待會有任何新祕密揭曉。他靜默下來；對她說：

「親愛的小可憐，原諒我，感覺我讓妳難受了。這些都過去了，我不會再多想了。」

但她看見他的雙眼仍然緊盯他還不知道的事，以及他們昔日的愛情，那段因空泛無實而在他的記憶中顯得單調而甜美的感情，如今，被森林島上，月光之下，洛姆親王夫人家的晚餐後那一分鐘撕裂，宛如一道傷口。但他習以為常地總覺得人生有趣——對於人生中各種新奇的發現，他習慣是去欣賞——因此，他一方面難過得認為如此痛苦自己再也無法久耐，一方面又對自己說：「人生真是令人訝異，處處都有意想不到的驚奇；罪惡終究遠比世人以為的更普遍。眼前就有一個我曾經信任的女人，看似那麼單純、正直，總之，即便舉止輕浮，她的品味看起來倒也正常合理。我因為一次難以置信的密告查問了她，她坦承的丁點實情竟然掀出更多原本完全猜想不到的真相。」但他不能拘泥於這些事不關己的觀點。他試圖精確地評估她對他描述的情況，意欲知道是否該下結論，認為這些她過去常做的事，將來也會再犯。他反覆思忖她說的那些話：「我很清楚她究竟想做什麼」「兩三次吧！」「妳真是愛說笑！」然而這些句子再現斯萬的記憶中時並未卸去武裝，一字一句都持著刀，再多刺他一下。在很長一段時間裡，他就像是個病人，每分鐘都無法自制做著會招來疼痛的動作，一再默念「待在這兒很好」，「妳真是愛說笑！」但那痛苦實在太劇烈，他不得不停下。他不由得驚嘆，以往總認為那麼輕微、愉悅的行為，現在對他卻變得如此嚴重，宛如致死絕症。他認識許多會答應幫忙監視奧黛特的女性，但他要如何期望她們持有的觀點會和現在的他一樣，而不是仍保有過去他長期看待事情的角度，一直指引著他奢淫人生的那個觀點；他要如何期望她們不會嘲笑他：「卑鄙的醋罈子，就只想剝奪別人的樂趣。」是什麼陷阱突然門板一落（過去，他從他對奧黛特的愛之中只得到過需悉心呵護的脆弱樂趣），將他猛然推下這又一層的地獄，他看不出如何得以逃脫。可憐的奧黛特！他並不怨她。過錯不能全算在她身上。傳言不是說了嗎？在尼斯，在她幾乎還只是個孩子時，就被親生母親送給了一個有錢的英國人。但阿弗雷德．德．維尼《一名詩人的日記》裡那些句子，以前他讀到時漠然無感，對他而言原來是多麼痛的真相！「自覺迷戀上一個女人時，你應當問自己：她周遭是些什麼人？她過著何種生活？人生之幸福全仰仗於此。」[155]斯萬訝異思緒拼出的那些簡單句子，例如「妳真是愛說笑！」「我很清楚她究竟想做什麼」竟能讓他如此難受。但他明白，這些本以為簡單的句子不過是一根根支架，它們框起的，可能再次奉還的，是他在奧黛特敘述中感受到的痛楚。而他再次感受到的正是這個痛。現在知道又有什麼用——甚至，隨著時間流逝，儘管已稍微淡忘，寬恕也於事無補——當他內心裡再度提起這些字句，那舊傷痛又使他回到奧黛特開口前的模樣：無知，深信不疑；殘酷的妒意將他帶回一個猶然毫無所悉之人所處的原點，讓他飽受奧黛特供詞的重重打擊，都過好幾個月了，這則老故事卻依然如初揭的真相般令他心慌意亂。他佩服自己的記憶竟有恐怖的再造能力，唯有等年歲漸增，這項繁衍再生的能力下降，他才能冀望折磨終有平息之日。但是當奧黛特講某句話來刺痛他的能力稍減，斯萬此前未多留意的其中一句話，便幾乎像是一個新字，蓋過了其他所有字句，全力打擊他。到洛姆親王夫人家用餐那晚的記憶十分痛苦，但那只是他傷痛的震央，痛苦混亂而模糊地擴散到了那前前後後的所有時日。無論他想碰觸的是回憶中的哪一點，令他受傷的，是維爾迪蘭夫婦頻頻到森林島上晚餐的那一整季。他傷得那麼重，以至於嫉妒激發出的好奇漸漸被恐懼消弭，他害怕在滿足好奇的同時會為自己又帶來新一波的折磨。他領悟到，奧黛特在認識他之前的整段人生，那段他原本從未去想像的人生，並非他朦朧所見的抽象延伸，而是一個個特定的年頭堆砌而成，滿是一樁樁具體情事。但得知之後，他害怕奧黛特那段本對他而言無色、清白、還堪可承受的過去，難保不會突然有個栩栩如生、淫穢不堪的形體，長出一副獨特且張牙舞爪的面貌。他依然不試圖去揣想，倒不是懶得去想，而是怕痛。他希望有朝一日聽到森林島或洛姆親王夫人的名字時，能不再有那久遠以前的痛徹心扉之感；他覺得不該貿然去刺激奧黛特再給出其他新說法，新地名，各種不同情境，以免好不容易平息的苦痛以另一種形式重生。

但他以往不曉得的事情，唯恐即將知道的事情，皆是奧黛特自己在毫不自知之下主動對他揭露的。事實上，在奧黛特的真實生活及斯萬曾以為、而且還依然相信的，以他的情婦這身分所過的相對無辜的生活之間，惡行造成了一段差距，而這段差距，奧黛特並不知道幅度有多大：一個邪惡之人在他人面前總裝出同一副道貌岸然的模樣，不想讓人懷疑其惡，他缺乏檢視能力，對惡念的持續增長無感，無法得知為惡是如何逐漸將他帶離生活的正途。這些邪念在奧黛特的神智中與她瞞著斯萬的行徑的回憶共存，別的活動也日漸受其影響，遭其感染，而她無能察覺當中有任何不對勁，那些行徑在她用來身體力行的特殊環境中並不突兀，但她若是將這些行為告訴斯萬，

155 德・維尼（Alfred de Vigny, 1797-1863）法國詩人，法國浪漫主義早期先鋒，但立場保守。文中引述的句子來自《一名詩人的日記 Journal d'un Poète》書中一八三三年四月二十二日的日記。

它們洩露的氛圍便昭然若揭，將令斯萬驚恐不已。有一天，在不傷害奧黛特的情況下，他試圖問她是否曾出入鴇母皮條客的舖子。說實話，他心底相信沒有；他在讀過那封匿名信之後，理智就機械式地生出了猜測；這猜測雖然完全不被採信，其實卻存留在那兒。為了擺脫這徒有實質存在、然而麻煩的猜疑，斯萬希望奧黛特能將之連根拔除。「噢！不！倒不是說我因此就不煩惱，」她的笑容流露著虛榮的滿足，渾然不覺在斯萬眼中這可能並不適當，又說：「昨天又有一個女人為了等我，待了兩個多小時，而且隨便我開價。好像是某位大使這麼交待她：『您不把她帶來，我就去死。』都跟她說我出門了，最後只得我親自去講明白，才把她給打發走。真想讓你看看我是怎麼接待她的。我的貼身女僕在隔壁房間都聽見了，說我吼得嗓子都要破了：『我都和您說我不願意了！那種想法，我可不喜歡！再怎麼說，我想做什麼是我的自由！要是我需要錢，我自然明白……』我吩咐門房別再讓她進來。他會說我去鄉下了。啊！真希望你當時就躲在哪兒看我怎麼把人給打發掉，親愛的，我相信你應該會很滿意。你看，儘管有人覺得她這麼可厭，你的小奧黛特無論如何還是有好的一面。」

此外，當她向他坦承那些她以為事跡已敗露的過錯時，對斯萬而言，倒不如說那些自白即是新生疑竇的起點，而不是為舊有的猜疑畫下句點，因為那些言辭始終無法準確對應到他的疑問。奧黛特在坦言中切除了所有最重要的內容，然而此舉卻是枉然，旁枝末節裡仍留有某種斯萬過去從未想像到的東西，那其中的新信息令他頭疼，而且即將讓他能夠變更妒意這個問題的現狀。接著，他便再也無法忘卻她這些自白。他的心靈運之，拋之，搖之，宛如一具具屍體。靈魂之河亦因而受其毒害。

有一回，她對他說起福什維爾曾在巴黎—莫夕亞節那天[156]來訪。「怎麼？妳那時就認識他？啊！對，沒錯。」他連忙改口，以免洩露自己並不知情。突然間，他渾身打顫，想起自己就是在巴黎—莫夕亞節那天收到她的來信，而且還小心翼翼珍藏著，而她當時也許正是和福什維爾在金屋裡共享午餐。她發誓沒有。「不過，金屋讓我想起不知什麼我曉得並非實情的事。」他存心嚇她。「對，你那晚去普列沃斯找我時，我說我才剛從那兒離開。其實我沒去。」她毅然決然地這麼回應（她看他那模樣，以為他早已知情），而那當中不盡然是厚顏無恥和羞怯，更是害怕，她怕激怒斯萬，但出於自尊，她想掩飾這畏懼；此外還有一股欲望，想向他展現她也是有可能誠實坦率的。於是她以劊子手的乾淨俐落與強勁力道出招一擊，其中並無殘忍成分，因為奧黛特並沒意識到自己對斯萬造成的傷害。她甚至開始大笑，那笑或許是真的，尤其是為了不讓自己顯得顏面盡失，不知所措。「的確，我當時並不在金屋，而是剛從福什維爾家離開。我先前真的去了普列沃斯，這話並不假；他在那兒遇到我，於是邀我進他家去看看他的版畫。不過後來有人來找他。我對你說我從金屋出來，是因為怕你不高興。你看，我其實可是一片好心。就算我不對，至

156 參見注33。

少我還是大方承認了。巴黎—莫夕亞節那天我跟他一起午餐，假如這就是事實，我為什麼不老實告訴你？這麼做對我有什麼好處？更何況那時，我們倆彼此都還不怎麼熟悉呢，是吧？親愛的。」他對她報以微微一笑，忽然洩氣，這些令人痛心的話語使得他全身無力。所以，他從來不敢回想那幾個月，因為那時他們太幸福，在那幾個月裡，她愛過他，而就在那幾個月，她卻已經在欺騙他！同樣地，那樣的時刻（他們「來了個嘉德麗雅蘭」的第一晚），像她告訴他她從金屋離開的那種時刻，必然還有不知多少，這些也全都窩藏著斯萬不曾起疑的謊言。他想起來，有一天她曾對他說：「我只需告訴維爾迪蘭夫人說我的裙裝還沒做好，我叫的出租馬車來晚了。總有方法能應付過去的。」她對他泰半也曾多次用這樣的話搪塞，藉此解釋某次遲到，或為某次約會時間的異動自圓其說；當時他對那些字句並未起疑，但其中應該暗藏著她與別的男人要做的某件事，而她已經對那人說：「我只需告訴斯萬說我的裙裝還沒做好，我叫的出租馬車來晚了。總有方法應付過去的。」在斯萬所有最甜蜜的回憶之下，在往昔奧黛特對他說過、最單純、而他信之彷若福音的話語之下，在她向他描述的日常活動之下，在她最常出入的那些地點之下：她的女裁縫家，布洛瓦森林大道，賽馬場劇院，斯萬感覺其中極可能暗存著謊言（隱藏，是為了讓這段從事情最繁瑣的日子裡還多出來的時間留有餘裕，允許騙局，可以掩護某些活動），使得他對至今最珍視的一切毫無所知：最美好的那些夜晚，拉・佩魯斯街，奧黛特應該總是在非她所說的時間離開那裡；因那謊言的存在，處處皆縈繞著一點陰暗的恐怖，他在聽著金屋事件的自白時已感受過一次，如同《尼尼微的毀滅》浮雕中邪淫的禽獸，一塊石頭、一塊石頭地撼動他的所有過去[157]。雖說如今他每當憶及「金屋」這殘酷的名字便迴避，原因卻也不再是像最近在德．聖厄維爾特夫人的晚宴上那般，並非因為這名字令他回想起一份失去已久的幸福，而是因為它喚起了一場他直到剛剛才得知的不幸。而且，金屋這名字，就和森林島一樣，慢慢地也不再對斯萬造成痛苦。因為，我們以為的愛，以為的嫉妒，並非一股持續不變、不可切分的激情。這些情感的組成是一連串的愛和各種不同的妒意，這些愛和妒意無窮無盡，雖然稍縱即逝，但源源不絕的繁多數量讓人對它有了連續不斷的印象，合而為一的幻覺。斯萬之愛的生命，他的嫉妒之堅決不渝，皆由消亡、不貞、數不清的欲望和數不清的懷疑構成，這一切全都是以奧黛特為對象。如果他能維持許久不見她，那些正在消亡的欲望和懷疑就不會再被其他的取代。只是奧黛特的現身仍繼續在斯萬的心中輪番播撒柔情與疑心的種子。

某幾個晚上，她突然回心轉意，待他極好，而且嚴厲地警告他應當立刻享受，否則恐怕好幾年都不會再有如此機會；他們必須立刻回她家去「來點嘉德麗雅蘭」；她聲稱的這股想要他的慾望來得如此突然，蠻橫急切，根本無從解釋，隨即大方對他施予的愛撫又是那麼露骨而荒唐，使

157 尼尼微（Ninive）是聖經中記載的一個大城，因多行不義而遭耶和華懲罰毀滅。此處是指普魯斯特翻譯的拉斯金著作《亞眠聖經 La bible d'Amiens》中提及的亞眠大教堂浮雕。

得這莽撞又毫無真實感的溫柔令斯萬倍感哀傷，就和謊言和惡意一樣。有一天晚上便是如此。他聽令隨她回家，她在熱吻當中夾雜著激情蜜語，與平日的冷淡形成強烈對比。忽然間，他似乎聽見細碎雜響，於是起身四處搜尋，雖不見任何人影，卻再也無心回到她身旁繼續。這時她已滿腔怒火，摔碎了一個花瓶，對斯萬說：「跟你在一起永遠什麼事都辦不成！」他始終不確定，她究竟是否藏了什麼人在家裡，只為讓那人嫉妒痛苦，或利用他燃起那人的慾火。

他有時會去探訪一些風月場所，希望從中打探她的一些事，但又不敢說出她的名字。「我這裡有個小姑娘，您一定會喜歡。」鴇母這麼說。於是，他在那兒待了一個小時，乏味地跟一個可憐的女孩閒聊，除此之外什麼也沒做，讓那女孩深感詫異。有一天，一個十分青春嬌美的女孩對他說：「我希望能找到一個朋友，屆時他大可放心，我不會再和任何人相好。」

「真的？妳相信女人可能會因為有人愛她、從不騙她，因而大受感動？」斯萬焦躁地問著。

「當然囉！可這也得依個性而定！」

斯萬忍不住對那些女孩說了些洛姆親王夫人聽了想必也會高興的事。他笑著對那位想找個朋友的女孩說：「真好，妳擦了和腰帶同色的藍色眼影。」

「您也是，您的袖口也是藍色的呢。」

「以這種地方來說，我們的交談可真有內涵！妳不會嫌我煩吧？也許妳有事要忙？」

「沒有，我有的是時間。要是覺得您煩，我會直說的。其實我反而很喜歡聽您閒聊呢。」

「我真是受寵若驚。」「我們這不是聊得正高興嗎？」他對剛走進來的鴇母問說。「可不是嘛！正如我所想的那樣，這兩人還真是老實！這下可好了！現在大家來我這兒是為了聊天！前幾天親王才說我這裡比可他夫人那兒要好得多。現在，上流世界裡的夫人們似乎全都一個樣，真是情何以堪！我就不妨礙你們倆了，我這人呀懂得分寸。」於是她離開，讓斯萬與藍眼睛的女孩獨處。只是，沒過多久他便起身向她道別。對斯萬而言，這女孩可有可無，她並不認識奧黛特。

先前畫家病了，寇達爾醫生建議他做一趟海上旅行。好幾位信徒說要同行；維爾迪蘭夫婦不甘獨自留下，於是租了一艘遊艇，接著更進而將之買下，奧黛特因此也經常出海巡遊。每一次奧黛特才離開一小陣子，斯萬便開始有了脫離她的感覺，但這精神上的距離似乎與實際距離成正比，他一得知奧黛特回來了，便無法待著不去見她。有一回，他們出發時本以為那趟旅程不過一個月，但若不是半路上一時興起，便是維爾迪蘭先生為了讓妻子開心，事先暗中安排，而且直到阿爾及爾附近才告訴眾信徒：他們還要去突尼斯，接著是義大利，希臘，君士坦丁堡，小亞細亞。這趟旅程持續了將近一年。斯萬覺得這期間無比清淨，簡直堪稱幸福。雖然維爾迪蘭夫人先前極力說服鋼琴師和寇達爾醫師，說前者的姑媽和後者的病人完全不需要他們，而且，無論如何，任由寇達爾夫人先回維爾迪蘭先生一口咬定正在鬧革命的巴黎[158]未免輕率，她也不得不在君

158 對照本篇提及的種種真實事件，《斯萬之愛》文中年代約是在一八七一年到一八八七年之間。這段期間巴黎有過幾次不安

士坦丁堡還兩人自由。畫家也跟著他們一起離開。這三位旅人回來沒多久，有一天，斯萬見到一輛駛往盧森堡公園的共乘馬車，他正好在那兒有事要處理，於是跳上了車，發現對面坐的恰好就是寇達爾夫人。盛裝打扮的她正在「例行」巡訪，帽上綴了羽毛，絲綢長裙，手籠，晴雨傘，名片包，洗淨的白手套。穿戴這一身行頭，不下雨時，她在同一區便會徒步從這一家走到下一戶，然後換搭共乘馬車前往另一個區。談話剛開始時，女性生來的天真熱心尚未突破小布爾喬亞婦人身分的僵硬拘謹，再加上不太知道是否該和斯萬談起維爾迪蘭夫婦，她自然而然地以那慢吞吞、笨拙又溫和，時不時便被馬車轟隆聲響完全蓋過的語調，從她這一天爬上爬下造訪二十五戶人家時聽了又聽的話當中，選了一些來說：

「不是我要問，先生，一個像您這樣走在潮流裡的人，是否曾在米爾力頓俱樂部[159]看過馬夏爾[160]那幅全巴黎口耳相傳的肖像畫？那麼，您有何看法？您是站在讚賞的那一方，還是抨擊的那一方？現在所有沙龍裡大家都只談論這幅畫像，誰要是不對馬夏爾的這幅畫作發表些看法，誰就不夠風雅，不夠純，跟不上流行腳步。」

斯萬回說他沒看過那幅肖像，寇達爾夫人擔心，剛才那麼強迫他承認，恐怕傷了他的自尊。

「啊！很好呀，至少您大方承認。您不因為沒看過馬夏爾的畫像而自覺不光彩，我覺得您這樣很帥氣。而我呢，我看過那幅畫；各方意見不一，有人覺得有點過分做作，刻意精緻，我倒是覺得很理想。那幅畫顯然不像我們的朋友母鹿先生筆下那些藍藍黃黃的女人。不過，我得向您坦承，您會覺得我不太像這世紀末的現代人，但我怎麼想就怎麼說，我根本不懂！天啊！我認得出我丈夫肖像裡那些優點，那不像他平時的作品那麼奇怪，可是他卻非要把他的鬍子畫成藍色不可。至於馬夏爾呀！剛好，我正要過去拜訪的友人（很高興這段路能與您同行），她的丈夫允諾，若是他獲選為法蘭西科學院院士（他是醫師的一個同事），便讓馬夏爾為她畫一幅肖像。顯然，那可是個好大的美夢！我另一個朋友呀，她則宣稱自己更喜歡勒洛瓦[161]。我不過是個可憐的外行人，勒洛瓦也許是門更高深的學問。但我覺得，一幅肖像畫的首要特質，尤其當它值一萬法郎時，就是要畫得像，而且要像得令人賞心悅目。」

促使她說出這一番話的，是她帽上高高的羽飾，名片包上繡的姓名字母組合，洗染店用墨水在她的手套上寫下的小數字，以及對斯萬談起維爾迪蘭夫婦的尷尬，眼見離車夫會停靠的波拿巴街口還遠，寇達爾夫人便聽從心意，談起其他話題。

的局勢，例如一八七一年的巴黎公社事件。在此，維爾迪蘭先生所指的亦可能是一八八九年一月份，布朗傑將軍（George Boulanger, 1837-1891）贏得巴黎眾議院選舉，聲望達到巔峰，幾可趁勢以武力奪下總統職權，入主艾麗榭宮的「布朗傑狂熱」（Boulangisme）。

159 米爾力頓俱樂部（Les Mirlitons），創建於一八六〇年的藝術俱樂部，一八八七年與艾麗榭場俱樂部（Cercle des Champs-Elysées）結合，形成藝術家聯盟俱樂部（Cercle de l'Union artistique），別稱「了不起的人 L'Epatant」。

160 馬夏爾（Jules Machard, 1839-1900），法國畫家，擅長歷史畫及肖像。

161 勒洛瓦（Auguste Leloir, 1809-1902），法國學院派畫家，畫作多為宗教及歷史人物肖像。

「前陣子您應該覺得耳朵很癢吧！先生，」她說，「我們和維爾迪蘭夫人旅行那段時間。大家的話題都只圍繞在您身上。」

斯萬頗為吃驚，他以為自己的名字永遠不會再在維爾迪蘭夫婦面前被人提起。

「而且，」寇達爾夫人進一步又說，「德．克雷西夫人在場，這就說明了一切。奧黛特無論走到哪兒，沒多久就一定會談到您。而且您可想而知，她說的可不是壞話呢。怎麼？您竟然有所懷疑?!」看到斯萬的舉止有所猜疑，她便這麼說。

於是，在她真誠信念的鼓舞下，她選了這個字，不帶任何惡意，只著重字義中人們用來形容結合情誼的部分：

「她可是十分崇拜您呢！啊！我想在她面前最好別這麼談論您！不然可就麻煩了。她什麼事都能扯到您；比方說，若是看見一幅畫，她便會說：『啊！他要是在這兒，就有個行家能告訴你們這是真跡，還是假貨。他在這方面可是無人能出其右的。』而且她時不時就喃喃自問：『這時候他會在做什麼呢？但願他好好做點研究！天可憐見！這麼有天分的男子卻這麼懶惰（您會原諒我這麼說的，對吧？）我現在看得很清楚，他在想我們，猜想我們在哪裡。』她甚至說了句我覺得很漂亮的話。維爾迪蘭先生問她：『可是，您怎麼看得見他正在做什麼？您畢竟是在離他八百哩遠的地方哪。』那時奧黛特答說：『在紅粉知己的眼中，沒有什麼是不可能的。』不，我向您發誓，我說這些不是為了奉承您。您擁有一位真正的紅粉知己，這可是非常難得的。而且，您若是不知道，我可以告訴您：唯有您這麼幸運。維爾迪蘭夫人最近還跟我談起這件事（您知道的，分離前幾天，大家聊得特別開）：『我不是說奧黛特不愛我們，但比起斯萬先生對她說的，我們的話大概就無足輕重了。』唉呀！老天，駕駛為我停車了。跟您聊著聊著，我都差點就要錯過波拿巴街了……能否勞煩您告訴我，我這帽子上的羽飾正不正？」

寇達爾夫人從手籠中抽出她戴著白色手套的手，伸向斯萬；伴隨著一張車票流露出的是一種對高尚生活的眼光，其中夾雜著洗染店的氣味，瀰漫共乘馬車。斯萬感到自己溫情滿溢，對她，同樣也對維爾迪蘭夫人（幾乎同樣也對奧黛特，因為，既然對她的情感中不再混有痛苦，便再也稱不上是愛情），他站在門梯平台上，溫柔的雙眼目送她毅然走進波拿巴街，揚著高高的羽飾，一手提著裙襬，另一手持著晴雨傘和名片包，套在手籠前方晃盪，露出了姓名字首。

在處理斯萬對奧黛特病態的情感這場較勁中，寇達爾夫人的治療手法比她丈夫技高一籌，她從旁植入了其他皆屬正常健康的情感，像是感激，友誼，能讓斯萬神智中的奧黛特多點人性（讓她和其他女性更相似，因為其他女性也可能激發出他那些情感），加速她轉變為這個斯萬安心愛著的奧黛特。這樣的奧黛特曾在某天晚上，在畫家那兒的一場派對過後帶斯萬回家，與福什維爾一起喝了杯橘子水，令斯萬隱約看見，他在她身邊可能過著幸福的日子。

以往，由於他常惶恐有一天自己將不再為奧黛特癡狂，便下定決心要保持警覺，一旦感覺到這份愛有離他而去的跡象，就緊緊抓住，努力挽留。但此時，愛意的衰退同時引來了眷戀愛情的欲望消滅。因為我們是無法改變的，也就是說，無法在變成另一個人之後，繼續順從先前那個自己的感受。有時，一個男人的名字見於報上，他猜想那可能曾是奧黛特的某個情人，便又萌生嫉妒。但那妒意淺淡，彷彿只證明他還沒完全走出那段曾令他痛苦萬分的時光——然而那段時光也曾令他見識到一種如此豐沛、奢淫的感受方式——而這一路上基於各種偶然，他或許還能遠遠地短暫窺得美好，這妒意給他的毋寧是一種愉快的刺激，如同百無聊賴的巴黎人正要離開威尼斯返回法國之際，剛才還出現的一隻蚊子證明了義大利和夏天尚未遠逝。但最常見的狀況是，時光在他正脫離的日子裡如此特殊，當他費盡心力、就算不能滯留其中，至少也要在還能夠的時候清晰望見，卻發現早就為時已晚。他多想如眺望一片即將消逝的風景那般，照看剛剛割捨的這段愛；他只嘆自己分身乏術，要讓自己看見一段不再擁有的情感的真實景觀如此之難，腦中瞬即一片黑暗，再也看不見什麼，於是他放棄凝視，拿下眼鏡，擦拭鏡片，告訴自己最好休息一會兒，等一下應該還來得及；於是他退到角落，意興闌珊，陷入遲鈍狀態，如同發睏的旅人壓低帽沿擋住眼睛，好在車廂內睡上一覺，同時感覺到火車載著他越駛越快，遠離先前那個國度，他曾在那兒生活了那麼久，並許諾自己在尚未好好告別之前絕不任其匆匆消逝。同樣地，若這名旅人直到進了法國之後才醒來，如他一般，當斯萬偶然間在身邊收集到證據，得知福什維爾確實曾是奧黛特的情人，他發現自己並沒有感覺到絲毫痛苦，如今那段愛情已遠，他懊悔當初未能領悟，原來打從那一刻起，他便永別了那份愛。在初次親吻奧黛特之前，他便曾努力將她長久以來對他呈現的面貌銘刻在記憶裡，那副面貌即將被那個吻的回憶改變；同樣地，激發他這份愛、這份嫉妒的那個奧黛特，令他飽受痛苦、而且如今再也看不到的那個奧黛特，趁著她還存在，他希望至少在思緒中能好好向她訣別。他想錯了。幾個星期之後，他還得再見她一次。那是在睡夢之中，一場夢境裡的暮色時分。他與維爾迪蘭夫人，寇達爾醫師，一個他認不出是誰、頭戴菲斯帽[162]的年輕人，畫家，奧黛特，拿破崙三世，以及我的外公一起散步。沿著海岸線展開的小徑位於臨海懸崖，時而攀得極高，時而與海面相距不過幾公尺，因此必須一直爬上爬下，高低來回；還在往上爬的人已看不見走在下坡路上的人，夕陽餘暉的光線漸弱，黑夜彷彿即將瞬間鋪展開來。浪濤時不時地打上路旁，斯萬感覺到噴濺臉頰上的冰涼。奧黛特要他擦乾，他卻做不到，在她面前不知所措，尤其身上還穿著睡袍。他希望天色昏暗能讓別人別注意到，然而維爾迪蘭夫人卻驚訝地盯著他看了許久。這期間，他看見夫人的臉逐漸變形，鼻子拉長，唇上還長出濃密鬍鬚。他轉身去看奧黛特，她面色蒼白，臉頰上綴著小雀斑，肌膚鬆弛，黑眼圈黯淡無神，但一雙注視著他的眼眸充滿柔情，彷彿隨時會如淚珠般奪眶而出，溢落在他身上。他覺得自己那麼愛她，直想立刻帶她離開。奧黛特突然手腕一轉，看了看小小的手錶說：「我得走了。」並向所有人告辭，一視同仁，沒將斯萬拉到一旁，沒對他說她今晚或另找一天再去見他。他也不敢問她，很想隨她而去，卻被

162　一種直身圓筒形氈帽，通常飾有吊穗。以其發源地摩洛哥舊都菲斯（Fez）命名。

迫頭也不回地笑著回答維爾迪蘭夫人的一個問題，但他的心激烈狂跳，感到對奧黛特憎恨不已，簡直想挖出他方才深愛的那雙眼睛，打碎那對毫無生氣的臉頰。他和維爾迪蘭夫人一起繼續爬坡，也就是說，一步一步地遠離走反方向下坡的奧黛特。不過一秒，她已離開多時。畫家警示斯萬：她走了一會兒後，拿破崙三世便也消失無蹤。「兩人一定是講好的，」他又說，「他們一定約在山坡下見面，但礙於禮教，不想一起向大家告別。她是他的情婦。」那名陌生年輕人哭了起來。斯萬試著安慰他。「總之她是對的，」他為年輕人拭去淚水，摘下他的菲斯帽，讓他舒服些，對他說：「我向她建議過這個男人不下十次。為什麼要難過呢？他確實是個能懂她的男人。」斯萬這麼對自己說，因為起初他認不出的那名年輕人，其實也是他；就像某些小說家，他將自己的性格分給了兩個人物：做夢的那一個，以及眼前戴著菲斯帽的這一個。

至於拿破崙三世，那是給福什維爾起的別名，源自概念產生的模糊連結，另外在男爵平日的外觀上做了些許改變，最後加上榮譽勛章的斜揹綬帶而成；但事實上，夢裡那個人物呈現、並讓他聯想到的正是福什維爾沒錯。因為，從不完整又多變的意象中，睡夢中的斯萬得出的是錯誤的結論，此外還暫時擁有極強的創造力，如同某些低等生物，單藉分裂就能繁殖；他以自己掌心感受到的熱度，塑造出了他相信正與他握手的陌生手掌，而他用尚未意識到的感覺和印象，催生出突如其來的種種波折，透過邏輯的銜接，將所需的人物適時帶入斯萬的夢中，以便接收他的愛，或將他驚醒。黑夜頓時成形，警鐘響起，居民狂奔而過，逃離著火的屋舍；斯萬聽見洶湧的波濤，他的心臟同樣激烈而焦躁地在胸口狂跳。忽然間，那狂亂的心跳速度加倍，他感到一陣劇痛，一股難以言喻的噁心；一個全身燙傷的農民經過他身邊，對他大喊：「去問問夏呂斯，奧黛特跟她的同伴是去哪裡過夜。他以前跟她在一起，她什麼事都告訴他。就是他們放的火。」原來是他的內侍僕人來叫醒他，並告訴他：

「先生，現在八點，理髮師已經到了；我已請他一個小時後再過來。」

但這幾句話，雖滲入了睡夢之海的水波，斯萬原本沉浸其中，而話語抵達他的意識時，卻遭受偏移，使得水底出現的一道光照出了一輪太陽，一如稍早，門鈴聲在那深淵之底化為警鈴響，產生那段火災夢境。然而，原本在他面前的場景煙消雲散，他睜開眼，聽見逐漸渺遠的大海傳來最後一陣拍浪聲響。他摸摸臉頰。乾的。但他還記得水的冰冷與濕鹹。他起床，著裝。先前他請理髮師一大早就過來，因為他昨晚寫了信給我外公，說他下午會去貢布雷，因為他聽說德．康布列梅耶夫人——也就是勒葛朗丹小姐——會過去住幾天。在他的記憶中，這張青春容顏連結著一座久違的鄉村，雙雙對他發出召喚，那吸引力讓他決心離開巴黎幾天。由於讓我們出現在某些人面前的種種偶然與我們愛他們的時機未能相符，但因為超越了那時機而能趕在它之前發生，並在時機結束之後再次出現，某個命中注定後來會喜歡上的人，在我們人生中最初的幾次露面，事後在我們眼中便也增添了一種警示，預言的價值。就像這樣，斯萬經常自行回顧他在劇院遇見奧黛特時，她的形象，沒打算再見她的那第一個晚上——而現在，他想起德．聖厄維爾特夫人家的晚宴，那天他將德．康布列梅耶夫人介紹給弗洛貝維爾將軍。人生的利益如此多重、複雜，以至於在同樣的情境中，某種尚不存在的幸福已在我們某起日漸加重的憂傷周圍插下了標記，這類例子也不罕見。想必，就算不是在德．聖厄維爾特夫人家，而是在其他地方，這依然可能發生在斯萬身上。甚至，誰知道呢？那晚若是他身在別處，難道其他幸福、其他憂傷不會降臨，繼而讓他有不可避免之感？但讓他有似曾相識之感的是已經發生過的情節，而在決定去德．聖厄維爾特夫人的晚會這件事裡，他幾乎看出了某種天意，因為，渴望讚嘆生命創造之豐富，無法長時間質問自己一個難題，例如去追究當初最想要的是什麼，他的神智因而將那天晚上感受到的痛苦與已萌生、但還意想不到的快樂——而這兩者之間實在太難建立平衡——視為一種必然的發展。

但是，醒來一個鐘頭之後，他邊指示理髮師別讓他梳鬆的頭髮在火車廂裡被吹亂，邊又回想起那場夢；彷彿近在眼前似地，他又看見奧黛特蒼白的臉，過分削瘦的雙頰，鬆弛的肌膚，下垂的眼袋——接二連三的溫柔纏綿使得他對奧黛特那份持久的愛情成了一場長期的遺忘，忘了他從她身上得到的最初意象——所有自兩人交往之初他便不再注意的一切；想必在他剛才沉睡之際，他的記憶曾往那段日子裡尋找真切的感受。帶著一旦他不再愁雲慘霧便一犯再犯、而且隨即拉低他道德水準，時不時就冒出的粗野舉動，他在心中吶喊：「我糟蹋了這麼多年的人生，還一度萌生死意，說我經歷了最偉大的戀愛，為的竟只是一個我並不喜歡，根本不合我意的女人！」

TROISIÈME PARTIE

第三部 — 地名之名

失眠夜裡，在我最常想起的房間畫面之中，無一比巴爾別克沙灘大飯店那一間更不像貢布雷的房間。貢布雷那些房間裡灑滿一種顆粒狀、浮著花粉，彷彿可食又虔誠的氛圍，而在巴爾別克大飯店的客房中，塗著麗波林牌油漆[1]的牆面宛如水藍泳池光亮的壁面，看上去純淨、蔚藍，還帶著鹹味。負責整修旅館的巴伐利亞壁紙工人為各房間的裝潢做了不同的變化，在我住的那一間，沿著三面牆邊設有一座座附有玻璃門的矮書櫃，依所在位置，加上裝潢工人未曾預料到的效果，大海這幅變化多端的畫作在那玻璃上映現種種部分，拉開一道長長的淺海藍色飾帶，僅被桃花心木框的實體打斷，以至於整個房間看似是那種在「現代風格」[2]傢俱展中展出的宿舍樣式，以藝術品布置，設想這些作品能讓睡在此處的人賞心悅目，並以居住地類型相關的事物做為題材。

但也沒有哪間房間更不像這個現實中的巴爾別克，這個風雨交加、陣風猛烈得讓帶我去艾麗榭場的法蘭索瓦絲建議我別太靠近牆壁，以免被瓦片砸中頭，還哽咽地說起報上的重大天災及船難消息的那種日子裡，我經常夢想的巴爾別克。我最大的心願是親見一場海上暴風雨，為的不是壯麗景觀，而是真實的大自然生命被揭露的那一刻；或者該說，對我而言堪稱壯麗景觀的，只能是我知道不是為我的樂趣而人為組造出來，而是必然、無可改變的——風景或偉大藝術之美。我

1 麗波林（Ripolin）為塗料品牌，是由荷蘭化學家利耶普（Carl Julius Ferdiqnd Riep, 1835-1898）開發出的琺瑯漆，一八九七年後成立工廠，多用於建築、船舶等。

2 原文使用「modern style」一詞，也就是世人熟悉的「Art Nouveau 新藝術風格」。

好奇和亟欲得知的，只有那些我相信比我本人更真的事物，對我來說，其價值在於向我展示偉大天才的些許思想，原封不動，絕無人力介入，本色呈現的大自然的力量或恩典。一如母親說話的美妙聲音單獨透過留聲機再現，並不能撫慰我們的失恃之慟，機械模仿出來的一場暴風雨與博覽會上的亮光噴泉[3]也引不起我的興趣。為了讓風暴絕對真實，我希望海岸亦是天然海岸，而非市政府新建的一道堤防。此外，就它在我身上啟發的所有感受來看，我覺得大自然是人類機械產物最大的對比。大自然當中的人工痕跡越少，在我心中拓展的空間就越大。話說，我牢牢記得勒葛朗丹曾向我們提及的巴爾別克，這個地名給我的印象是那片海灘非常鄰近「因發生多起船難而著稱，一年當中有六個月纏繞著裹屍布般的霧氣及浪沫的不祥海岸」。

「在那兒，腳步底下感受到的，」他說，「遠比菲尼斯泰爾[4]本土更遼闊（儘管當地如今有那麼多旅館層層錯疊，也改變不了這最古老地塊的骨架結構），在那兒可感受到法國國土、歐洲陸塊和亙古大地真正的盡頭。那裡也是漁民最後的紮營地，他們一如所有漁民，打從世界之初，就迎對惡海濃霧與魅影不散之國度，力求生存。」有一天，在貢布雷，我在斯萬先生面前說起這片巴爾別克海灘，想向他打聽那兒是否是觀看強烈暴風雨的最佳所在。他回答我：「我確信自己對巴爾別克相當熟悉！巴爾別克教堂，建於十二到十三世紀，還半存羅馬風格，或許是諾曼地哥德式建築中最奇怪的樣本，而且那麼獨特！簡直像是波斯藝術。」在那之前，這些地方的性質對我來說僅是無從追憶的遠古，是與各重大地質現象屬於同一時期的產物——而且超脫人類歷史，好比大西洋或大熊星座，以及那些漁獵時代的野人。對他們，與對鯨魚一樣，中古世紀根本不存在——眼見這些地方突然進入一個又一個世紀，對我而言是一股巨大的魔力：看它們歷經羅馬時代，知道哥德式三葉草造型也會適時為這些天然野石綴上滾邊，一如那些纖弱但生機盎然的植物，春天來臨時，這裡一株那裡一株地，在極地積雪上星羅棋布。若說哥德風格為這些地方和人們帶來一份原本欠缺的具體感，反過來看，他們也給這種風格增添了一份特色。我試著想像這些漁民過去如何生活，想像中古世紀時，他們聚集在地獄海岸的一個點上，死亡峭壁山腳下，他們曾嘗試的那種生澀、意想不到的社群關聯；此前，我想像的哥德風格總是在各城市中，而我如今覺得，跳脫那些城市之後，這風格似乎變得更為蓬勃。我能看見在某種特殊狀況下，它如何在野岩之上萌生，發芽，開花結果，化成一座精緻的鐘塔。人家帶我去看巴爾別克最聞名的雕像複製品——卷髮塌鼻的十二使徒，門廊上的聖母，我一想到即將能看見它們在漫無止盡的濕鹹海霧中浮現成形，滿心喜悅便令我忘了呼吸。於是，在二月份那些雷雨交加的溫暖夜晚——狂風將前去巴爾別克的計畫吹入我心中，在我心中呼嘯，令這顆心猛烈顫動，不下於房內壁爐的火光——巴爾別克旅行計畫於是揉合了我對哥德式建築及海上暴風雨的渴望。

3　一八八九年巴黎萬國博覽會上的重頭戲之一，由英國工程師貝什曼（Bechmann）設計建造，置於艾麗榭場展出。

4　菲尼斯泰爾（Finistère），法國布列塔尼亞的省分，位於法國歐洲大陸最西部，省名的拉丁文意為「大地的盡頭」。

我多麼想翌日便搭上一點二十二分那班慷慨好客的華麗火車；那個班次的出發時間，每次在鐵道公司的廣告，在巡迴旅遊的公告上讀到時，我的心總免不了一陣悸動：那彷彿是在午後一個精確的時間點畫下一道美妙的切口，一個神祕的標記，從那一刻起，岔線的鐘點繼續在晚上、在隔天早上前進，但我們所見的將不是巴黎，而是這班火車經過、並讓我們選擇上下的某座城市；因為它停靠的是貝葉，庫坦斯，維特雷，凱斯湯貝爾，彭托爾松，巴爾別克，拉尼翁，隆巴勒，貝諾戴，阿凡橋，康佩爾雷[5]，列車威風凜凜地向前奔馳，滿載路線提供給我的地名，我難以從中選出最喜歡的一個，因為根本不可能犧牲任何一個。但甚至不必等待，只要爸媽答應，我大可趕忙著裝，當晚就出發，那麼便能在曙光從怒海上方升起時抵達巴爾別克。為了避開紛飛的浪沫，我會去波斯風格的教堂躲一躲。但復活節假期臨近時，爸媽允諾要帶我去義大利北部度假，這麼一來，那使我一心只想看見在最荒野的海岸，一座座峭壁般陡聳嶙峋的教堂附近，漫天狂浪洶湧，一波翻騰得高過一波，而教堂鐘樓之上，海鳥尖啼不休，那占滿我所有思緒的暴風雨之夢，霎時被消除殆盡，褪去了所有魅力，被排除在外，因為在我心中取而代之的，與之恰恰相反，想必只會使之衰減的，反倒是一個最繽紛絢爛的春日之夢，那樣的春季不在仍刺滿霧淞雪針的貢布雷，而是已將菲耶索萊[6]的田野布滿百合、銀蓮花的春天，讓背景如安傑利哥[7]畫作底色的金色佛羅倫斯熠熠生輝。從那時起，在我眼中，唯有陽光、香氣和色彩具有價值；因為意象的交替在我心中造成了欲望轉向，而且，與在音樂上偶爾出現的情況同樣突然地，令我的感知徹底變了調。有時，單單一種大氣變化便足以在我內心引發這類細微的轉調，不需等到某個季節重返。因為，我們總能在一段季節裡發現某個屬於另一季的日子迷了途，於是過起那一季的生活，立即聯想那個季節，渴望專屬那一季的樂趣，並中斷我們正懷抱的夢想，比輪到它降臨的時間或早些或晚些，將這紙從別的章節脫落的單頁插入日曆，添寫幸福。不過，這些自然現象，我們的舒適或健康從中汲取到的益處純屬意外，而且頗為微薄，直到這些現象有朝一日被科學征服，恣意再造，將它們出現的可能交付於我們手中，擺脫偶然的監管，免去機率的左右。同樣的道理，那些大西洋與義大利美夢的產生也不再僅能依賴季節與天氣的變換。我只需說出這些地名，即能重現幻夢：巴爾別克，威尼斯，佛羅倫斯，這些地名所指的那些地方對我激起的欲望點滴累積其中。即便是在春天，在一本書裡發現巴爾別克這地名，就足以喚醒我對暴風雨及諾曼地哥德建築風格的渴望；同樣地，在一個風狂雨驟的日子，佛羅倫斯或威尼斯這樣的名稱會令我憧憬陽光、百合

---

5 此段的地名原文依序如下：Bayeux、Coutance、Vitré、Questambert、Pontorson、Balbec、Lannion、Lamballe、Benodet、Pont-Aven、Quimperlé。除了巴爾別克是虛構之外，其他皆是真實地名，但零星分布在諾曼地和布列塔尼亞地區，並不在同一條火車路線上。

6 菲耶索萊（Fiesole），義大利托斯卡納地區佛羅倫斯附近的村鎮。

7 安傑利哥（Fra Angelico, 1395-1455）義大利早期文藝復興畫家，因在菲耶索萊發願進入道明會修道，與他同時代的人稱他「菲耶索萊的若望修士」。

花，總督府以及聖母百花大教堂。

即使這些名字永遠吸納了我對那些城市持有的意象，也不過是將那意象扭轉變形，使之順從於城市自身的法則，然後重現在我心目中；結果這些地名美化了那幅意象，但也與諾曼地或托斯卡尼亞城市實際可能的真貌相去更遠，並且在增強我想像過程中隨心所欲的喜悅之際，卻也加深了日後旅行時將產生的失望。它們提升了我對世上某些地方的認知，令那些地點更加獨特，因而也更顯真實。於是，城市，風景，建築物在我心中的呈現並不像一幅幅大致賞心悅目的畫作，不是這裡一點、那裡一塊地自同一份材料分割而出，而是每一幅都宛如一項未知，彼此本質互異，而我的心靈渴求嚮往，識得之後將受益匪淺。有了名字的指稱，這些地方更大幅染上了某種個別特性，那是專為它們而取的名字，一如為人所取的名字。名稱中所用的字眼向我們呈現一幅清楚且實用的小小畫面，如同學校牆上那些掛圖，用來向孩子示範何謂一張鉗桌，一隻小鳥，一個蟻窩，各種與所有同類物品有著相同概念的東西。但名字也代表人——以及城市，我們因其名字而慣於相信它們跟人一樣個別、獨特——一個模糊的意象，依據名字，依據其發音響亮或暗沉，一致塗上相同的顏色，如某一類海報，全藍或全紅，而在那些意象中，受限於使用的手法或布景工人的隨性，不僅藍天和大海，就連小船、教堂和行人也都是藍色或紅色。帕爾瑪這座城，自從讀過《修道院》[8]之後，就一直是我最想去的城市之一，它的名字在我聽來俐落、平順、泛著淡紫色、甜美溫馨；若有人跟我說起帕爾瑪的某幢房子，招待我去，便等於令我歡喜地想到自己將會住進一個平順、俐落、淡紫色，而且甜美溫馨的居所，與任何義大利城市的住家毫無關聯，因為我僅憑藉城名「帕爾瑪」這幾個沒有任何氣音的重音節，加上先前我令那幾個字吸收到的司湯達爾式的柔美及紫羅蘭色澤去想像。當我想到佛羅倫斯，便像是想到一座瀰漫奇香的城市，彷彿一朵花冠，因為它又被譽為百合之城，此外也因為它的主教座堂，百花大教堂。至於巴爾別克，這樣的名稱宛如一只保有胚土顏色的諾曼地古老陶器，還刻劃著某種已廢黜的習俗，某項封建法規，某地的古早樣貌，某種構成不和諧音節的過時發音，而我敢說那甚至還能在當地民宿老闆口中聽見。他可能會在我抵達時招待我牛奶咖啡，帶我去教堂前看大海的驚濤駭浪，在我想像中，他爭強好勝，端莊威嚴，一派中古世紀作風，有如諷刺詩中的人物。

若我的健康狀況穩定，而且爸媽允許，就算不能去巴爾別克小住，至少也讓我去搭一次那班一點二十二分的火車，去認識諾曼地或布列塔尼亞的建築和風光。我在想像中搭過那麼多次，希望能停靠在最美麗的市鎮；但再怎麼比較也是徒勞，這比在眾多無法互相取代的獨立個體之間抉擇更難：貝葉裹著它高貴的淡紅色蕾絲，如此高聳，其頂峰被最後一個音節的遠古金黃照亮[9]；維

8 帕爾瑪（Parma），位於義大利艾米利亞－羅馬涅（Emilia-Romagna），帕爾瑪省首府，以乳酪和火腿聞名世界。古羅馬時代屬於羅馬帝國一部分；中世紀時代則為貫通羅馬與歐洲北部的要塞。文藝復興後，曾建立帕爾瑪公國。法國十九世紀作家司湯達爾（Stendhal, 1783-1842）曾以帕爾瑪及附近的修道院為背景寫成小說《帕爾瑪修道院》。

9 法文中，貝葉（Bayeux）的最後一個音節的發音聽來與「古老黃金」（vieil or）相近。此外，該城也以傳統蕾絲製品知名。

特雷尾音的尖音符如一槓烏木，將古老的玻璃花窗框成了菱形[10]；柔和的隆巴勒，從蛋殼黃到珍珠灰，盡數含納在它的純白之中[11]；庫坦斯，最後的雙元音濃重、泛黃，為它的諾曼式大教堂冠上一座奶油高塔[12]；拉尼翁，小鎮的寂靜中，蒼蠅跟在馬車後的嗡嗡響；凱斯湯貝爾，彭托爾松，愛笑又天真，白羽毛與黃嘴喙在這兩個水流潺潺、饒富詩意之地的大路上處處零散；貝諾戴，這淺淺繫泊著的名字，彷彿就要被河流連同水草一起沖走；阿凡橋，一頂輕盈的蕾絲頭巾，展開粉紅翅膀掀起雪白的飛行，映在運河綠水中的倒影輕顫；康佩爾雷，它則從中古世紀以來，就緊緊牢繫在它叨唸不休的各條小溪之間，將自己點綴成一幅灰色單色畫，如同陽光透過一扇滿是蛛網的天窗灑落而成的畫，光線也逐漸變成模糊的銀棕色圓點；要如何在這些城鎮之間做出選擇？

這些意象皆虛假，另有一個原因：它們必然都被極度簡化；我的想像渴望的，以及在事情當下感知到的，那些並不完整、而且無甚樂趣可言的感受，大抵都被我鎖在名字那隱祕的庇護所裡；想必，因為我在那當中囤積了夢想，如今它們招引著我的欲望；但名字這個庇護所不甚寬敞，頂多能讓我放進一座城的兩三個主要「趣景」，而且相互緊挨，沒有緩衝；在巴爾別克這個名字裡，彷彿透過那些在海水浴場可買到的蘸墨筆桿所附的放大鏡觀看，我瞥見巨浪滔天包圍一座波斯式教堂。也許這些意象的簡化本身正是它們掌控我的原因之一。有一年，父親決定我們要在復活節假期前往佛羅倫斯和威尼斯，由於佛羅倫斯這個名字裡已沒有位置，放不下平常構成城市的項目，我不得不透過某幾味春日的芬芳喚出一座超自然城邦，我相信，那正是由喬托天才的精髓孕育而成。更何況——因為一個名字裡可容納的時間無法大幅超過空間——一如喬托某些畫作裡也曾呈現同一個人物的兩項不同活動：這兒，他躺在床上，那兒，他正準備騎上馬背，佛羅倫斯這名字也被分為兩個隔間。我置身其中之一，在一處置放雕像的龕室下方，凝視一面壁畫，畫面有部分覆蓋了一簾晨光，粉塵漂浮，逐漸斜移；在另一個隔間裡（由於我不將地名想成是一種無法觸及的理想，而是視為一股令我沉浸其中的真實氛圍，是一段尚未活過的人生，這段被我鎖在此處、純潔無瑕的生活，因而讓最物質的樂趣，最簡單的場景，帶有文藝復興前期藝術之作中的迷人特徵）——為了盡快找到正等著我的午餐，還有水果和奇揚地紅酒[13]——我快快地越過黃水仙、白水仙和銀蓮花競相爭艷的維奇歐橋[14]。我看見的正是這些（儘管我人在巴黎），而非當時的周遭景物。即使純就現實角度來看，比起實際所在的地區，我們嚮往的國度時時都在真實生活中占有更多地位。若在說出「去佛羅倫斯，帕爾瑪，比薩，威尼斯」這些字句的當下，若我

10 維特雷（Vitré）這個地名中含有「玻璃」（vitre）的字根，只差在最末一個字母 é 上標有尖音符。

11 隆巴勒（Lamballe）小鎮的建築多為黃牆灰瓦，而這個地名的法文發音可顛倒錯置成「白色」（le blanc）。

12 庫坦斯（Coutances）的諾曼式教堂是拉斯金多次提及的建築；奶油高塔（tour de beurre）取自盧昂的大教堂的一座樓塔，一說以其石材的顏色得名，另一說則是當地司鐸向教皇請命讓居民在齋戒期間食用奶油，換取建造教堂經費金援，故取此名。

13 奇揚地紅酒（Vin de Chianti），托斯卡納奇揚地地區從十三世紀即已開始產製的紅酒。

14 維奇歐橋（Ponte-Vicchio），義大利文原意指「老橋」。

主動對存在思緒中的事物多加留心，應該會知道，我看見的根本不是一座城市，而是某種與我既知的一切截然不同的東西，那如此之美妙，對於可能永遠生活在冬日午後將盡那段時間中的那類人而言，可比這不曾見過的奇觀：一個春天的早晨。這些意象虛幻不真，固定不變，永遠一樣，填滿我的日日夜夜，使我那段人生時期有別於先前歲月（在一個只從外部看事情，也就是說什麼也看不見的觀察者眼中，這兩者可能混為一談），就像在歌劇中，一段旋律動機導入了一份新意，那恐怕是只讀劇本的人料想不到的，更遑論只在劇院外乾數時間一刻刻流逝的人。何況，即使純就數量來看，我們的生存日數也不盡相等。為了走遍這些日子，有些天性較易緊張之人如我，就像汽車一樣，具備不同的「檔速」。有些日子如高山重阻，諸事不順，得花上無數時間攀爬；另有些日子是一路緩坡，讓人哼著歌兒全速衝下。在那個月裡——如同哼著一段旋律，我欲罷不能地反覆咀嚼這些佛羅倫斯、威尼斯和比薩的意象，因而在心中引發了欲望，那欲望保有某種極深的個別性，好比一股愛意，一股對某人的愛意——我始終相信這些意象符合某種非我能左右的現實，讓我體認一份足可支撐一名早期基督徒在進天堂前夕的美好希望。因此，我不擔憂想以感官去觀看和觸摸的矛盾，那是從幻想發展出來的，並非五官所感——不同於已知的感受，因而對感官更具誘惑——那即是這些意象令我記起的現實，最能點燃我的渴望，因為那猶如一則能滿足它的承諾。雖然我欣喜的動機源於對藝術享受的想望，旅遊指南卻比美學著作更能維持這份喜悅之情，而火車時刻表則又比旅遊指南更勝一籌。令我心動的是，想到在我想像所見中，那個佛羅倫斯分明近在眼前，卻又無法抵達，但在我心中，要是隔開它與我的那條路線行不通，我可以轉個彎，繞個路，透過「陸路」抵達。我在心中不斷默念，藉此賦予我就要見到的事物極為重要的分量：威尼斯是「吉奧喬尼[15]畫派的本營，提香的居住地，中古世紀家用建築最完整的博物館」，的確，每當我這麼做，便覺得幸福。然而這幸福之感還能更甚，那是在幾個早臨的春日變回冬天的日子（一如我們往年復活節聖週常在貢布雷遇到的），我出門購物，礙於天氣得走得很快——條條大道上，眼見馬栗樹猶浸在濕寒如水的空氣中，卻已穿戴整齊，準時赴約，不因而氣餒，整株凝結卻還是豐茂了起來，逐漸岔出枝枒；嚴寒發威阻撓，奈何後繼無力，抑制不了那忍不住的綠意逐漸蔓延——我想到，維奇歐橋上，風信子和銀蓮花早已一片花團錦簇，春日的陽光已將大運河的水波染成那般深沉的蔚藍及高貴的翠綠，湧至提香那些畫作跟前，碎成浪花，可與畫中豐富的色彩爭艷。當父親邊查看氣壓計，邊抱怨天氣冷，著手查起哪些火車班次最合適時，當我明白只要在午餐後走進那炭黑的實驗室，那用來操縱附近事物之嬗變的奇幻魔屋，隔天就能在「墊在紅碧玉之上，鋪著翡翠石板路」的大理石與黃金之城醒來時，我再也按捺不住心中喜悅。如此一來，威尼斯與百合花之城便不是恣意在想像中展現的虛構圖畫而已，而是在相距巴黎

15 吉奧喬尼（Giorgio o Zorzi da Castelfranco, 1477-1510），義大利文藝復興藝術大師。威尼斯畫派畫家，出生於威尼斯附近，曾師從喬凡尼．貝里尼，是著名畫家提香的同學，受聘為名流畫肖像，為大型建築物，宮殿和教堂裝飾壁畫。

一段路程之外真實存在著，若想親眼見識，這段路程非得橫越不可；它們就位在地球上某個確切之處，不在他方，一言以蔽之，這兩座城是千真萬確的存在。對我而言，那種真實感更上一層，因為父親說：「整體而言，在威尼斯，你們可以從四月二十日待到二十九日，在復活節當日一早抵達佛羅倫斯。」於是，這兩座城不僅跳脫了抽象空間，也逸出那想像的時間：在那想像的時間中，我們一次不只置入一趟旅行，還加上別的行程，同時發生，但無甚感動情緒，因為那都只是可能的旅程——再造想像的時間如此容易，可在一座城中度過之後移往另一座城再來一次——父親在說這話的同時，也為這兩座城獻上了特別的日子，相當於為我們在那幾天當中所使用的物件印上正字標記，因為，那些獨特的日子過了便耗盡，不會復返，一旦曾在他方經歷，便無法到此地重新活過；感覺上，這兩座貴如女王的城市，為了在它們尚未真實存在的那種理想時間將近尾聲時融入其中，會在洗衣女工週一將我沾染了墨水的白背心送回的那個星期前來，而我將藉最動人的幾何圖形，把一座座圓頂與樓塔標記在自己的人生藍圖上。但我仍只是在通往愉悅的最後一哩路上；抵達時刻終於到來（直到那時我才發現，隔週，復活節前夕，威尼斯城內，在被吉奧喬尼的壁畫映紅的顛簸小路上散步的，並非如我罔顧提醒、執意想像的，是「怒海一般駭人壯闊，染血長袍褶襬之下盔甲銅光閃耀」[16]的人群，而可以是我，如同別人借我看的一張大幅聖馬可廣場照片中，插畫師呈現的那個小人物，戴著圓頂氈帽，站在門廊前方），那是當我聽到父親對我說：「大運河上應該還很冷，你最好馬上把冬季長袍和厚短外套放進行李箱。」聽見這些話，我內心立即升起一股飄飄然的狂喜：瞬間覺得，此前原以為不可能的事如今真的栽進了那些「宛如印度洋暗礁般的紫水晶岩林」；以遠在我能力之上的高超靈活度，像褪去一副無用的外殼似地，卸除環繞著我的房間氛圍，以等量置換成威尼斯的氣息，那種海港的、難以言喻的特殊氣氛，如同被我的想像封鎖在「威尼斯」這個地名裡的那些夢境，我覺得自己的內在出現奇蹟般的靈魂出竅之感，隨即被一股隱約的作嘔感蓋過，因為那時喉嚨開始疼痛不已。於是我不得不臥床休養，而高燒如此頑強不退，醫生宣告必須捨棄原本的決定，非但現在不能讓我前往佛羅倫斯和威尼斯，甚至，即使完全康復之後，從現在算起至少一年，也得避免所有旅行計畫和造成激動的因素。

可嘆啊，他還堅決禁止爸媽讓我去劇院聽拉．貝瑪演出；那位神妙的藝術家，貝戈特覺得她天賦異稟，她本可讓我見識到某種或許既重要又美麗的東西，安慰我佛羅倫斯和威尼斯未能成行，而且還無法前往巴爾別克的遺憾。他們能做的只有每天送我去艾麗榭場，並派一個人監管，以防我過度勞累；結果是由雷歐妮姨媽過世後就進我家服務的法蘭索瓦絲擔當。我無法接受去艾麗榭場[17]。要是貝戈特曾在某部作品中描寫過那地方就好了；那麼我約莫會渴望去見識一番，如

16 這一整段關於威尼斯的想像，大量引用了拉斯金的著作《威尼斯之石 The Stone of Venice》。

17 Champs-Elysées 一般音譯為香榭麗舍，但原指希臘神話中聖人及英雄靈魂在地獄中居住的至福樂土。巴黎的香榭大道位於第八區，貫穿凱旋門的星形廣場（現戴高樂廣場）及協和廣場。《追憶逝水年華》中敘事者玩耍的公園，是指協和廣場到圓環之間，法國總統府艾麗榭宮前方的大片綠地。

同先在我的想像中置入「分身」的一切。想像為那些事物暖身，使它們活靈活現，賦予它們個性，而我想在現實中與它們再度相遇。但在這座公園裡，沒有任何事物與我的夢境相連。

·

有一天，由於我在我們常去的位置，也就是木馬旁邊，覺得無聊，法蘭索瓦絲便帶我去附近走走——走出等距設置的麥芽糖舖小堡壘把關的防線——走進鄰近但陌生的區域，那兒盡是一張張不認識的面孔，有山羊拉車經過；然後她回頭去她那張背靠一叢月桂樹的椅子上拿東西；等她的時候，我踏過被太陽曬得焦黃、稀落、光禿的大草坪，草坪盡頭的水池邊立有一尊雕像；這時，小徑上，一個紅髮小女孩正在承水盤前方打羽毛球，另一個女孩正穿起外套，收拾球拍，用乾脆而短促的語氣對她喊道：「再會，吉兒貝特，我要回去了。別忘了我們今天晚餐後會去妳家。」吉兒貝特這個名字從我身邊飄過，因而提及它所指的那個女孩的存在，這幾個字不是只像在說一個不在場之人那樣指出她的名，而是直接叫喚她；這名字就這麼飄過我身旁，所以可說它正在行動，力道隨其射程曲線逼近目標而增強——同時，感覺得到，它挾帶著某人對那名字所指的對象的了解與想法，那人不是我，而是呼喚這對象的那個朋友；她在喊出這名字的同時，便也喊出了所有重新浮現在她眼前，或者，至少是記憶中所有關於她們倆的親密日常，互相到對方家拜訪的情景，而這一切我不知道的事情，更難以觸及，也更令我痛苦，但對那個幸福的女孩反而如此熟悉，而且唾手可得；她讓我和那一切擦身而過，卻又不得其門而入，她將那一切用一聲呼喚便憑空拋出——精準觸及斯萬小姐生活中某些看不見的點，從而激發出的美妙氣息隨即在空中散布、飄蕩，關乎將至的夜晚，晚餐後，在她家，即將發生的事——如此一來，它以天上過客之姿，在孩子與女僕群當中形成一小朵雲，色彩珍貴，類似普桑[18]畫筆下的美麗花園上空鼓脹飽滿的那一朵，如歌劇布景中的雲一般，被戰車與多匹戰馬填滿，鉅細靡遺地照映著眾神生活的片段顯像——總之，在這片稀疏的草地上，就在枯黃草坪與打羽球的金髮女孩（不停發球又接球，直到一個帽上綴著藍色羽飾的女教師喊她才停下）的一段午後時刻交會處，它拋出一小條香水草色的絢爛紫綵帶，如映像一般不可捉摸，像地毯似地鋪上草坪，而我行走其上，腳步依依難捨，眷戀而造次，流連不倦，這時卻聽見法蘭索瓦絲對我大喊：「好囉！扣上您的外套鈕釦，我們該走人了！」我氣惱不已，第一次注意到她的語言是如此粗俗，而且，唉！她的帽子上沒有藍色羽飾。

她會再回到艾麗榭場來嗎？隔天她沒出現，但後來接連幾天我都在那兒看見她；我一直在她和女友們玩耍處附近流連，乃至有一次，因為湊不齊人數玩抓人遊戲，她還派人來問我是不是願

18 普桑（Nicolas Poussin,1594-1665）法國古典主義畫派重要畫家，生平作品兩百多幅，最接近文中描述的畫作是藏於德勒斯登歷代大師畫廊的《花神帝國 L'Empire de Flore》。

意加入她們那一隊，於是，從此以後，每次她來，我便和她一起玩。但她不是每天都來，有些日子她沒辦法來，礙於要上課，主日學，吃點心，那有別於我生活的各種日常；唯獨兩次，濃縮在吉兒貝特這個名字裡，我痛苦地感覺到她的生活與我擦肩而過，一次是在貢布雷的斜坡小徑，一次是在艾麗榭場的草坪上。遇上那些日子，她會事先宣告我們見不到她；若是因為學業，她會說：「真煩人，明天我不能來了，我不在，你們就自己玩得開心吧。」那鬱悶的神情讓我稍感安慰；但相反地，若她因為受邀去看一場日間演出，而不知情的我還問她會不會來，她便這麼回答：「希望不會！我想要的是媽媽讓我去朋友家。」那幾天我至少知道是見不到她了；然而另外還有幾次，她母親臨時起意帶著她一起去逛街購物，隔天她就會說：「啊！對，我跟媽媽出門了。」視之為理所當然，而非一樁對某人造成了空前痛苦的事。還有些日子天候不佳，她的女管家自己怕下雨，不想帶她來艾麗榭場公園。

因此，若天色可疑不定，我總會從一大早就開始不斷地探看，不放過任何徵兆。若是看見對面家的夫人站在窗邊戴上帽子，我便會心想：「這位夫人正要出門，所以今天是個可以出門的天氣：吉兒貝特有什麼理由不跟這位夫人一樣呢？」但天色陰沉下來，母親說天氣可能會轉好，只待一道陽光露臉；不過，恐怕還是要下雨的；要是下起雨，那麼去艾麗榭場又有什麼意義？於是，從中餐開始，我焦急的目光便離不開那陰晴不定、烏雲密布的天空。窗外，陽台一片灰濛。突然間，陰沉的石磚上雖看不出哪種顏色較不那麼黯淡，卻感覺得到，宛如為了努力成為一種較不黯淡的顏色，一線光束正遲疑不決，躍躍欲試，想要釋放光亮。頃刻之後，陽台轉為淺亮，潤澤生輝，彷如清晨的水面，鐵鑄格欄造成的千百個亮點閃爍其上。一陣風吹散盡，石磚再度黯淡下來；不過，彷彿已被馴服似地，亮光歸來重現，石頭在不知不覺中再度刷白，亮白的力道持續漸強，如同在音樂領域，在一首序曲尾聲迅速彈奏一個單音，使它歷經所有力度，臻至極強，我見到陽台石磚達到天氣晴朗時那無可取代且穩定不變的金黃，而在那金黃色之上，精雕細琢的欄杆扶手浮現剪影，那黑影看似一株恣意生長的植物，輪廓一五一十地顯現出最微小的細節，彷彿透露出藝術家專注投入的一份心意，一點滿意，而那些令人欣喜的叢叢暗影靜置著，呈現出那般鮮明的對比，那樣的絲絨質地，輕落在這座陽光之湖上寬闊如葉的片片光影，似乎真知道自己即是寧靜與幸福的保證。

驀然乍現的常春藤，瞬間即逝的爬牆草！在所有能攀牆或裝飾窗框的植物中，就屬它們最不鮮豔，最無生氣，處處依附；但在我看來，自從它們以吉兒貝特身影之姿出現在我們陽台的那一天起，便顯得無比珍貴；她可能已經在艾麗榭場，等我一到，就會對我說：「我們馬上開始玩抓人遊戲吧！您在我這一隊。」薄弱的影子，一陣風就吹走，但也呼應著時刻，而非季節；它許諾即刻的幸福，無論這幸福在那一天最終會被拒絕，或得以實現，因而那是無與倫比的即刻幸福，是愛情的幸福；那影子映在石磚上，甚至比青苔更柔軟、更熱烈；它生氣盎然，只需一道光就能生成，讓喜悅綻放，即使正值隆冬。

而且直到那些日子，其他植物盡已消失，裹覆老樹樹身的美麗青皮被大雪掩埋，當落雪已歇，但天色依舊陰暗，吉兒貝特不會出門，突然間，乍現的陽光在鋪蓋陽台的白雪厚袍上織出金線，繡上黑影，母親見狀便說：「看，這會兒天氣變晴了，也許你們還是可以去艾麗榭場走走。」那一天我們誰也沒遇著，也沒有哪個小女孩正要離開，還篤定地告訴我們吉兒貝特不會來。原本讓體型壯碩卻怕冷的女管家們聚集在一起的那些椅子上也空無一人。唯獨在靠近草坪處坐著一位些許上了年紀的婦人，她無論天候如何都會出現，總是同一套盛裝打扮，暗色而華麗；當時若是能夠交換，我會犧牲爾後人生中最大的利益去換取機會認識她，因為吉兒貝特每天都會向她問安，她會向吉兒貝特探問「小姐可愛的母親」的消息；我覺得，要是我先前就認識她，吉兒貝特早就會對我另眼相待，當我是一個與她父母的人脈有關聯的人。孫兒們在較遠處玩耍時，那位婦人總是讀著《辯論報》[19]，在她口中成了「我的老友《辯論報》」，而且一派貴族口吻提及城警或出租椅子的女人時也說：「我的老友城警先生」，「出租椅子的女人跟我是老朋友了」。

法蘭索瓦絲快凍僵了，不能老待在原地，我們一直走到協和廣場的橋上，觀看結了冰的塞納河；此時人人都敢接近，就連孩子們也不例外，彷彿那是一條擱淺的大鯨魚，毫無抵抗能力，等著被大卸八塊。我們走回艾麗榭場公園，我痛苦難耐，徘徊在靜止不動的旋轉木馬以及被已除去積雪的縱橫園徑形成的黑網困住的雪白草坪之間；草坪上的雕像手中多出一道冰柱，這彷彿解釋了它的姿勢。老婦人呢，折好她的《辯論報》，向一個帶著孩子經過的女僕詢問了時間，道謝：「您這人可真好！」然後，又懇請修路工人去把她的孫兒們叫回來，要他告訴他們她很冷，並加上一句：「您要是能幫我這個忙，必然是個大善人。您知道我有多不好意思呢！」忽然，雲破天開：在傀儡劇場和馬戲團之間，放晴的地平線上，逐漸亮開的天空下，宛如魔幻奇兆，我才剛瞥見管家小姐的藍色羽飾，吉兒貝特就已全速朝我奔來，因為天冷又遲到，再加上玩遊戲的急切欲望，皮草方帽下的臉蛋通紅；就快抵達我面前時，她鬆腳在冰上滑了一段，不知是為了好好保持平衡，還是覺得這樣比較優雅，亦或是故意裝出滑冰選手的身段，她張開雙臂，微笑向前，彷彿要我接住她。「好極了！好極了！這樣非常好，我若不是上個時代的人，舊王朝的人，就會借用您的話說：這可真妙，真夠大膽！」老婦人驚喜地高呼，以寂靜的艾麗榭場之名，感謝吉兒貝特不畏風雪前來。「您跟我一樣，對我們的老友艾麗榭場依然一片忠心；我們兩個真是天不怕地不怕呀！要我說呀，即使如此，我也愛這座公園。這場雪，您恐怕要笑話我，讓我想到白貂皮草！」老婦人說著說著，自己就笑了起來。

這些日子的第一天——落雪，代表可以奪走我見到吉兒貝特的機會的強大力量，這幅意象流露了分別之日的離情依依，甚至遠行之日的形態，因為那一日有了改變，我們慣用的晤面場所如今也變了樣，整個罩上蓋布，幾乎不能使用——然而那一天卻讓我的愛情有所進展，因為那算是她初次與我共嘗惆悵。一夥玩伴當中來的只有我們倆，因此只有我陪著她；這不僅是親密關係的

19　《辯論報》（另見前冊注3），創立於一七八九年，以政治及文學為議題，時而保守，時而激進。一九四四年停刊。

起步，也有她的心意——彷彿她在這樣的天候裡前來，別無其他原因，純粹是為了見我——我深受感動，就好像曾有那麼一天，她受邀去看一場日間演出，卻放棄前往，只為了來艾麗榭場和我相見；在凝滯、寂寥與蕭索的周遭景物中，我們的友誼仍然熱烈，我對那情誼的生命力及遠景益發有了信心；當她把雪球塞進我的衣領，我溫柔微笑以對，覺得這舉動表示了她對我的好感，所以容許我以旅伴的身分，陪她悠遊這煥然一新的冬日國度，並且也算是她在我不順心的時刻對我的某種忠誠義氣。我們開始玩遊戲，不久後，宛如猶疑不決的麻雀，她的小姊妹們一個接著一個到來，全是白雪上的小黑點。我們開始玩遊戲，由於開始得那麼悲慘的這一天注定要在歡樂中結束，由於我在玩抓人遊戲之前朝當初那位急促喊著吉兒貝特名字的朋友走去，她對我說：「不，不，我們都知道您比較喜歡跟吉兒貝特一隊，而且，你看，她正在對您招手呢！」所以，吉兒貝特果真在喊我，要我過去積雪的草坪，加入她的陣營；陽光灑在其上，映照出粉色光輝，如同古舊錦緞磨耗出的金屬光澤，造就一場金帳營會[20]。

原本令我那麼疑懼的那一天，反而成為我僅有幾個沒那麼難過的一天。

因為，這樣的我從此只想著絕對不能一天沒見到吉兒貝特（甚至有一天，由於外婆到了晚餐時間還沒回家，我立刻忍不住心想，她該不會是被馬車給撞輾了吧，要是這樣，我就有好一陣子不能去艾麗榭場玩了；人一旦戀愛，就再也不愛任何人了），然而在吉兒貝特身邊，從前夕便開始的迫不及待，令我顫抖、甘願犧牲一切的那些時光，卻一點也不快樂；我很清楚，因為我在人生中唯獨對那些時刻聚精會神，無微不至，竭盡全力，然而這樣的專注並未能在其中發現任何愉悅原子。

不在吉兒貝特身旁的所有時間，我總是迫切地想見她，因為，我不斷想像她的模樣，終至再也想像不出，再也不確定我的愛戀對象為何。再者，她從來沒對我說過她喜歡我，反而經常作態表示，比起我，她還更喜歡好些其他男生朋友，我不過是個她願意一起玩的好同伴，雖然我玩的時候太漫不經心，不夠認真；說穿了，她給我的常盡是些明顯冷漠的表示，這本可能動搖我的信念，我本以為自已對她而言與眾不同，前提是這信念源自吉兒貝特可能對我會有的愛意，而非如實際狀況，是源於我對她的愛。但我的愛反而更加穩固了如此信念，因為它取決的是我迫於內在需求而去想念吉兒貝特的方式。但我仍未向她告白我對她的感覺。當然，在筆記本每一頁上，我潦草地寫滿她的名字和地址，但見自己一筆一劃寫下這些模糊線條，她也沒有因此就想念我；看見這些字跡讓她在我周遭占據如此顯要的地位，卻未進一步融入我的生活，我頗為沮喪，因為這些字跡沒能對我訴說吉兒貝特的事，她甚至不會看到這些字，這些字跡展現的反而似乎是我自己的欲望，是某種完全個人、虛幻、乏味，而且無能為力的東西。最迫切的是，吉兒貝特和我，我

20 金帳營會（Camp du Drap d'Or），一五一九年，查理五世當選神聖羅馬帝國皇帝，法國國王法蘭西一世為制衡其勢力，在法國加萊（Calais）附近與英格蘭國王亨利八世舉行會晤，這場盛大的高峰會於一五二〇年六月七日起歷時十五天。英法兩位國王大肆炫耀自己的財富，以奢華的饗宴、音樂、舞蹈、煙火、比武等活動互相攀比，雙方皆採用以大量金絲織成的錦緞搭營帳，光燦奪目，會議因而得名。

們得見面，要能坦承彼此的愛意，這麼說來，這段愛情直到那時根本都還沒發生。想必，令我迫不及待見到她的種種理由，對一個成熟的男人而言，恐怕都沒那麼急切。爾後，我們在培養樂趣的過程中學會了取巧，覺得只要如我想像吉兒貝特那樣去想著一個女人就夠快樂了，不再憂心那意象是否符合現實；愛她就夠滿足了，不需要確定她是否也愛我們；我們甚或會放棄向她坦承我們對她有好感的樂趣，以藉此將她對我們的好感撩撥得更旺，仿效那些日本花匠，為了養出最美的一朵，而犧牲其他好幾朵花兒。但在那段愛戀著吉兒貝特的時期，我還相信愛情確實存在於我們的外在世界；我相信，但凡愛情有助我們排除障礙，它就會以我們完全不能恣意改動的順序提供幸福；我覺得，若是當初我出於自願，以假裝冷漠取代溫柔告白，那麼我不僅將會失去一種我最夢寐以求的喜悅，還會恣意製造出一種做作、而且沒有價值的愛情，與真正的愛不相通，那恐怕會令我放棄走上追求它的神祕康莊大道。

但是，當我來到艾麗榭場——首先，我即將能夠迎面應對我的愛情，讓它接受該有的矯正，符合其非我能左右的現有理由——我盤算著，一旦這位吉兒貝特．斯萬出現在我面前，映入我眼簾，就能更新我那疲憊的記憶再也尋不回的意象；昨天才跟我玩在一起的這位吉兒貝特．斯萬，剛讓我打了招呼，並且再度體驗到一股盲目的直覺，如同令我們在行進之際不及思索便將一腳踏在另一腳之前的直覺，一切立刻變得彷彿她與我夢中的小女孩竟是兩個不同的人。比方說，假如從前一天起，我在記憶中為她飽滿、泛著光澤的臉頰上設置了一對火眼，現前吉兒貝特的臉卻強烈地呈現出某種正好是我想不起來的什麼，像是鼻子線條陡直拉長，立即與其他線條結合，形成類似那些在自然科學上可定義一個物種的重要特徵，令她蛻變成一個尖吻類小女孩。正當我準備利用這渴望已久的一刻，好好整頓我在來到公園之前已設定好、但腦中再也想不起來的吉兒貝特的意象，以便在獨處的漫漫時刻中，確定自己回想的是她沒錯，如構思寫作般一點一滴增進的是我對她的愛情沒錯，她卻在此時遞了顆球給我；如同唯心主義派的哲學家，理智雖不相信，但肉體卻能感知外在世界的現實，在認出她之前便驅使我上前打招呼的那個我，同樣地，急忙抓住她遞過來的球（如同一個來跟我玩的同伴，而非我特意前來會面的心靈知交），命令我本著紳士禮儀，一直到她離開為止，對她說了千百句無甚意義的客套話，並且或阻止我保持沉默，不讓我利用原本總算可回頭處理那急迫又茫然的意象的機會，或阻止我對她傾訴，而那些話語本可能使我們的愛情有決定性的進展，使得我每一次都不得不僅僅期待下一個午後來臨。然而狀況還是多少有所進展。有一天，我們跟吉兒貝特一起走到對我們特別親切的那個女小販的棚子——畢竟斯萬先生總是派人到她這兒來買蜂蜜香料麵包，而且，基於保健養生之故，他需要大量食用，因為他患有特殊種族濕疹和先知們的便秘[21]——吉兒貝特笑著要我看兩個小男孩，他們簡直就像是從

21 暗指斯萬的猶太血統。《聖經》〈申命記 28:27〉提及：「耶和華必用埃及人的瘡並痔瘡、牛皮癬與疥攻擊你，使你不能醫治。」猶太教經典《塔木德》中記載了預防及治療便秘的方法。

兒童讀物裡走出來的小彩繪師和小自然科學家。因為兩人之中一個不要紅色麥芽糖，只喜歡紫色的，而另一個，淚眼汪汪，不肯拿女僕想買給他的一顆李子，因為他最後才激動地說：「我比較想要另一顆，因為那顆上面有一條蟲！」我買了兩顆一蘇錢[22]的彈珠。我滿心讚嘆地看著另外放在一只淺缽裡的瑪瑙彈珠，光潔閃亮，被囚困在缽中；我覺得它們格外珍貴，因為個個金黃耀眼，綻放笑顏，有如少女一般，也因為一顆就值五十生丁。吉兒貝特的零用錢比我多得多，她問我覺得哪一顆最漂亮。每一顆彈珠皆自有生命的清澄與混濁。我不要她為此錯過任何一顆，真希望她能全部買下，解救它們。然而我指了其中和她的眼睛同樣顏色的一顆。吉兒貝特拿起那顆彈珠，轉著尋找珠子上的金色光芒，撫摸一陣，付了贖金，卻立刻將她的俘虜交給我，對我說：「拿著，這是您的了，我把它送給您，當成紀念物好好保存吧！」

另一次，由於總放不下想聽拉．貝瑪演一齣古典劇的渴望，我問她有沒有一本貝戈特談論拉辛的書，那本書在市面上已經找不到了。她請我提示確切的書名，於是當晚我發了封簡短的電報給她，在信封上寫下「吉兒貝特．斯萬」這個我曾在筆記本上勾勒過那麼多次的名字。隔天，她便為我帶來那本託人找到的冊子，仔細包裝，繫著淡紫色緞帶，以白蠟封印。「您曉得，這是您先前要的東西。」她告訴我，邊從手籠裡抽出我寄給她的那封電報。但這封由氣壓筒傳送的快遞——昨天還什麼都不是，只是一紙我寫好的藍色短箋，自從快遞信差將它交給吉兒貝特的門房，僕人又將它拿進她的閨房，它就成了這麼一件無價之寶，晉升為她當天收到的藍色短箋之一——在地址欄中，我幾乎認不出我那些徒然又孤獨的字跡線條，它們被壓在郵局蓋上的圈印、某個郵差用鉛筆加上的注記底下，那些任務已確實執行的記號，外在世界的印記，象徵現實生活的紫色束帶，首度來與我的幻夢結合，加以維持、提升、振奮。

曾經還有一天，她對我說：「您知道，您可以叫我吉兒貝特，總之，我呢，以後會用您的教名[23]來喊您，不然太麻煩了。」然而她還是繼續用「您」稱呼我好一陣子，每次我提醒她，她便微笑，構思，組裝，造一個像外語文法書中只是要教人如何使用一個新字的那種例句，最後以我的名字結尾。爾後想起當時的感受時，那印象格外鮮明：像是赤裸裸的我，被她銜在口中一會兒，不再有任何也屬於她別的同伴的社交規範，或者，那種在她提及我的姓氏和我父母時的客套，她的唇——用力時有點像她父親那樣，為了想強調的字詞而咬字清晰——看似在扒下我的皮，剝去我的外層，就像因為一顆水果只能吞食果肉、所以得除去它的果皮；同時，她的目光與話語一同流露一種新的親密程度，也更直接地朝我投來，那多少反映了蘊含其中的真心、愉悅，乃至感激，因而伴隨著一抹微笑。

但在那當下，我無法鑑賞這些新生成的歡愉。那歡愉並非由我所愛的那個女孩獻給愛著她的

22　「sou」是法國舊幣制的單位。法國在一七九五年之後改用法郎，但直至十九世紀民間語言仍使用此字，將當時五生丁的銅板稱為一「蘇」。

23　教名，有時被稱為洗禮名或聖名，是基督教所使用、帶有宗教意涵的姓名。

我，而是來自另一個她，是與我一起玩的那個女孩，所給的是另一個我，而這個我既沒有對真實的吉兒貝特的回憶，也沒有不可或缺的心意，唯有這份心能評斷某種幸福的價值，因為渴望這幸福的只有那顆心。即使後來回到家，我也嘗不到那些幸福愉悅，因為，每一天，我都有一股需求，期待隔天能確實、平靜、快樂地凝望著吉兒貝特，期待她終於坦誠說出她對我的愛，向我解釋她之所以不得不隱瞞至今的理由；就是這股需求迫使我對過去不屑一顧，永遠只向前瞻望，不把她賜予我的這些小小恩惠當一回事，就此滿足，而是視之為可以踏足的新階梯，允許我更上層樓，最後終將得到我尚未遇見的幸福。

雖說她偶爾賜我這些友好的表示，見到我時未顯欣喜的模樣卻也令我難受，這經常就發生在我最期待願望得以實現的那些日子。我確定吉兒貝特會來艾麗榭場，不由得心生雀躍，那似乎僅是一種模糊的至福預感，這時——就是我一早走進起居室擁抱媽媽，她已穿戴整齊，一頭烏黑秀髮梳攏盤起，美麗、豐潤而白皙的手上還留有肥皂餘香的時候——看見鋼琴上方亮起一柱塵埃，聽見手搖風琴車在窗下奏起《閱兵歸來》[24]，我便知道，直到晚上，這個冬日都將接待一個明媚燦爛的春天臨時起意的來訪。我們用午餐時，對門的女士打開格子窗，使得我椅子旁邊一道已開始午寐的陽光霎時撤退——一下子掃過整個餐廳——但在下個瞬間便又已歸來繼續午睡。中學裡，下午一點鐘的課堂上，暖陽拖長一道金色微光，灑至我的課桌上，令我不耐，煩躁，整個人無精打采，那金光宛如一場派對之邀，但我無法在三點之前抵達，得等到法蘭索瓦絲來校門口接我，接著穿越街巷走往艾麗榭場；街道綴滿亮光，人潮洶湧，日光照耀之下，陽台宛若從牆面分離，氤氳朦朧，漂浮屋前，彷彿一朵朵金色的雲。可惜！艾麗榭場公園裡，我沒找到吉兒貝特，她還沒到。我靜立在草坪上，太陽無形滋養著這片園地，這裡一點、那裡一點地點燃一株株小草的草尖，棲息草地上的鴿子好似上古時代的雕像，被園丁的十字鎬挖掘出土，置放在這片莊嚴的地表上；我盯著遠方，時時期待見到吉兒貝特跟在女教師身後，出現在那彷彿遞出懷中孩童迎受陽光祝福，因而流淌著金光的雕像後方。《辯論報》的忠實老讀者已坐在她的單人扶手椅上，始終在那個老位子，正對一名警衛比了個和善的手勢，對他大喊：「這天氣多好呀！」由於公園女職員朝她走去，打算收取椅子的租金，夫人嬌滴滴地把十生丁的票券插在手套口，彷彿那是一束花，為了表示對贈花者的友好，尋找最討人歡心的位置插上。找好位置後，她轉了一圈頸子，拉高羽毛長圍巾，露出手腕上那一截黃紙，朝租椅女管理員深深嫵媚一笑，宛若一個女人指著胸衣對一名年輕男子說：「認得您送的玫瑰嗎？」

我領著法蘭索瓦絲去找吉兒貝特，一直走到凱旋門，都沒遇見她，於是我回頭朝草坪折返，深信她必然是不會來了；這時，旋轉木馬前方，那個說話急促的女孩朝我飛奔而來：「快，快點，吉兒貝特一刻鐘前就來了，不一會兒就要走了。我們在等您來玩一局抓人遊戲呢。」我沿

24　咖啡廳駐唱名歌手保羅斯（Paulus, 1845-1908）於一八八六年唱紅的愛國歌曲。

香榭大道往前走那時，吉兒貝特正從博瓦希－德．安格拉斯街過來，管家小姐趁著好天氣，帶著她去幫她採買了些用品，而斯萬先生即將過來接他女兒。所以都是我的錯；我不該離開草坪的，畢竟我永遠無法確定吉兒貝特會從哪個方向過來，是會早一點，還是遲一些。而這場等待最終更令我感覺動人之處，不僅是整座艾麗榭場及整段午後時光，那宛如一片遼闊無垠的時空，當中每一地點、每一瞬間，都可能出現吉兒貝特的身影，另外還有這身影本身，因為我感覺到，在那背後藏有她猛然闖進我心中的時刻為何是在四點、而非兩點半的原因，以及她為何戴著高高的出訪禮帽，而非嬉戲時的貝雷軟帽，為何站在「大使劇院」[25]前，而非兩座傀儡劇場之間。我猜想，吉兒貝特的活動當中有某一項是我不能跟著去的，她非得出門或待在家中；我觸及了她不為我所知的神祕生活。也就是這神祕之謎令我困惑，當我依那說話急促的女孩的指令，立刻趕去開始我們的抓人遊戲時，我瞥見對我們那麼潑辣、莽撞的吉兒貝特，竟然畢恭畢敬地對《辯論報》夫人行了屈膝禮（老夫人則對她說：「多好的陽光，暖得像一盆火。」）吉兒貝特回應時甚至帶著羞澀的笑容，那靦腆神情令我想到的是一個全然不同的少女，應該是吉兒貝特在她爸媽家、父母的友人在場、或她出門拜訪時的模樣，完全是我毫無所悉的另一種存在。但這樣的存在，除了稍後來找女兒的斯萬先生之外，沒有任何人讓我有過類似印象。這是因為，對我而言，他和斯萬夫人——因為女兒與他們同住，因為她受的教育、玩的遊戲、建立的友誼全都取決於他們——他們就如同吉兒貝特，也許還更勝吉兒貝特，畢竟他是對她握有至高權力的萬能之神，大概正是神的後裔；這對夫婦具有無法觸及的未知特質，一種悲痛的魅力。有關他們的一切，皆是我念茲在茲的對象，如此揮之不去，以至於在像這樣的日子，斯萬先生（過去他和我父母仍有聯繫，我常見到他，但彼時卻未引起我好奇）來艾麗榭場接吉兒貝特，一旦我加速的心跳因見到他的灰色禮帽和斗篷式大衣出現而平息下來，他的神態就更令我印象深刻，彷彿一名歷史人物，我們才剛讀到一系列講述他的作品，就連最微不足道的特質也令我們津津有味。他與巴黎伯爵的交情，我在貢布雷聽說時渾然無感，如今則覺得那真是了不起，彷彿別人都不認識奧爾良王朝成員似的；由於那層關係，他在將艾麗榭場那條林徑擠得水洩不通、來自各階層的庸俗散步人群當中，更顯出類拔萃，令我讚嘆他願意躋身其中，不要求他們另眼相看，再說，誰也想不到要這麼做，可見他隱姓埋名之深。

他禮貌地回應吉兒貝特同伴們的問候，對我也不例外，即使他和我家發生了不愉快，不過，倒是看不出認識我的樣子。（這讓我想起，彼時在鄉下他明明常見到我；那是我還保存著的回憶，儘管深藏暗處，因為自從我再見到吉兒貝特之後，對我而言，斯萬的身分主要就是她的父親，而不再是當初貢布雷的那個斯萬；一如現在，連結到這姓氏的想法與過去所了解的那片網絡

25 大使劇院（Théâtre des Ambassadeurs），位於艾麗榭場，原是路易十五為接待外國使節興建，法國第二帝國時期改為表演咖啡廳，後又轉為劇場及餐廳。如今則是皮爾卡登空間（Espace Pierre-Cardin）。

中的概念已然不同。需要想起他時，我再也不使用這過去的觀念，他已變成了一號新人物；然而我用一條橫向的人工輔助線將他與昔日家中那位客人牽繫起來；由於在我心目中，除非能讓我的愛情有利可圖，否則一切皆無價值，所以，當我念及彼時在斯萬眼中——也就是此刻在艾麗榭場上，正站在我面前的同一個人，所幸吉兒貝特也許沒提過我的姓氏——我常在傍晚時分表現得那麼可笑，差人在我母親與斯萬、我父親和我外祖父母在花園桌邊喝著咖啡時，要她上樓進房來跟我說晚安；想起那些無法抹除的過往歲月，我不免一陣羞愧及懊悔。）他告訴吉兒貝特，說他允許她玩一局，可以等她一刻鐘，同時像常人一樣坐上一張鐵椅，用那隻菲利普七世[26]那麼常握住的手付錢買票，而我們則開始在草坪上嬉戲，驚飛了鴿群，鴿子泛著虹光的美麗身軀，形狀像一顆心，宛如鳥類王國中的紫丁香，牠們飛至各個庇護所暫避，例如石砌大水盆邊上那一隻，嘴喙隱入盆中的同時，使得石盆生動起來，接受了牠所指派的用途，獻上豐盛的果實與穀粒，使鳥兒看起來彷彿埋頭啄食；另有一隻棲在雕像額頭上，宛如某些上古時代藝術品中的一件琺瑯飾物，為單調的石材帶來繽紛多彩的變化；也像一項象徵屬性，若冠在女神身上，就相當一個特殊稱號，正如安在凡人女性身上一個不同的名字，替祂增添一份新的神妙。

在那些陽光普照、但未能實現我願望的日子中，這一天，我洩了氣，無法隱瞞對吉兒貝特的失望。

「我正好有許多事想問您，」我對她說，「相信這一天對我們的友誼而言很重要，可是您才剛來，卻立刻就要離開！請您明天盡量早點過來，好讓我至少能跟您說說話。」

她頓時容光煥發，開心地蹦蹦跳跳，回應我：

「明天，您想得美！親愛的朋友，我可不會來！我有一場盛大的點心茶會；後天也不會來，要去一個女生朋友家觀賞戴歐多斯國王蒞臨，從她家窗戶看出去，那場面一定很棒！再隔天，要去看《皇帝密使》[27]，接著聖誕節和新年假期也就快到了。也許他們會帶我去南部。那就太好了！即使這樣會害我錯過裝飾聖誕樹。無論如何，就算我留在巴黎，也不會來這裡，因為我會陪媽媽四處拜訪。別了，爸爸在喊我了。」

我和法蘭索瓦絲走回家，走過陽光仍然耀眼的街道，宛如一場盛會結束後的晚上。我的腳步好沉重。

「這倒也不奇怪，」法蘭索瓦絲說，「這天氣不是這時節該有的樣子，太熱了。唉！我的上帝呀，這下應該到處都有不少可憐的病人了，想來上天也一樣，全都亂了套。」

我強忍嗚咽，一面在心中重複著吉兒貝特心花怒放說她往後很久不會再來艾麗榭場。不過，

---

26 也就是巴黎伯爵，參見前冊注10。

27 戴歐多斯國王（Rois Théodose）普魯斯特虛構出的人物，可能是隱射沙皇尼古拉二世在一八九六年十月出訪巴黎。《皇帝密使 Michel Strogoff》，是作家凡爾納（Jules Verne）以沙皇亞歷山大二世時代為背景寫成的歷史冒險小說，一八七六年出版後改編為舞台劇，一八八〇年首演

只要一想到她那股只需簡單運作就能填滿我心神的魅力，我思路深處的內在約束力免不了將吉兒貝特置於那個獨特——卻也令我痛苦——的位置，即使是在那冷漠的表現上，也早已開始添加某種浪漫；我的淚水中浮現一朵微笑，那正是一個吻的羞澀雛型。當信差送信的時間到來，那天傍晚，一如其他日子，我心想：「我會收到吉兒貝特的來信，她終於要告訴我她沒有一刻不愛我，要向我解釋那神祕的原因：為何她不得不對我隱瞞至今，為何沒見到我也能假裝高興，為何一副純粹只是玩伴吉兒貝特的模樣。」

每天晚上，我歡喜地幻想這封信，覺得彷彿真的讀著它，把每個句子熟記在心。突然間，我停下想像，驚惶不已。我領悟到，就算我真會收到吉兒貝特的信，也絕對不會是這麼一封，因為那是我自己剛剛編造出來的。從那時起，我便竭力迴避去想原本期望她會寫給我的話語，只怕一說出來，這些話——最珍貴的，最叫人嚮往的——恰恰就會被排除於可能實現的範疇之外。就算出現不可思議的巧合，吉兒貝特寄給我的正好是我編造的那一封信，一旦從中認出自己的作品，我恐怕也不會有收到一項非出自我之手、覺得那東西真實、新鮮之感，那不會是一份在我心思之外、與我的意志無關、真正由愛而生的幸福。

苦等之際，我重讀了一頁文字，那雖非吉兒貝特寫給我，但至少是從她那兒得來的，那是貝戈特的文章，關於令拉辛靈思泉湧的古老神話之美；我將它收在瑪瑙彈珠旁，一直帶在身邊。我的這位朋友，她為了我派人特地找來這篇文章，這番好意融化了我的心；就像人人都需要找理由來證明自己的熱情，直到幸福地在所愛之人身上認出那些自己從文學或交遊談論中所學到、而且足以激發愛意的特質，直到有樣學樣，當成他陷入這場愛戀的新理由，儘管這些特質與他的愛情所尋求的恰恰相反，因為愛意發自本能——就像昔時斯萬對於奧黛特美貌的美感特質的看法——我，從在貢布雷那時開始，之所以會愛上吉兒貝特，是因為我對她的生活一無所知，我想投入、體現那一片未知，放下自己從此不再具有意義的生活；此時，如同盤算一項價值無限的好處，我揣想著，在我這過於一目瞭然、不值一哂的生活中，吉兒貝特夜裡可以充當我的工作助理，幫我整理資料，有朝一日她會變成卑微的僕人、相處起來輕鬆，又善解人意的合作夥伴。至於貝戈特，這個智慧如神般無窮的老人，因為他，彼時的我甚至尚未見到吉兒貝特的廬山真面目，便已經愛上她，如今我喜歡他，卻都是因為吉兒貝特。我讀著他談及拉辛的那幾頁文章，同樣愉悅地看著以白蠟封印，繫著淡紫色緞帶的紙張，那冊子當初便是包在這紙裡，由她帶來給我的。我親吻那顆瑪瑙彈珠，那是我女友最美好的心意，不輕浮隨便，而是真摯赤誠，雖然洋溢著吉兒貝特神祕生活的魅力，卻仍貼近我身邊，就住在我房裡，睡在我床上。這顆寶石之美，貝戈特這些篇章之美，我很高興能將之連結到我對吉兒貝特的愛意，彷彿這份愛在我眼中僅剩一片虛無的時刻裡，這些美好能給予它某種具體感；可是我發現它們的存在比這份愛還更早，與這份愛並不相似，而且早在吉兒貝特認識我之前，它們的成分便已由天賦或礦物學的法則定型，因此，要是吉兒貝特不曾愛我，無論這冊子或寶石的內涵都不會是現在這個樣貌，那麼也就沒有任何事能讓我從中讀到幸福的訊息。當我的愛情因不斷期待隔天能得到吉兒貝特的告白，因而每天晚上將白日裡沒做好的成果取消，撤除，在我自己心中暗處，則有一個不知名女工不讓那拆下的線變成廢物，不特意取悅我或為我的幸福工作，在以她為其他所有作品所設置的不同方式編排那一條條線。她對我的戀情毫無特別興趣，也沒從一開始就認定我已得到對方的愛，她只收集吉兒貝特一些在我看來無可理解的舉動，以及我已原諒的過錯。於是，那些舉動和過錯便都有了意義。這套新模式似乎在說，眼見吉兒貝特不來艾麗榭場，而是去看早場劇，跟女教師一起去逛街購物，準備為新年假期缺席，我還自認為「這是因為她要不是輕浮，就是太乖」，是我想錯了，我不該這麼告訴自己。畢竟，她要是已愛著我，就不會繼續輕浮或順從家裡的意見；而她如果是被迫服從的，那麼她的失望之情應與我在見不到她的日子所感受的無異。這套新模式還說，既然我愛吉兒貝特，就該知道愛是怎麼一回事；它讓我注意到我永遠在煩惱如何提升自己在她眼中的地位，因此我還試著說服母親為法蘭索瓦絲買一件橡膠雨衣和一頂綴上藍色羽毛的帽子，或著最好別再派這個女僕送我去艾麗榭場，她讓我臉紅（聽了我這番話，母親的反應是我對法蘭索瓦絲並不公平，正直的她對我們一向忠心耿耿），還有，這非見到吉兒貝特不可的獨特需求，我為此提前好幾個月就只掛念著要設法得知她大概會在何時離開巴黎，要去哪裡，並且覺得，就算是最舒適的國度，只要她不去，那地方也只是一個流放地，而只要能在艾麗榭場見到她，那麼我就只想留在巴黎；這套新模式輕而易舉地向我揭示了，無論是那股煩惱，還是那項需求，在吉兒貝特的舉動當中都是尋不到的。相反地，她喜歡她的女教師，完全不擔心我怎麼想。她覺得，如果是為了和教師小姐一起去買些小玩意，不來艾麗榭場也是很自然的，若是為了與母親一起出門，那更是件愉快的事。甚至假設，她允許我也去同一個地方度假，至少，為了選這個地方，她是顧及了父母親的意願和千百種人家跟她提過的趣味消遣，但絕非因為那裡本是我家想送我去的地方。當她有時明確告訴我，她對我的喜愛不如對某個朋友多，不如前一天多，因為我粗心害她輸掉了遊戲，我便求她原諒，問她該怎麼做才能讓她重新像以前一樣喜歡我，才能讓她喜歡我多過喜歡別人；我希望她告訴我事實已經如我所願了，我殷殷懇求，彷彿只憑她依我的行為好壞而說出口的話，就能隨意改變她對我的好感，或是為了讓我高興而按我的意願去改變。難道我不知道，我對她所感受的一切，既不取決於她的行動，也非關我的意願嗎？

那無形女工規劃的這套新模式最終說的是，一個至今都令我們痛苦的人，雖說我們可以冀望他先前的行為並非出自真心，但那些行為過後卻有一種我們的想望無可奈何的清楚明白，而想知道那人未來會有什麼舉動，我們該問的對象不是他，而是那再清楚不過的狀態。

令人耳目一新的這番話，我的愛情聽見了；這番話說服它相信，隔天將與先前的每一天無異；吉兒貝特對我的感情已陳舊到無可改變，只有冷漠，在和吉兒貝特的這段情誼裡，不過是我在單戀。「確實如此，」我的愛情回應道，「這段友誼已經沒有什麼可努力的了，不會有變化的。」於是，隔天（或是待某場聚會，如果近期有的話，也許是一場生日宴，新年派對，某個有別於平常的日子，在這樣的日子裡，時光改頭換面捲土重來，拋開過去承襲的積習，不接收過去遺留的愁悲），我會請吉兒貝特放棄我們舊有的情誼，改而建立一段新的朋友關係。

當時我手邊總有一份巴黎地圖，由於能在上面認出斯萬先生和夫人所住的那條街，那地圖對我而言就宛如一份藏寶圖。出於樂趣，也出於某種騎士精神般的忠誠，無論談什麼話題，我都會提及那條街，由於父親不似母親和外婆那樣了解我愛情的狀況，他問我：

「你為什麼老是提起那條街？它又沒什麼特別之處。那地方住起來是很愉快，因為離布洛涅森林不過幾步路，但條件相當的街道也還有不下十條啊。」

我想盡辦法在任何話題中都要讓爸媽說出斯萬這個姓氏；當然，我已在內心不斷複誦，但我還需要聽見那美妙的發音，讓人家為我奏出這段曲調，彌補我無聲默念的不足。此外，斯萬這個姓氏，雖說我早在很久以前就已認識，現在，對我來說，如同某些最常用的字之於失語症患者，它已變成一個全新的名姓。這個名字始終存在我的思緒中，但我的心思卻無法習慣。我將它拆解，拼寫，這個字的拼法出乎我意料。習以為常的那個當下，在我眼中，它便不再無邪。聽見這名字時的喜悅讓我備感罪惡，甚至覺得，要是我試圖將風向帶到這個名字上，人家就會推測到我的心思，因而轉換話題。我只得退而求其次，說些跟吉兒貝特還扯得上關係的主題。我沒完沒了地叨念著同樣的話，即便知道那不過是空話——在離她遠遠的地方說出口，她根本聽不見，都是些沒有用的話，一再重述現況，卻無力改變——然而，我覺得只要像這樣努力攪和吉兒貝特周遭的一切，或許終將能夠生出些許快樂。我幾番告訴爸媽，吉兒貝特相當喜歡她的女教師，彷彿這說了一百遍的提議終於即將見效，能讓吉兒貝特突然走進我家，跟我們一起生活。我再度讚美那位讀《辯論報》的老夫人（我曾暗示爸媽，那是一位大使夫人或皇室成員），繼續稱頌她的美麗，她的雍容，她的高貴，直到有一天，我說，根據吉兒貝特所說的姓氏，她應該是布拉丹夫人。

「噢！那我知道是誰了！」母親高聲嚷了起來，而我則羞愧得紅了臉。「當心哪！當心！你可憐的外公應該會這麼說。你竟然覺得她漂亮！她糟糕透了，而且一直是那個樣子。那是一個門房的遺孀。你不記得了，在你還小那時，每次去上體操課，我得費多大的心思避開她；她根本不認識我，卻一直想過來攀談，總是拿這話當藉口，說你『漂亮得不像男孩』。她向來都是見到人就想撲上去認識，她要是當真認識斯萬夫人，那肯定是個瘋女人，我一直都這麼認為。畢竟，雖說她出身相當平凡，至少那絕不會有什麼可落我口實的，只是她總是非要跟別人攀關係不可。她糟得很，粗俗透頂，而且還很會製造麻煩。」

至於斯萬，為了設法讓自己像他，我在餐桌上的時間一直都在拉鼻子、揉眼睛。父親說：

「這孩子就像個傻瓜似的，這樣會越來越難看。」我特別希望跟斯萬一樣髮稀頂禿。在我眼中，他是這麼不同凡響，以至於我覺得，凡是跟我有所往來的人也都認識他，我哪天碰巧就會被帶去和他見面，那該會是何等神奇美妙。有一次，我的母親一如每晚在餐桌上那樣，向我們描述起她當天下午的購物行程，她不過說了一句：「說到這個，你們猜我在特華卡提耶百貨[28]的雨傘專區遇見誰？斯萬。」我原本覺得她的敘述乏味極了，此時瞬間綻放出一朵神祕的花朵。得知那個午後，斯萬竟任他超自然的形體清楚顯現在人群之中，買了一把傘，這是何等快感，又多麼令人唏噓！諸多大大小小的事件一概無關緊要，唯有這件事在我心中喚醒了我對吉兒貝特的愛振盪出的特殊共鳴。父親說我對什麼都不感興趣，因為當大家都在談論正受法國之邀、而且據稱是法國盟友的戴歐多斯國王來訪可能會帶來何等政治影響時，我完全充耳不聞；然而，另一方面，我卻渴望知道斯萬當時穿的是不是他的斗篷式大衣！

「你們互相打了招呼嗎？」我問。

「當然了。」母親的回答仍帶有一絲擔憂，就怕若是坦承我們家正在跟斯萬冷戰，恐怕會有人試圖來講和，而這有違她的意願，因為她並不想認識斯萬夫人。「是他過來打招呼的，我起初沒看見他。」

「所以，你們沒吵架？」

「吵架？你要我們為了什麼吵架？」她激動地回應，彷彿我意圖戳穿她虛構了與斯萬關係良好的謊言，試圖醞釀一場「和解」。

「他可能會記恨妳不再邀請他。」

「我們沒必要人人都邀；他有邀請我嗎？我又不認識他太太。」

「但是以前在貢布雷那時他都常來。」

「是沒錯！在貢布雷那時他是常來，到了巴黎，他有別的事要做，我也一樣。不過你放心，今天下午我們完全不像兩個吵架鬧翻的人。我們一起待了一會兒，因為店家一直沒將他的禮盒送過來。他向我打聽你的消息，他告訴我你常跟他女兒一起玩。」媽媽又這麼說；斯萬的心中竟然有我的存在，這樣的奇蹟令我喜出望外，更甚的是，那還是頗為完整的存在，在艾麗榭場公園，當我在他面前因愛慕之情而戰戰兢兢時，他已知道我的名字，知道我母親是誰，而在我是「他女兒玩伴」這個特質上還能混揉某些訊息，關於我外公外婆，他們一家人，以前我們住的地方，我們昔日生活的某些特點等等甚或連我也不知道的事。但母親似乎不覺得特華卡提耶百貨那個專櫃有何特殊魅力，在那兒，斯萬看見她的時候，對斯萬而言，她代表的是一個與他有共同回憶的人，這驅使他向前打了招呼。

28 特華卡提耶百貨（Les Trois Quartiers），一八二七年開幕的百貨公司，店名原意為「三區」，取自當時一齣賣座喜劇，劇中描述三個來自巴黎不同區的女孩，分別代表商業、財政和貴族。店址鄰近瑪德蓮廣場，經過一八四〇年到五〇年的幾度擴張，奢華商品應有盡有，是當時巴黎富有的布爾喬亞經常出入的大百貨公司。

此外，無論她或是我父親，似乎都不再覺得談論斯萬的祖父母，榮譽經理人的頭銜，會是勝過一切的樂趣。我的想像力把某個家族從巴黎社交界單獨隔離了出來，視之為神聖不可侵犯，如同這想像先前曾為石城巴黎中的某幢屋子雕刻出馬車門廊，令窗戶華麗珍貴。但這些裝飾只有我一個人看得見。在我父母親看來，斯萬住的屋子就與布洛涅森林區同時期蓋起的其他房屋如出一轍，而斯萬的家族也和其他諸多交易代理人的家庭並無二致。根據這家族參與整體族群貢獻的程度，我父母給予他們的評價大致正向，但不覺得他們有什麼獨到之處。相反地，斯萬家贏得我爸媽欣賞的事物，在其他人家裡總也能遇見，層次相當，甚或更高。因此，一發覺他家座落的地點很好，他們便說起另一戶的地點更好，然而那家人與吉兒貝特毫不相干，或是談起一群比她的祖父更勝一籌的金融人士。要是他們似乎有那麼一刻同意我的說法，卻都是出於某種誤會，而這誤會很快就會被澄清，不復存在。這是因為，在關乎吉兒貝特的一切當中，我的父母若要在其情感世界裡察覺一份可比色彩領域中的紅外線的未知特質，他們還缺乏愛情賜予我的那種額外、瞬時的感應能力。

吉兒貝特告訴我她應該不會來艾麗榭場的那些日子，我試著去一些讓自己稍微離她近一些的路線散步。有時，我會帶上法蘭索瓦絲，往斯萬一家的住所朝聖。我要她不斷重述從女教師那兒聽得、關於斯萬夫人的情報。「聽說她很相信護身鍊章。要是聽到貓頭鷹叫聲，或是牆上掛鐘滴滴答答，還是半夜看見一隻貓，或木頭傢俱咔啦咔啦發出碎裂聲響，她就絕對不出門旅行！哎呀！真是個信仰非常虔誠的人呢！」當時我對吉兒貝特是那麼地愛慕，以至於途中要是瞥見他們的老管家牽著狗在散步，我便激動得不得不停下腳步，對他的花白鬢鬚投以充滿熱情的目光。

「您這是怎麼啦？」

然後，我們繼續上路，直到他們家的馬車門廊前；一名所有門房都無法相提並論的門房守在那兒，他整個人直至制服上的家紋，無不滲著我在吉兒貝特的姓名中感受到的痛苦魅力，他似乎知道我屬於那一類人：天生不夠資格，永遠禁止走進他負責守護的神祕生活，而一、二樓間的窗戶彷彿曉得自己將那生活關閉其中，在那高貴垂落的薄紗窗簾之間，它們不似任何窗戶，反倒更像是吉兒貝特凝視的雙眼。另有幾次，我們走向各條大道，我會在杜佛街口守候；我曾聽說，常可在那兒看見斯萬前往他的牙醫診所；我的想像將吉兒貝特的父親看得如此與眾不同，他在真實人群中的身影為現實注入那麼多的奇妙美好，以至於還沒走到瑪德蓮教堂，光是想到就要接近一條超自然身影可能會隨時冒出的街道，我便已開始激動。

但更常有的狀況是——在見不到吉兒貝特的時候——由於我得知斯萬夫人幾乎每天都會去「相思木林蔭道」環著大湖散步，也會去「瑪格麗特王后」林徑[29]，我便指揮法蘭索瓦絲往布洛

29 相思木林蔭道，即是今日的隆尚馬場林蔭道（Allée de Longchamp），總長三公里，貫穿了布洛涅森林，與瑪格麗特王后林徑（Allée de la Reine Marguerite）垂直交會。

涅森林的方向去。對我來說，這座森林就有如那些動物園，可見到各種花草樹木和互相違和的景觀齊聚一堂；在這裡，越過一座小丘之後，可能會發現一個山洞，一片草地，岩石林立，一條河，一溝壑，有一座小丘，一窪沼澤，但我們知道這些景物出現在此只是為了讓河馬、斑馬、鱷魚、俄羅斯兔、熊和鷺鷥嬉戲，提供牠們一塊合適或景色優美的場所。至於森林本身同樣錯綜複雜，聚集著各式各樣的封閉小天地——讓某個種植了紅葉樹、北美紅橡，宛如開墾在維吉尼亞州的農場後面，接續著一片湖畔的杉木林，或是從一片高大的喬木林之中忽然冒出一身柔軟皮毛，伴著如獸般的美麗雙眼，一個身手快捷的散步女子——那是女士們的花園；而且——一如《埃涅阿斯記》[30]中的香桃木林蔭道——為她們種植了單一樹種，相思木林蔭道上常見名媛麗人往來。遠遠望見那塊岩石，孩子們知道能看見海獅從大石頂端躍入水中，便已興奮歡喜；同樣地，尚未抵達相思木林蔭道，樹木的香氣瀰漫，讓人遠遠地便已感受到一種旺盛又綿軟的植物個性，極為獨特，彷彿就近在咫尺；還有，走近之後，從葉蓬中往上望見的尖梢，那葉叢輕盈而嬌俏，帶著一種輕挑的風韻，造型嫵媚，質感薄透，成千上百的花兒驟然撲下，宛如一群群有翅的珍貴寄生物輕顫；最後，甚至連這些樹種既慵懶又甜美的陰柔名稱都使我心跳加速，然而那是發自一股對上流圈的渴望，如同那些華爾滋舞曲，只令我們想起舞池入口掌門執事宣告的受邀佳人姓名。有人曾告訴我，能在那條林徑上見到某些優雅仕女，儘管並非全數已婚，但大家通常會將她們與斯萬夫人一併提起，然而說時大多用的是她們的化名；若有化名，這新取的名字不過是某種隱姓埋名的形式，那些想談論她們的人都會特地留意揭露，以便他人了解。我認為，美——就女性的種種優雅氣質而言——受制於各種隱祕法則，而女性被傳授了箇中訣竅，深諳這些法則，有實現美感的能力，因此，我早一步接受了她們的妝容打扮，馬車行頭，那千百種細節出現，視之如天啟，並投入信仰，如同內心中的一縷靈性，為這轉瞬即逝的移動整體賦予經典傑作的嚴密結構。但我想見到的是斯萬夫人，我等候她經過，激動難安，彷彿等的是吉兒貝特；她的父母一如她周遭的一切，皆浸染了她的魅力，激發了我愛屋及烏之心，甚至帶來一種更痛苦的煩惱（因為他們與她的接觸點正是在她生活中我無權進入的臟腑深處），以及到頭來（因為我不久後就知道，後來也自會揭曉，他們並不喜歡我和她一起玩），對那些不遺餘力傷害我們的人往往懷有的崇敬之感。

在我心目中，美感價值及上流等級的排名首位是簡單俐落；當我望見斯萬夫人身穿垂幔波蘭式女袍，頭戴綴有虹雉羽飾的無邊小軟帽，緊身胸衣上插著一束紫羅蘭，行色匆匆徒步穿越相思木林蔭道，彷彿那只是最快的回家捷徑，同時眨眨眼回應幾位乘車的先生，那些人遠遠就認出她的身影，向她行禮致意，心想不會有別人同她一般風雅，我於是換下簡單俐落，改將華麗鋪張提升至最高的位置，倘若，再也受不了、口口聲聲說「走到腿快斷了」的法蘭索瓦絲在我強迫之

30　《埃涅阿斯記 Enéide》，古羅馬詩人維吉爾創作的史詩，敘述愛神阿芙洛黛蒂的兒子埃涅阿斯在特洛伊淪陷後輾轉流亡至義大利，最終成為羅馬人祖先的故事。香桃木林蔭道出現在《埃涅阿斯記》的第四卷，位於地獄的一座香桃木林，棲息著被愛情所傷的靈魂。香桃木是供奉愛神之樹。

下，又快步走了一個小時，而我終於在小徑盡頭、王妃門[31]這端看見——對我而言如王室般尊貴的意象，像是一位王后駕臨，那是日後任何一位真實存在的王后都無法給我的深刻印象，因為，我對她們的權能已有了沒那麼模糊、較實際的概念——由兩匹馬拉著飛馳，健馬驍勇，勁瘦，曲線飽滿有如康士坦丁．居伊[32]筆下的圖畫，一名高大的馬車夫端坐駕車席，一身皮草如哥薩克人，旁邊坐著一名小廝，令人想起「故人波德諾爾」的「虎兒」[33]，我看見——或該說我感受到其形體在我心上刻下一道大傷元氣的清晰傷痕——一輛無與倫比的維多利亞式馬車，設計得稍微高一些，使得它在「最新款式」的奢華感中隱隱流露些許懷舊形貌，車廂深處是斯萬夫人慵懶地在歇息，如今金黃中僅帶一綹灰白的秀髮以綴花細髮帶圈住，大多是紫羅蘭，頭帶以下披瀉長紗，她拿著一把淡紫色洋傘，我還看見她溫柔地對向她行禮的人們點頭致意，唇邊掛著一抹曖昧的微笑，當時，我從中只看見一位王后殿下的親和善意，然而其中其實另有風塵女子特有的不羈挑釁。事實上，那笑容在對一部分人說：「我記得非常清楚，那真是美妙！」對另一些人說：「我多希望能去啊！可惜運氣不好！」對又另一些人則說：「只要您願意當然好！我暫時再排一會兒隊，一旦可以，我就超車。」一旦經過的是陌生人，她嘴角掛著的則是漫不經心的微笑，彷彿轉身迎向一位朋友的期待或回憶，讓他說出：「她可真美！」唯獨針對某些男人，她會露出一種尖酸、拘束、膽怯又冷淡的笑，表示：「對，沒用的東西，我知道您嘴巴毒，沒辦法忍著不說話！我呀，我才懶得理您！」寇克蘭[34]經過，滔滔不絕地發表議論，一群朋友簇擁著他，洗耳恭聽，他則比劃著手勢，對乘車經過的人們戲劇化地大打招呼。然而我只在意斯萬夫人，卻裝作沒看見她，因為我知道，車行到獵鴿場[35]附近時，她會叫馬車夫超車，接著要他停下，讓她下車徒步走完林蔭道。在我覺得有勇氣從她身邊經過的日子，我會拉著法蘭索瓦絲往這個方向走。的確，一會兒之後，我會在人行道上瞥見斯萬夫人朝我們走來，任由淡紫色裙裝的長襬拖曳在身後，穿得就像小老百姓心目中的皇后女王，一身其他女性不會穿戴的錦衣綢緞與貴重飾品，偶爾垂目看著她洋傘的手柄，對往來的人不太注意，彷彿她的重要大事及目標就是活絡筋骨，全然沒想到自己吸引著眾人目光，所有人全都轉頭看她。只不過，有時在轉身叫喚她的獵犬時，她會不動聲色地暗暗掃視周遭一切。

就連那些不認識她的人也能警覺到某種獨一無二和氣勢逼人——或許是透過一種心電感應的發射，如同在拉．貝瑪演出精彩絕倫之際引爆無知群眾如雷掌聲的氣場——認為那應該是個名

---

31 此處的王妃門（Porte Dauphine）位在巴黎第十六區，是該森林在布洛涅大道尾端的出入口之一。

32 居伊（Constantin Guys, 1802-1892），法國畫家，畫風輕盈生動，呈現十九世紀的軍事場面，上流社會，交際場所，波特萊爾曾譽之為「現代生活的畫家」。

33 「故人波德諾爾」（le feu Baudenord）是巴爾扎克《人間喜劇》中的人物，出現在一八三七年出版的《紐沁根家族 La Maison Nucingen》，本是富家貴公子，買下了漂亮如天使的「虎兒」派蒂（Paddy），後因紐沁根家族敗落而破產潦倒。

34 十九世紀名演員，參看前冊注25。

35 獵鴿場（Tir aux Pigeons），高級運動俱樂部。

人。他們心中自問：「她是誰？」有時向路過的人打探，或決心記住她的妝扮好作為參考，提供給消息比較靈通、能立即告訴他答案的朋友。其他散步者則是幾乎停下腳步，說：

「您知道那是誰嗎？斯萬夫人！這麼稱呼她，您想不起來？那奧黛特·德·克雷西這名字呢？」

「奧黛特·德·克雷西？我就說嘛！那雙憂鬱的眼睛……但您知道，她應該也已青春不再了！我還記得我在馬克馬洪辭職那天[36]跟她上了床。」

「我想您最好別讓她想起這件事。人家現在可是斯萬夫人，一位賽馬俱樂部成員、威爾斯親王友人的妻子。再說，她依舊是風華絕代呢。」

「是啊，但您要是認識當年的她，那才真是漂亮！那時她住在一棟風格非常奇特的小宅邸，家裡盡是些古怪的中國小玩意兒。我還記得那時我們頻頻被賣報人的叫喊聲打擾，最後她只得叫我起來。」

我沒聽到那些酸言酸語，卻察覺得到她周圍因名氣招來的一片竊竊私語。我因為焦急而心跳加速，不耐地想到，還要再過一會兒，這些人——我遺憾地注意到當中沒有一位會令我感到不受尊重的混種銀行家[37]——才會看見一個毫不起眼的陌生年輕男子上前行禮（說實話，我不認識她，但我自認獲准能這麼做，因為我父母認識她的丈夫，而且我還是她女兒的玩伴），而這位女士的花容月貌、行為不檢及姿態優雅可是舉世聞名。話說斯萬夫人已近在眼前，於是我舉帽向她行了一個大禮，手伸得那麼長，拖得那麼久，使得她禁不住微微笑了起來。眾人嘩然大笑。至於她，她從來沒見過我跟吉兒貝特在一塊兒，不知道我的名姓，但對她而言——如同這森林的守衛，或船伕，或是湖裡她會丟麵包團餵食的鴨子——我就是她在這裡散步時見到的一個次要人物，眼熟，但不知其姓名，不具個人特色，就跟一個「劇場員工」差不多。某些日子，我沒在相思木林蔭道上看到她，而是在瑪格麗特王后林徑遇見，那裡是想獨處、或看似想獨處的女性會去的地方。她獨處的時間不長，往往很快就會有個戴著灰色高筒帽的男性友人過去會合，我不認識那人，而他與她相談良久，兩人的馬車則在後面跟著。

這片錯綜複雜的布洛涅森林事實上是一處人造的天地，就動物學或神話領域的意義而言，即是一塊園地[38]；今年我重返舊地，穿越園子去特里亞農[39]。那是十一月初的某個早晨，在巴黎，秋

36 馬克馬洪身為保皇派，與共和派國民議會意見不合，於一八七九年一月十日被迫辭去總統職務。

37 此處的混種銀行家，可能隱射於一八七九年當上巴黎市議會主席的塞韋里亞諾．德．埃雷迪亞（Severiano de Heredia, 1836-1901）。參考普法蘭欣．古仲（Francire Goujon）的論文〈《追憶逝水年華》中的同時代人物剪影：編輯與銀行家〉（Silhouettes contemporaines dans *A La Recherche Du Temps Perdu*. L'Editeur et Le Banquier” in *Revue d'Histoire littéraire de la France*, 119e Année, No. 1, 2019, pp. 113-124）。

38 「Jardin」一字源自十二世紀的羅馬高盧字 *hortus gardinus*，意為圈起保護的土地，用來種植蔬果或消遣娛樂。十六世紀後逐漸融入樂園（paradisus，灌溉果樹的大片土地）。到了十七世紀，花園亦是養鷹人放飛老鷹的場所。布洛涅森林及兼具以上各種特色。

39 指凡爾賽宮西北部的大、小特里亞農宮。

日景觀在屋內唾手可得，方便獨占，卻結束得那麼快，根本來不及欣賞，徒留思舊情懷，一股對枯葉的真心狂熱甚至令人難以入眠。在我封閉的房間裡，一個月來，枯葉被想親眼目睹的渴望召喚至腦海，介入我的思緒與所有正在使用的物品之間，如渦流旋轉，一如那些黃點，即使我們專注凝視，有時仍在我們眼前亂舞。而那天早晨，耳中不聞前幾日的落雨淅瀝，見到晴天在拉起的窗簾一角微笑，彷彿掛在某人緊閉、但洩露出他祕密幸福的嘴角，感覺得出這些黃葉，我將能細看光線射透它們的葉面，盡顯極致之美；於是，此前當壁爐煙囱裡的風勢太強，我還能忍住想去海邊的渴望，如今我再也按捺不住，想去看看樹木，於是我起身前往特里亞農，特意經過布洛涅森林。此季此時，這座園林或許最是繁複多樣，不僅因為最繽紛，更因為是不同以往的繽紛。即使在一覽無遺的開闊區塊，面對遠處一大片一大片樹葉或已落光、或仍保有夏綠的幽暗樹林，兩行色呈橘紅的馬栗樹豎立處處，宛如在一幅才剛開始繪製的畫作中，只有它們被畫師塗以顏料，其餘部分則都不上色，兩行樹之間的林徑則鋪滿燦光，方便後來才會添上的人物偶爾前來散步。

更遠處，樹木覆蓋著綠油油的茂密葉叢，唯獨一株矮小、粗壯，截去了頂枝卻依然頑強，隨風搖晃著一頭俗艷的紅髮。其他地方仍是現在五月份初醒的樹葉，還有一片絢爛喜氣的五葉地錦，以及一株冬日的粉紅山楂，當天一早便全部盛開。布洛涅森林看上去帶有苗圃或公園的暫時性和人工感，有人或為了賞玩花草，或準預備一場盛會，在尚未移植他處的普通樹木之間栽植了兩三樣珍貴樹種，那枝葉姿態奇妙，而且似乎保持周遭淨空，以利通風和光照。因此，布洛涅森林正是在這個季節表露出最多各種不同的樹種，而且將最多各自鮮明的區塊並列雜陳，組成一個複合體。而且也恰逢其時。在樹未落葉的地方，從被陽光照到的那一點開始，樹木的材質彷彿受到改變，清晨的日光幾乎與地平線同高，一如幾個鐘頭後，在黃昏初始時分，它將再度接近地平線，如一盞燈光點亮，遠遠地往樹上葉叢投射一道灼熱的人造光芒，點燃一株頂層的葉子，而那樹幹本身仍像一座不可燃的枝狀燭台，在蕊尖的火苗對照下黯淡無光。在這裡，霞光漸濃，濃似紅磚，如繪上藍色圖案的波斯黃牆，粗獷地將馬栗樹的秋葉與天空緊緊砌合；但在那兒，反而使拚命朝上伸長一根根金色手指的葉叢脫離了滿天雲彩。在一棵披滿五葉地錦的樹木中段，太陽嫁接了一大束光，將一大把紅花，或許是某種石竹，照映得燦爛且耀眼炫目，不能清晰描繪。布洛涅森林不同的區塊在夏季裡因為濃密和單調的綠意，容易混融成一片，如今則各自分開。較明亮的空地讓人一眼望見幾乎能通往森林各處的那個入口，或有一株堪比金燄旗的華麗葉叢標出其位置所在。如同看著一張彩色地圖，阿爾曼農維爾、卡特朗草坪、馬德里[40]、賽馬場、湖濱水畔，這些無不清晰可辨。某個無用的建物時而現跡，一座假山洞，一間磨坊，樹木因而分散種植，好讓出位置給它，或任它就蓋在在一片平坦而柔軟的草地上。你會覺得布洛涅森林不只是一座森

---

40 這三處分別是位於隆尚林蔭道的咖啡店複合式餐廳 Armmenonville，位在卡特朗十字碑附近的舊採石場 Pré Catelan，一八五五年後改建為咖啡店複合式餐廳與表演廳；瑪格麗特王后林徑盡頭，法蘭西一世建造的城堡 Château de Madrid，其橘園溫室（L'orangerie）在第二帝國時期是一家有名的餐廳。

林，它還回應著其中林木奇特的命運；我的興奮之情不僅來自對秋日的禮讚，更源於一股欲望，一座巨大的喜悅之泉。那份欣喜，心靈起初微有感受，但未辨其因，還不明白那並非任何外物所能啟動。因此，觀看樹木時，我懷著意猶未盡的溫柔，這份柔情溢出了林葉，不知不覺指向那幅由群樹日日蔭蔽數個鐘頭的散步麗人們所構成的傑作。我朝相思木林蔭道走去。我穿越高大的喬木林，晨光強行將林木重新劃分，修剪了樹頂，將不同種類的枝幹配在一起，創造出一束一束的組合，巧妙地引來兩株樹，藉助強大的光與影之剪，各自切除半邊樹幹與枝葉，編纏剩餘的兩半，從中造出或孤獨的一柱暗影，與周圍的日照劃清界限，或單單一縷幽魂般的亮光，由重重黑影勾勒出其失真、而且抖動不定的輪廓。當最高處的枝枒被一道陽光染成金黃，浸潤在閃爍的氤氳之中，彷彿僅有這部分從翠綠的淋漓氛圍中浮現，而整片喬木林則宛如全部沉在海面下。因為樹木們仍兀自存活，而且，當樹葉落盡，照耀在包覆樹幹的綠絨表層，或那一球球星布白楊樹頂、色白如珐瑯、圓如米開朗基羅《創世紀》畫中的日與月的槲寄生，那陽光更顯燦爛。但這麼多年來，基於某種意義上的嫁接，樹木被迫與女性共生共存，令我聯想到森林仙子，如那位敏捷、絢麗的上流社交圈佳人，經過時，眾樹紛紛以枝幹遮蔽，迫使她像它們一樣去感受季節的強大力量；這些樹令我回憶起自己虔誠的年少，那是一段快樂的時光；那時，我常貪婪不厭地來到這些地方，在此，無心、卻與我有默契的葉叢之中，短暫呈現著一幅幅精妙的女性優雅姿態。布洛涅森林中的杉木與相思樹那令人嚮往之美，比我即將見到的特里亞農的馬栗樹和丁香花更叫人迷醉，但這份美並非根生於外在事物，並不在我對某段歷史時期的回憶，不在某些藝術作品，或一座門前堆滿掌狀金葉的愛情小神廟之中。我來到湖邊，一直走到獵鴿場。我自己心目中對完美的概念彼時曾挪用於一輛維多利亞式馬車的高度，駿馬之精瘦身型：那些激昂亢奮的馬匹，輕盈一如胡蜂，充血的雙眼一如狄俄墨德斯凶殘的牝馬[41]，而今，我湧起一股渴望，渴望再見到我曾喜愛的事物，那激切不下於許多年前促使我來到同樣這幾條路的欲望，我真希望那一刻能再現我眼前：斯萬夫人那位高大的馬車伕在一個拳頭般玲瓏、而且跟聖喬治一樣稚氣的小廝[42]的注目下，竭力駕馭他們驚心動魄地拍動着的鋼鐵之翼。可惜啊！如今只見汽車穿梭，由蓄著小鬍子的機械師駕駛，隨行的多是大個子的跑腿聽差。那些帽頂低矮得像髮冠[43]般的小巧女帽，我想置於現今身體上那雙眼睛下端詳，看它們是否如我記憶之眼所見的那般迷人。如今所有女帽都是又寬又大，綴滿各式花鳥果實裝飾。不同於當初斯萬夫人穿起來宛如女王的美麗裙裝，希臘－薩克森式的寬鬆長衫擠出了塔納格拉陶俑[44]上的那種皺褶，有時則是督政府時期的風格[45]，利寶百貨[46]風

41　希臘神話中，色雷斯國王狄俄墨德斯（Diomède）會以人肉餵馬。大力士海力克士打敗他後，讓他被自己的馬匹吃掉。

42　「拳頭般玲瓏」是前述注中提及的巴爾扎克作品中的句子：「un tigre gros comme le poing」。聖喬治在繪畫中多是以少年的形象呈現，此處所指的應是曼特尼亞所繪的聖喬治像，現藏於威尼斯學院美術館。

43　一八八〇年代流行的是斜掛在頭頂的比比帽（bibis）。

44　塔納格拉陶俑（Tanagra）是指一八七〇年代在希臘塔納格拉墓地挖掘出的陶土小雕像，這些雕像多為女性，身披希臘長袍，

格的印花薄綢則活像是一張壁紙。那些在過去可能會和斯萬夫人一起在瑪格麗特王后林徑散步的男士們，我在他們頭頂上找不到過去那種灰色禮帽，就連別種帽子也沒有。他們什麼都沒戴就出門了。對於所有眼前景象中的這些新事物，我已沒有能夠注入的信念，無法給予實感，一致性，存在價值；它們七零八落地經過我眼前，隨機偶然，沒有真實感，完全不含昔時那種讓我的雙眼試圖去組合、創造出的美感。都是些名不見經傳的女子，我對她們的氣質毫無信心，她們的裝扮在我看來也毫無意義。但是，當一份信仰消失之後，繼之而來的——而且益發強烈，只為掩飾我們已失去賦予新鮮事物實質意義的能力——是一種拜物癖，依戀著那份信仰曾燃起的舊事物，彷彿那些舊時舊物才是神性所在，而非我們自身；彷彿我們如今的缺乏信仰乃源於一項偶發原因，亦即眾神之死。

多麼醜陋啊！我心想：人們怎能覺得這些汽車跟以前的整套馬車行頭一樣優雅？想必我已經太老了——但我生來可不是要活在一個女人把自己捆在甚至不是以布料製成的裙裝的世界。曾在這些精巧的漸紅葉叢下匯集的人事物若是皆已不復存在，若是粗俗和狂謬取代了這些樹林框架出的精緻美妙，那麼來到這些樹下又有何用？多麼醜陋啊！既然風韻事物如今已不復存在，為求慰藉，我只能回想自己曾經認識的那些女性。但會對這些帽子上罩著一只鳥籠或一片菜園的醜陋女子目不轉睛的人們，見到斯萬夫人僅僅戴著一頂淺紫色的繫帶軟皺帽，或小帽上僅僅端正地插著一朵鳶尾花時，又怎能感受她的迷人魅力？我能否讓他們了解，那些冬日早晨，我遇見斯萬夫人徒步而來，身披獺皮短大衣，頭戴一頂簡單的貝雷帽，僅插著兩枝刀也似的珠雞羽毛，但那周圍氣息就令人想起她寓所裡的人造暖意，而光是壓揉在她胸衣上的那一小束紫羅蘭，那鮮艷的藍花綻放，對照著灰濛的天空、冰冷的空氣、枝枒光禿的樹木，即產生一股魅力，如同僅把季節與光陰視為環境背景，如同活在有人味的氛圍中，活在這個女人的氛圍之中，而那也是她沙龍裡置放在燃著火的壁爐旁、緞面長沙發前的花瓶及植栽，正透過關起的窗靜觀雪花飄落？何況，即使時下的裝扮一如當年，我也不會滿足。由於一段回憶中的各個部分能截長補短，而且由我們的記憶維繫平衡，拼湊成一個不許我們放棄或拒絕的整體，我真希望能去她們其中一人的家中結束這一天，在壁面漆成暗色的寓所裡喝上一杯茶，一如當年斯萬夫人的香閨（這段敘事第一個部分結束那一年的隔年），在那兒，燭光橙，烈燄紅，菊花團團猶如粉色與白色的焰火，在十一月的暮色昏黃中熠熠生輝，這樣的時刻，一如曾經，而彼時我不懂得從中發掘一直渴求著的樂趣（且待後文分曉）。但現在，即使這樣的時刻無法引領我得到任何東西，在我看來，似乎也已具有足夠的魅力。我想如腦海的回憶這般再過一回。可嘆啊！如今只剩那些路易十六風格[47]的寓邸，一片純

袍上有細膩的衣褶。

45 督政府時期是在一七九五年至一七九九年間，此時期的風格介於路易十六的古典風與帝國的華麗風之間。

46 成立於一八七五年的英國倫敦老牌百貨公司 Liberty 服裝衣料素以碎花、印花風格聞名。

47 路易十六風格，又稱法國新古典主義風格，在華麗的洛可可藝術之後，回歸簡單與秩序，多以自然植物與古代題材為裝飾元素。

白之中綴飾著艷藍繡球花。此外，人家很晚才會回巴黎。若我請斯萬夫人為我重建這段回憶的種種細節，在我的感覺上，那回憶連繫著遙遠的某一年，我無權追溯的某個年分，而那回溯過去的渴望本身也變得無法觸及，如同昔日它徒然追尋的樂趣，因為夫人可能會從一座城堡給我回音，而她要在那兒待到二月才回巴黎，遠在菊花綻放時節之後。而且，對我而言，那些女子必須是原來那些，是裝扮令我感興趣的那些，因為，在我還有信念的時期，我的想像已為她們每個人賦予獨特的個性，為她們各自加諸一則傳說。可嘆啊！相思木林蔭道上——香桃木林蔭道上——我又見到其中幾位，但人已老去，不過是往日的她們的可怖鬼影，遊遊蕩蕩，在維吉爾筆下的樹林中絕望地不知尋找什麼。我才正準備往人煙稀少的道路探尋，她們早已逃逸無蹤。太陽躲了起來。大自然重新主掌布洛涅森林，而女子樂土這個概念也已煙消雲散。仿造的磨坊上方，真正的天空灰暗；風掀細浪，吹皺大湖之水，如一面普通的湖；大鳥疾飛，越過布洛涅森林，如一座普通森林，鳥群尖聲嗚啼，一隻接著一隻，紛紛棲落在高大的橡樹上；頂著德魯伊[48]的冠冕，帶著多多納[49]的雄偉莊嚴，這些橡樹彷彿在宣告森林用途已變，已然空無人煙，也助我更了解，原來在現實中找尋記憶裡的畫面，而非透過感官去察覺，竟是如此矛盾，那些畫面終究缺乏來自記憶本身的魅力。我曾體驗的現實已不復存在。只要斯萬夫人不在同一個時刻以完全相同的模樣到來，這大道就不是同一條大道。我們曾去過的地點並非僅屬於方便我們定位的空間領域。在形成我們當時生活的層層印象中，它們不過占了薄薄一片；對某個意象的回憶不過是對某個時刻的遺憾難捨；房屋，車道，大街，皆稍縱即逝，可嘆啊！一如似水流年。

48 德魯伊（Druide），凱爾特族中的賢士，身分可以是僧侶、醫生、教師、先知或法官。其字根之意與橡樹有關，意謂「橡木賢者」，將橡樹奉為聖木。據說他們擁有將人變為動物，以及與神明、精靈及動物對話的能力，可透過鳥類飛行的方式或祭品內臟的外觀預言未來。

49 多多納（Dodone），希臘西北部伊庇魯斯的一個神諭處，供奉母神狄俄涅（Dione）及宙斯。當地祭司會根據風吹橡樹葉叢發出沙沙聲響詮釋神諭。

譯後記

在未來尋回消逝的時間

陳太乙

二〇一九年底，讀書共和國的郭重興社長與木馬文化社長陳蕙慧女士邀我重譯《追憶逝水年華》，並慨然允諾十年。從此，我不再是普魯斯特世界的局外人。

太難、太長、太繞、不知所云，再也不能拿這些藉口來逃避這套傳說；而且動作要快，因為，人生真的太短，十年轉眼已過了五分之一。然而，即使如此，似乎已過了好久，彷彿還很遙遠。終點會安然在那一端等我嗎？回首先前的五個十年，驚覺如此匆匆，恍惚自己做了什麼，記住了什麼……普魯斯特神啟一般地告訴我：答案得往未來去追尋。

我盡可能地將前一段翻譯人生裝進行囊：塞荷的「泛」思想鋪就一個包羅萬象的宇宙、比斯萬稍長的波特萊爾為第二帝國的巴黎塗上現代色彩、與敘事者年紀相近的阿蘭呈現某種博學者的樣貌，以古典哲思迎對工業革命帶來的進步、尤瑟娜的文字氣場和重建兩千年前時空的功力、甚至不漏掉歐赫貝的奇幻想像、三境邊界裡的失重感，當然，也絕不忘記悉心照顧親愛的馬塞爾至他離開我們那天的塞萊斯特。出發，首先航向充滿參考書籍、影音廣播、講座展覽、手稿文獻，比《追憶》本身更深更廣的資料汪洋。Jean-Yves Tadié 的兩大冊普魯斯特傳記和 Annick Bouillaguet 主編的普魯斯特辭典常駐案頭，Antoine Compagnon 在法蘭西公學院講授的相關課程我聽了一遍又一遍。《斯萬家那邊》自一九一三年初版至今已超過一個世紀，在網路資源豐沛，共享觀念發達的時代翻譯這套書，非常幸福。

一個世紀後的讀者應當也是幸福的。經過百年來的發展，精神分析已成顯學、社會趨向多元與包容、藝術表達更富創意、更擺脫框架，正到了品味普魯斯特的最佳時刻。因此誕生這項經典重譯的計畫。感激多位前輩開墾這片土地，如今，我們希望它成為容易親近的樂園，就像貢布雷的教堂，隨時可進去默禱片刻，每個星期日固定去望彌撒；彩繪玻璃雕刻壁畫織毯訴說故事，是美的啟蒙，文化的傳承；守護鎮民的日常生活，亦為遊子指引家鄉的方向；時光在這裡流淌，心靈在這裡休憩，「若是外面天色灰暗，教堂裡必然明媚燦爛」。

然而，如何捉摸短句隱晦不明的意味，處理那些迂迴的長句？要安置逗點之間、破折號之間或括弧裡的項目，扣緊相隔甚遠的關係子句及其先行詞，用流暢到位的中文表現且不違背原意，不簡化細節（因為所有邏輯都在細節裡！）同時令讀者樂意細細咀嚼；如何扭轉眾人對普魯斯特叨叨碎念的既定印象，進而認識他的幽默、輕盈、靈巧……挑戰何其多。很幸運地，出版社時時傾聽我的需求，不吝人力物力，給予溫暖的支援；我不乏為我解惑的師友，還有挑燈夜讀，一面記下每個卡關段落並陪我找出解法的祕密讀者，以及，最重要的，一位心思縝密，極其專業，靈魂比我更貼近普魯斯特的編輯。我想，我們一起為中文讀者找到了契合內心獨白的閱讀節奏。

我以一九八七年的七星文庫版及一九八八年的 Folio 版為文本依據，翻譯大約一年半，修稿不只六個月。每一次修稿，每一次重讀，小範圍大範圍地重讀；每一次重讀皆修改，每一次修改皆多一次更貫通原意，更貼近原文，領略更多文學之美，作家之神妙的機會。那亦是激發自己，說服自己尚未枯竭的機會。於是稍懂普魯斯特為何改稿不停，至死方休：那是與自己的對話，為自己打氣，藏著活下去的動力。重讀，修改，昨日死，今日生，預約一個理想中的，未來的自己，為她準備後續的旅程。

謹願此版翻譯能令華文讀者感受只有透過文字才能體會的真與美。

二〇二二冬、臺北、1117 Café

特別感謝偉傑、嘉漢、惠菁、依婷、菲耶、石淼

內容概要

第二部——斯萬之愛

維爾迪蘭家的《小幫派》。信徒們的教條（07），奧黛特對維爾迪蘭夫婦談起斯萬（10）。斯萬愛女人（13）。斯萬對奧黛特的初步印象（17），奧黛特如何討好斯萬（19），斯萬愛上奧黛特（21）。斯萬第一次參與維爾迪蘭家的聚會（22），寇達爾醫師（23），斯萬擄獲維爾迪蘭夫婦歡心（25），升F大調奏鳴曲（29），波威沙發（32），斯萬一年前曾聽過的鋼琴與小提琴協奏曲，小樂句（33）。此凡特伊與彼凡特伊（39）。維爾迪蘭夫人欣賞斯萬，維爾迪蘭先生態度保留（41）。

斯萬強大的人脈反而招惹維爾迪蘭夫婦（42）。斯萬的晚間活動行程：小女工，維爾迪蘭家的聚會，奧黛特（45）。小樂句：斯萬與奧黛特的戀愛頌歌（46）。菊花，奧黛特家（47）。第二次造訪：奧黛特的長相酷似波提切利畫作中的西坡拉（50），奧黛特：佛羅倫斯派畫作（53）。巴黎—莫夕亞節當天奧黛特從金屋送來的信（54）。

一天晚上，維爾迪蘭家未見奧黛特（56）。夜中尋人記（59），驀然相逢，馬車上，嘉德麗雅蘭（62），她成為他的情婦，「來個嘉德麗雅蘭」（64）。月光下，去她家，拉·佩魯斯街（67）。不追究過往的斯萬（71）。奧黛特品味庸俗（73），她對「風雅」的認知（75）。斯萬迎合奧黛特的品味（79），愛屋及烏，欣賞維爾迪蘭夫婦（81），但維爾迪蘭夫婦並不那麼喜歡他（84），維爾迪蘭家的「新面孔」：福什維爾（85）。

維爾迪蘭家的一場晚宴（85），布里肖（85），畫家（90），寇達爾夫人，與《法蘭西雍》劇中的日式沙拉（92），福什維爾揭發斯萬與上流人士往來密切（95）。薩尼耶特（100）。散會後，眾人各自私下評論，斯萬在維爾迪蘭家恐怕要失寵（105）。斯萬用物質與金援滿足奧黛特（107）。沒有嘉德麗雅蘭的一晚，多疑的斯萬重回奧黛特家，燈火通明的窗，烏龍一場（116）。薩尼耶特被當眾羞辱時，奧黛特與福什維爾同聲一氣（118）。斯萬來訪，奧黛特遲不開門，對斯萬說謊（119）。斯萬設法讀奧黛特給福什維爾的一封信（124），現在，他的妒意得到了一種養分（125）。維爾迪蘭夫婦策劃夏圖的派對，斯萬不在受邀列（127），氣憤不平（129），被排除在維爾迪蘭小圈子之外（132）。

斯萬不願奧黛特去看戲（133），奧黛特外貌上的變化（135）。維爾迪蘭幫帶奧黛特出巴黎城遊覽過夜（136），斯萬幻想前去與她會合（137），徹夜等待奧黛特歸來（140）。奧黛特利用斯萬的不安維繫他的愛（141）。一天晚上，斯萬與福什維爾一起進奧黛特家，奧黛特的表現明顯偏袒斯萬，橘子水（144）。斯萬的疑慮平息，痛苦卻再度纏繞（146）。拜魯特音樂節計畫（147）。嫉妒與溫柔（149）。斯萬努力拉長造訪奧黛特的間隔（153）。斯萬之愛病入膏肓（155）。「小斯萬」的人格特質（156）。斯萬，夏呂斯，阿道爾夫叔公與奧黛特（160）。巴登－巴登與尼斯時期的奧黛特（161）。打探奧黛特的活動（164）。斯萬渴望死去（166），迴避奧黛特如今的轉變（168）。

聖厄維爾特侯爵夫人家的晚會（172）。脫離了上流社交圈的斯萬如瀏覽一系列畫作般地觀察晚宴上的種種人事物（173）：高大帥氣的侍僕們（176），單眼鏡片（177），德．康布列梅耶夫人與德．福朗克托夫人聆聽《奧菲斯》與《向鳥兒佈道的聖方濟》（179），加拉東侯爵夫人（180），洛姆王妃（182），蕭邦的樂句（183），蓋爾芒特幫的才情（186），斯萬與洛姆王妃間的情誼與交談（194），康布列梅耶少夫人（200）。在這個奧黛特永遠不會來，全面缺席的場所，凡特伊小樂句猛然奏起，奧黛特還愛他時的往日記憶甦醒，令他更加黯然神傷（201）。小樂句女神（204）。凡特伊的音樂語言（205）。斯萬領悟到奧黛特以往對他的情感永遠不會再回來（212）。

瀕死之愛。貝里尼畫作中的穆罕默德二世（213）斯萬收到一封匿名信，是誰寫的？（214）。讀報聯想：《大理石女》這齣戲名，英吉利海峽地區各地的暴風雨災情，布列歐特（219），奧黛特與維爾迪蘭（220）。審問（221），占有自身以外的人，始終不可能（224）。布洛涅森林的月夜（226），新一波地獄輪迴（227）。巴黎－莫夕亞節那天，奧黛特是否與福什維爾在金屋共享午餐？（231）奧黛特對斯萬說謊（232）。斯萬去風月場所打聽奧黛特的行跡（234）。奧黛特與維爾迪蘭幫搭遊艇巡航，旅行幾乎一整年，斯萬得以清淨度日（235）。斯萬在共乘馬車上偶遇先行回巴黎的寇達爾夫人，她告訴他奧黛特多麼崇拜他（238）。斯萬之愛意衰退（240），夢見與維爾迪蘭夫人，拿破崙三世及奧黛特一起在海邊懸崖上散步，夢中的拿破崙三世其實是福什維爾（242）。為再見到在德・聖厄維爾特夫人家認識的康布列梅耶少夫人，斯萬準備前往貢布雷（243），出發前，他憶起夢中奧黛特的臉，喚起從她身上得到最初意象，驚覺自己為了一個原本並不合意的女子萌生死意（244）。

第三部——地名之名

種種關於地名的奇想。貢布雷的房間，巴爾別克沙灘大飯店的客房（247），現實中的巴爾別克與夢中的巴爾別克（247）。一點二十二分那般慷慨好客的火車（250）。佛羅倫斯的春天之夢（250）。字與名（252），火車沿線的諾曼地市鎮（253）。復活節假期去佛羅倫斯和威尼斯的計畫（254）。佛羅倫斯和威尼斯的意象及想像（257）。旅遊計畫與期待破滅（259）。醫生不但禁止我去旅行，還不讓我去劇院聽拉・貝瑪（259）。

艾麗榭場。紅髮小女孩，吉兒貝特這個名字（260）。抓人遊戲（261）天氣如何？（262）落雪的艾麗榭場（264）。讀《辯論報》的老婦人（264）。吉兒貝特現身（265）。曾不耐等待，令我顫抖，甘願犧牲其他一切，只為待在吉兒貝特身邊，那些時光卻一點也不快樂（266）。友誼的印記：瑪瑙彈珠，貝戈特談論拉辛的書冊，獲准直呼她的名字（271），卻依然嘗不到幸福愉悅（272）。冬季中的春日：輕快與失望（274）。貢布雷的斯萬有了全新的身分：吉兒貝特的父親（275）。吉兒貝特開心地殘酷宣布：明年以前她不會再到艾麗榭場來（277）。等待吉兒貝特一封幻想的信，重讀貝戈特（278）。在我與吉爾貝特的友誼中，只有我單方面的愛慕（280）。斯萬這個姓氏（282）。母親在特華卡提耶百貨巧遇斯萬，斯萬對她說起女兒在艾麗榭場的玩伴（284）。我帶法蘭索瓦絲，往斯萬家所居住的屋子朝聖（286）。

布洛涅森林中的斯萬夫人。相思木林蔭道（287），優雅仕女們（288）。與眾不同的斯萬夫人（290），奧黛特．德．克雷西（292）。今年十一月初的某個早晨，重返舊地，穿越布洛涅森林（293），林園各處秋景（294）。物換星移，人事已非（298），現實中無法尋回記憶裡的畫面，一切稍縱即逝，正如似水流年（300）。

普魯斯特

追憶逝水年華　À la recherche du temps perdu
第一卷　斯萬家那邊　Tome I. Du Côté de Chez Swann

作者　馬塞爾・普魯斯特 Marcel Proust
譯者　陳太乙
社長　陳蕙慧
總編輯　戴偉傑
編輯　林家任
行銷企劃　陳雅雯、余一霞、趙鴻祐
封面繪圖　Emily Chan
封面設計　六分い設計事務所
排版　宸遠彩藝有限公司

讀書共和國集團社長　郭重興
發行人　曾大福
出版　木馬文化事業股份有限公司
發行　遠足文化事業股份有限公司
地址　新北市新店區民權路 108-2 號 9 樓
電話　(02) 2218-1417
傳真　(02) 8667-1891
客服專線　0800-221-029
信箱　service@bookrep.com.tw
法律顧問　華陽國際專利商標事務所　蘇文生　律師
印刷　通南彩色印刷股份有限公司

出版日期　2023 年 1 月初版一刷
定價　新台幣 720 元（二冊不分售）
ISBN　9786263143425（紙本）

À la recherche du temps perdu
Tome I. Du côté de chez Swann

國家圖書館出版品預行編目

追憶逝水年華 . 第一卷 , 斯萬家那邊 / 馬塞爾 . 普魯斯特 (Marcel Proust) 著 ; 陳太乙譯 . -- 初版 . -- 新北市 : 木馬文化事業股份有限公司出版 : 遠足文化事業股份有限公司發行 , 2023.01
560 面 ; 14.8X21 公分 . -- (普魯斯特)
譯自 : À la recherche du temps perdu : Tome. I, Du Côté de Chez Swann
ISBN 978-626-314-342-5(平裝)

876.57　111020549